# 孤岛狼人杀
# ISOLA

〔德〕伊莎贝尔·艾贝蒂 著
Isabel Abedi

康萍萍 译

人民文学出版社
PEOPLE'S LITERATURE PUBLISHING HOUSE

著作权合同登记号　图字 01-2022-0501

Isola
written by Isabel Abedi
© 2007 by Arena Verlag GmbH, Würzburg, Germany.
www.arena-verlag.de
Chinese language edition arranged through HERCULES Business & Culture GmbH, Germany

**图书在版编目(CIP)数据**

孤岛狼人杀/(德)伊莎贝尔·艾贝蒂著;康萍萍译.— 北京:人民文学出版社,2022
ISBN 978-7-02-017325-9

Ⅰ.①孤… Ⅱ.①伊… ②康… Ⅲ.①侦探小说—德国—现代 Ⅳ.①I516.45

中国版本图书馆 CIP 数据核字(2022)第 125892 号

| | |
|---|---|
| 策划编辑 | 王瑞琴 |
| 责任编辑 | 翟　灿 |
| 装帧设计 | 刘　远 |
| 责任印制 | 任　祎 |

| | |
|---|---|
| 出版发行 | 人民文学出版社 |
| 社　　址 | 北京市朝内大街 166 号 |
| 邮政编码 | 100705 |
| 印　　刷 | 三河市鑫金马印装有限公司 |
| 经　　销 | 全国新华书店等 |
| 字　　数 | 178 千字 |
| 开　　本 | 880 毫米×1230 毫米　1/32 |
| 印　　张 | 9.625　插页 3 |
| 印　　数 | 1—6000 |
| 版　　次 | 2022 年 8 月北京第 1 版 |
| 印　　次 | 2022 年 8 月第 1 次印刷 |
| 书　　号 | 978-7-02-017325-9 |
| 定　　价 | 46.00 元 |

如有印装质量问题,请与本社图书销售中心调换。电话:010-65233595

# 目录

昆特·坦佩尔霍夫电影主要演员表　　1

第 1 章 ｜ 坦佩尔霍夫导演要拍摄一部新电影　　1
第 2 章 ｜ 十二个少男少女将被带往一座叫"伊索拉"的孤岛　　14
第 3 章 ｜ 每人只允许带三样东西　　30
第 4 章 ｜ 恐惧袭来　　43
第 5 章 ｜ 天哪，镜头能录下所有一切　　46
第 6 章 ｜ 没有大纲，也没有剧本　　62
第 7 章 ｜ 一场游戏？　　77
第 8 章 ｜ 游戏规则　　79
第 9 章 ｜ 杀手和猎物　　83
第 10 章 ｜ 第一个猎物消失了　　96
第 11 章 ｜ 烦躁不安　　107
第 12 章 ｜ 还剩八个人　　128
第 13 章 ｜ 索罗和护身符　　140
第 14 章 ｜ "这是我们的教堂"　　149
第 15 章 ｜ 潮湿的污渍不是水，而是血　　164
第 16 章 ｜ 小丑死了　　170

第17章 | 孤立无援　　181

第18章 | 显示屏启动　　200

第19章 | 好戏上演了　　214

第20章 | 乌云笼罩伊索拉岛　　228

第21章 | "你不是他！"　　237

第22章 | 一个手机　　242

第23章 | 谁在这里跟我们玩游戏？　　251

第24章 | 父亲与双胞胎兄弟　　259

第25章 | 导演就是一厌包　　276

第26章 | 托比亚斯　　285

第27章 | 谁是真正的杀手？　　289

鸣　谢 |　　301

昆特·坦佩尔霍夫　电影
## 主要演员表

# *Isola*

| | | |
|---|---|---|
| 乔伊·莱歇特 | 饰 | 薇拉 |
| 乌拉·斯约伯格 | 饰 | 精灵 |
| 贝琳达·埃奇沃思 | 饰 | 月亮 |
| 娜娜·玛赫塔 | 饰 | 珍珠 |
| 克里丝蒂娜·彼得斯 | 饰 | 克里丝 |
| 贝阿塔·克拉尔 | 饰 | 达令 |
| 斯汶·沃纳 | 饰 | 阿尔法 |
| 理查德·布斯曼 | 饰 | 米吉 |
| 尚直树 | 饰 | 龙 |
| 特里斯坦·莱安德 | 饰 | 尼安德 |
| 伊塔洛·麦肯齐 | 饰 | 小丑 |
| 拉斐尔·T.利伯曼 | 饰 | 索罗 |

# 第1章
# 坦佩尔霍夫导演要拍摄一部新电影

每年这个时候，柏林福音诊所花园里都跟往常一样，只有他一个人。清晨六点，月亮还挂在天边，草地上的小射灯闪烁着光芒，像一双双保持警醒的眼睛。一扇窗户里飘出轻柔的古典音乐。他转过头，仔细倾听，是德彪西的《大海》。他微笑起来，音乐似乎是一个标志，事实上也确实如此。他慢慢朝一座大理石天使雕像走去。小小一座雕像位于花园后方一角，在一株白桦树前。树枝上还挂着最后残存的一些树叶，看起来，今年的树叶似乎比往年还少一些。他小心翼翼地将裹着兰花的棕色包装纸拆开，将花束放在白色大理石天使的手中。天使并没有因此微笑，还是静静地站在那里，一如既往。一阵刺骨的寒风从北方吹来，雾气像一张薄薄的毯子覆盖上草地，但深红色的花朵却散发着温暖、光明和生命的气息。

他从不喜欢墓地，也不明白为什么要去那里探望死者。米莉亚姆在这里度过了她人生最后的片刻光阴，就在这些窗户其中的某一扇后面，就在十九年前的今天。对他而言，这也是一个标志，是该告别的日子。

风刮得更猛烈了。一片树叶脱离了白桦树，在寒冷的空气中无声地飘来荡去。他伸出手，抓住那片叶子，拭去叶面上结冰的露水，再一次看向那束兰花。窗户里的音乐沉寂了下来，花朵深红的颜色忽然让他联想到新鲜的血液。他瑟瑟发抖，耸起了肩。

"真是太遗憾了。"他喃喃自语道。

然后转身离开了花园。

时间到了。他的航班三小时后出发，第二天他就可以抵达那座小岛。当然，他会赶在其他人到达之前。他们还在天上飞的时候，他就已经到达目的地了，可以在那里恭候他们大驾光临。他再次回想了一遍他们的面孔，还有每个人专门为了在岛上度过的这段时间起的名字。真的是人如其名啊，特别是拉斐尔这个名字。

我相信每一个名字都是有意义的，以前我就相信。我曾经摘抄过中学课本里诺贝尔文学奖得主约翰·斯坦贝克的一段话，这会儿坐在飞机里我又再次想起这段话。"我从来都没有搞清楚过，"斯坦贝克在《伊甸之东》中写道，"究竟是名字塑造了孩子，还是孩子改变自己以适应名字。有一件事却是清楚无误的：如果一个人被人取了外号,这就证明赐他的洗礼名是不正确的。"

对我来说,情况正好相反。乔伊是艾瑞卡和伯恩哈特为我选的名字,但我并没有成为一个快乐的人。我出生时叫薇拉,现在我要回归这个名字了。飞机在起飞区移动起来,越来越快,越来越快。我开始告别,跟德国告别,跟寒冷和雨水告别,跟艾瑞卡和伯恩哈特告别,跟乔伊·莱歇特——我的德语名字告别。这几分钟在我内心激荡的复杂情感真的难以形容,甚至比周围的噪音更响亮、更澎湃。引擎一阵轰鸣,身体被推向座椅靠背,所有的东西都在震动。我紧紧抓住扶手,一瞬间脑子里冒出个念头,我真是疯了才会决定飞往那座小岛。然后,一切忽然一下子安静下来。飞机起飞了。

"第一次坐飞机?"

旁边的座位是空的,但是再过去靠近走廊的位子上坐着一位老先生。他友好地冲我笑了笑,一口巴西口音让我的心禁不住跳得更快。

我点点头,心想,就不开口撒谎了吧。

随后我转头望向舷窗外面,法兰克福已然消失在云层的后面。

昆特·坦佩尔霍夫现在可能已经上岛了,他肯定是从柏林起飞的。而我们,他的剧组人员,是从法兰克福登机前往里约热内卢的。我们一行十二个人,不过我并不认识其他人,同排的老先生肯定不在这十二人之列。应该是六个男孩,六个女孩,而且所有人都乘坐同一架航班。关于我们一行人,我从昆特·坦佩尔霍夫那里得到的信息寥寥无几。十月初在他的摄影工作室面试的时候,他只是告诉我,我有可能会参加他的一部新电影的拍摄。

**女孩**和**男孩**,直到现在我才发觉这两个词听起来有多么的不恰当。但是,要是称呼我们为**女人**和**男人**,就会更合适吗?以我十七岁的年龄,到底应该算哪一类?要是没搞错的话,德语由大约五十万个单词组成,那么我想请问,为什么介乎女孩和女人之间这么重要的一个概念居然没有包含在里面?

巴西话也一样。Menina 指的是"女孩",Mulher 指的是"女人"。但是据我所知,在口语中,有无数个概念可以表达阴性:Gata 母猫、Brotinho 花蕾……

座位上方的安全带指示灯灭了。

我伸出舌头舔了舔嘴唇。因为冷的原因,嘴唇又干又裂。一如往常,冬天一夜之间就突然降临,粗暴而且不请自来,为接下来好几个月的寒冷做好了准备。但是,我们正在飞向太阳,德国的灰暗将被一片色彩斑斓的海洋所取代。

我期待地望着空姐,她们正在前面头等舱里忙碌,看来得等上一阵子才能有喝的。忽然,一颗头发凌乱的紫色脑袋出现在前排座位。

"嗨,你也是其中一员吗?"

我耸耸肩，做了个肯定的回答。

紫色脑袋的主人是一个 —— 我决定了，还是称她为 —— 女孩。不管怎样，她看起来比我年纪还小。女孩穿着一件满是蓝绿紫色图案的飘逸长裙，某些图案上还绣着闪闪发光的亮片和小块的镜子碎片。这姑娘的嘴唇涂成了中毒黑，嘴巴咧出一个大大的笑容，一双金棕色的眼睛好奇地打量着我。我还没来得及反应，女孩一边嘴里念叨着"借过"，一边从老先生身前挤过，一屁股坐在我们俩中间的空位上。她的味道闻起来甜甜的，像是麝香或是广藿香，总之是某种印度香料的味道。我不由自主地屏住了呼吸。

"你是要飞往岛上的，对吧？"黑色嘴唇勾勒出的笑容扯得更大了，女孩冲我伸出一只手，手腕上三串彩色玻璃珠发出清脆的撞击声。没等我作答，她就自我介绍起来："我叫精灵。"

"这是我在岛上用的名字。我估计也没人对真名感兴趣，对吧？我敢打赌，你肯定也是我们的一员。你叫什么名字？"

我考虑了一瞬，交底给这个胖乎乎的彩色精灵到底合不合适？一想到接下来的十二个小时都得呼吸她甜甜的麝香味，我就越发紧张起来，虽然之前我就已经紧张得不行。但是很奇怪，她身上似乎拥有某种东西，让我立刻就喜欢上了她。或许她可以转移注意力，将我的注意力从我自己身上移开。

"薇拉。"我回答道。

"薇拉?"精灵皱起眉头,"真名还是岛上用的名字?"

我犹豫了一下:"岛上用的。"

"哦。"精灵脱下鞋子,努力挤着想要盘腿坐在空间逼仄的座位上,一不当心将老先生的膝盖顶到了一边。"抱歉……"她把手伸进裙子口袋,掏出一张折叠的报纸,打开,将印着一张昆特·坦佩尔霍夫照片的文章递到我的眼前。

"读读呗,是关于咱们这个项目的。"她说。我还没来得及看一眼,她就敲着导演的照片问了一串问题:"你也在坦佩尔霍夫摄影工作室试的镜?你觉得他怎么样?"精灵皱了皱她的小鼻子,"眼睛很奇怪,是不是?他也仔细打量了你一个从头到脚,是不是?他从哪儿找到你的?……真不好意思!"精灵又撞了老先生的膝盖一下,却压根没有打算放弃盘腿坐的姿势。

我忍不住笑起来。我对电影懂得不多,更不用说这种项目了。但如果我们一行人有一半都像这个精灵一样古灵精怪,那可真的是个疯狂的混合拼盘。

我看着昆特·坦佩尔霍夫的照片。就跟我们第一次见面一样,第一眼吸引我注意力的还是他脚上穿着两只不同颜色的鞋子。这是一双半高的系带鞋,柔软的抛光皮革闪闪发光,而且肯定贵得出奇。两只鞋子,其中一只黑色,另外一只是红色的。或许这就是他本人的一个标志,至少我们第一次见面的时候,他给我的感觉有点装腔作势。

他的眼睛确实有点奇怪,这一点在我试镜时也发现了。那两只眼睛小小的、黑黑的、圆圆的,还有种难以形容的机敏。这双眼睛躲在牛角框眼镜后面移动的方式,显得无比犀利和严苛,它们总是快速地扫来扫去,然后突然一下子落在对方身上。

我有点怕这双眼睛。

而且,面对这个人的时候,我总感觉有点不舒服。他那种独断专行到近乎可怕的权威不仅仅只是体现在肢体语言上,在面容上也是表露无遗。他的脸盘瘦削,棱角分明,下颌处有一个凹陷,嘴巴周围有些细纹。艾瑞卡说这种皱纹是伤痛纹,认为导演肯定经历了一个悲伤的童年。她说这话的时候伯恩哈特就一边微笑一边摇头,那意思明摆着就是说,"你和你的心理治疗,也就是所有人的过往都能从面容上读出来,是种病。"

但是坦佩尔霍夫的声音却低沉而温暖,他问起我们舞蹈演出的事。当然,这个电影项目也是对外公开选拔,有成千上万个青少年申请了试镜。昆特·坦佩尔霍夫的上一部电影项目荣获了欧洲电影奖,所以他是一位炙手可热的明星,他的新电影拍摄也会登上媒体的头条,或者成为争论的焦点。

我飞快地浏览了一遍这篇文章。

## 坦佩尔霍夫正在注视着你 —— 还是整个行业都看错了?

在欧洲电影奖颁奖典礼上,明星导演坦佩尔霍夫宣布了他的未来计划,引发了规模惊人的批判性讨论。因为与以往电影着重表现冷漠的知性截然不同,这次坦佩尔霍夫的新项目关注的是流行文化的潮流中心。在当下电视选秀的背景之下,这位屡获殊荣的导演要将这种形式发挥到极致。十二位年龄在十六到十九岁之间的少男少女将被送往巴西海岸的一个小岛,在那里共同度过三周时间。每个人上岛只允许随身携带三样东西。小岛与世隔绝,摄像头严密监控,原本是为了一个囚犯改造的真人秀节目准备的,结果项目流产,留下无缝覆盖小岛的摄像头监控。坦佩尔霍夫于是利用这项技术,将在这十二个少男少女无所觉察的情况下对他们进行拍摄。是否摄像素材最后真的能剪出一部电影来,坦佩尔霍夫用一句他最喜欢的措辞做了回答:"让我们拭目以待。"无论如何,坦佩尔霍夫不得不面对一个问题,那就是这样一个项目会不会恰好越过了纯粹偷窥的界限,而这正是他的电影所表达的中心话题。用电影艺术的手段,去配合行业"老大哥"的游戏规则,来达到对同一媒介批判性表达的目的,这样做可以吗?借用昆特·坦佩尔霍夫的原话,让我们拭目以待。

"挺尖刻的哈？"精灵从我的手里拿过报纸，"不过说说看，你究竟是怎么在坦佩尔霍夫那里试镜成功的？你还能开口说话吧，莫不是你真的相信那位马斯特罗先生在机舱里安装了隐藏摄像头？哦，不好意思！"

精灵邻座的男人直起身。

精灵的脸一下子变红了，"我真的没想……"

"没关系，那边还有空座位。"老先生冲我眨眨眼，留下我和精灵单独在一起。

"坦佩尔霍夫在一场舞蹈表演上看中的我。"

"舞蹈？"精灵的眼睛睁得圆圆的，"我以为他只从戏剧学校里招人。"

"显然并不是。"我跟演艺什么的丝毫没有一点关系，因为我实在太害羞。舞蹈是另外一码事，跳舞的时候不用说话，特别是在巴西舞蹈老师萨比亚的课上。我跟着萨比亚跳舞已经很久了，在汉堡"工厂"艺术中心的演出是我们的第一场大型表演。在四百多位观众面前我们表演了奥里莎舞，奥里莎是巴西坎特伯雷教的神明。我的部分是向女神燕莎致敬。燕莎是主管风和闪电的女神，同时也掌管亡者，在巴西被奉为强大、勇敢的女战士。在阿塔巴克鼓声和拨铃波琴音的伴奏下，我将燕莎女神狂野不羁的个性淋漓尽致地表达了出来。一如既往，当我舞蹈的时候，就会忘记周遭的一切。演出刚一结束,昆特·坦佩尔霍夫就来到我们的化妆间。他问我有没有兴趣参加他的一个电影项目,我当时一下子就蒙了。然后,一切的一切就迅速向前推进:坦佩尔霍夫邀请我去柏林试镜,告知我关于这个项目的信息,最终我通过了面试,还跟我的德国父母促膝长谈了一次。

说服艾瑞卡是最困难的部分,最后还是伯恩哈特点头同意。"艾瑞卡,不管有没有我们,总有一天乔伊是要离开的。"

我突然口干得要命,沿着通道一直望过去,希望空姐很快就能推饮料过来。

"我演的是古典戏剧,"精灵说道,"当然是在业余时间。我上高二,你呢?"精灵不等我回答就继续说下去,"我的老师认识坦佩尔霍夫,她去探过班。据说他性情暴躁,我挺好奇的,不知道在岛上会不会见到他本人。总之,"精灵抓了抓自己凌乱的紫色头发,手腕上的玻璃珠发出清脆的撞击声,"我立马就去柏林参加了试镜,然后当当当当……三周之后我就中了路透大奖。你也得告诉他你打算在岛上用什么名字吗?听到我在岛上用的名字时他冲我一笑,而且我计划带上岛的三样东西他也批准了。你带了哪三样东西?我的都装在背包里了,我得赶紧去瞅瞅它们还在不在老地方。老天爷呀,要我做决定带什么东西可真难为死我了。我觉得,防晒霜和牙刷肯定会提前放在房间里了吧,你说是不是?造型师有没有给你也量了三围尺寸?"精灵摇了摇头,"我希望他们千万别在我的衣柜里放牛仔裤。我告诉你,我可不会为了这个世界上的任何东西勉强把我的双腿塞进牛仔裤里,我实在太担心自己会把裤子撑破的。"

我叹了口气。其实我内心的忐忑和激动一点儿也不比她少,只不过我的表现方式与她截然不同罢了,或者更具体地说,我的表现就是什么都不表现出来。内心越激动,外表越平静。我可能历来如此,就连艾瑞卡也这么说我。"你太安静了,"她说:"简直安静得出奇,就像一个玩具娃娃。我们见到你的时候……"

我紧抿了一下嘴唇。不,不要想这个,不是现在,也不要在这里。

空姐来了。精灵要了西红柿果汁加盐和胡椒,我要了杯水。精灵一口气喝光了西红柿果汁,用手背抹掉黑嘴唇上的红胡子。

"来吧,咱们找找看,看看能不能在机舱里发现几个同伴。那边那个金发妞儿,她很有可能就是我们其中一员,你觉得呢?"精灵伸出手,指了指前面一排的一个少女。那女孩长长的金色卷发一直垂落到座椅扶手上。精灵吹了声口哨,女孩转过身。活脱脱一个芭比娃娃,我的脑海里一念闪过。最初的一瞬间那女孩显得有些惊讶,随后就用目光打量了精灵一番,从上到下,又从下到上,嘴角露出一丝嘲讽的微笑。精灵被冒犯到了,狠狠呼出一口气。"有人惹她了吗?"她低声嘟哝着,转过身,跪在座位上,开始观察我们后面的座位。

"快看,后面那个男生。我敢打赌,他也是其中一个。"

我费力地别过脑袋向后看去。

那是我第一次看见他。

他就坐在我们后面第三排,一头黑色及肩短发,正埋头看一份报纸。可是随后,似乎感应到了我们的目光,那个男孩抬起头来。虽然他的年纪看起来明显比我还要大一点儿,但在目前这种情况下我还是有意识地认为他只是个少年。他长着一张瘦削的脸,黑色的眼睛大大的。不过,他没看精灵,而是盯着我看。

然后,他笑了,温暖又坦诚。迄今为止,我还从未在任何一个德国人的微笑里感受过这样的温暖与坦诚,或许正因为如此,他立刻就吸引了我的注意力。虽然……,不,我相信,第一秒吸引我的是一种截然不同的感觉。这种感觉就含在他的微笑里,我认得它,我对它无比熟悉。包含在他微笑里的,是孤独。

我做了迄今为止从没做过的一件事,也冲他微微一笑。

少年垂下头,又继续看起报纸来。

"看到了吗?"精灵兴高采烈地欢呼道,"我打赌,那是第四号成员。"她咔咔笑起来,"我觉得他喜欢你,至少他看起来不像那个金发小妞那么骄傲。奇怪……"精灵再一次转向少年,"我总觉得他看起来有点眼熟。来吧,咱们去问问他是不是也参加了电影项目。"精灵拉了拉我的袖子,我摇摇头拒绝了。

"算了吧,我得休息一会儿,昨天晚上都没怎么睡。"

"哦……"精灵噘了下嘴,"那你给我留着这个位置,好吗?"

随后她一溜烟朝那个少年走去,几秒钟之后清脆的声音就传入了我的耳中。

我闭上眼睛。

飞机达到一定的高度,飞行员开始广播航线的相关信息。我们将会在巴西圣保罗中转,然后在当地时间第二天凌晨六点抵达里约热内卢。

我感到一阵燥热,那是一种又麻又痒让人挺不舒服的燥热,让人难以忍受。我从两脚之间的空地上拎出背包,打开它。

白色蜡烛。

打火机[①]。

埃斯佩兰卡的照片。

这就是我将要带上岛的三样东西。

---

① 在德国,打火机倒干净油可以放在行李里托运。

## 第 2 章
## 十二个少男少女将被带往一座叫
## "伊索拉"的孤岛

我本应该逃走的,直到今天这个念头还会时不时地从我的脑海里冒出来。我本应该偷偷脱离那个团队,有的是大把机会让我这么做:在里约热内卢的机场,去停车场乘车前往安格拉-杜斯雷斯的路上,或者在港口上船前往小岛之前。可是,这样就会改变一切吗?坦佩尔霍夫应该会派人找我,然后这个项目或许就会戛然而止?也许就不会再有血光四溅?我的理智完全明白,提这些假设问题完全没有意义。但是问题自己并不知道啊,它们完全不请自来,根本不会提前敲门,问一声时间是否合适。它们就想让人随时关注,才不管自己什么时候出现。我已经习惯和它们和平共处,对于这些问题,我的回答是不知道。有的时候我也告诉它们,我认为结局不会改变,什么都不会改变。如果我跑掉了,或许他们会遇见其他什么人,或许——甚至很有可能——一切的结局更糟。这个答案总是让它们倍感安慰。

事实上，从这群人中逃走的想法，早在出发前往里约热内卢之前我就已经有了。

头顶安全带指示灯变亮，机长宣布即将着陆，这个时候，一个声音在我内心响起：你可以离开，你已经在这里了，马上你就可以离开。你可以拨打埃斯佩兰卡照片背面的电话号码。如果幸运，你已经抵达了你自己的目的地。如果足够幸运，马上你就会来到埃斯佩兰卡的身边。

为什么我没有这么做？

针对这个问题只有一个答案：我不能。

无数次我为自己描绘了这一时刻，但是当我感到那个时候终于来临的时候，我却没有丝毫的准备。

我还是独自一人坐着。在整整十二个小时的飞行旅途中，我再也没看见精灵。虽然瞅着座位上方小小的屏幕看完了三部电影，但时间却流逝得无比缓慢，令人备受折磨。

现在，忽然一下子，一切都变得飞快起来，而且实在是太快了。飞机猛然开始下降高度，我不由得使劲咽了咽口水，以平衡耳朵里疼痛的压力。但是给我带来巨大压迫感的，还是来自胸口的那股压力。我们降到了白色云层之下。就在刚才，那朵朵白云还如同厚重的帘子一般将我们和大地分隔了开来。我鼓足勇气才把目光投向舷窗外面。往下看时，太阳刚刚从糖面包山后升起，粉红色的光芒笼罩着天空，朵朵云彩看起来恍如着了火，开始燃烧起来，起初只是云朵边缘，然后一点点、一点点，充斥着光芒和温暖。只是在我的舷窗前，刚好飘浮着一小朵雾蒙蒙的云彩，云朵的形状让我联想到一位张开双臂坠落的天使。

这座城市仿佛躺在大海脚下，正做着美梦。宽阔的海湾如潟湖一般缓缓伸入湛蓝的海水，海面上翻涌的泡沫如同小小的精灵一般上下飞舞。摩天大楼也沐浴在奇幻的光芒之中，座座山峰青翠欲滴。我还记得，在那不真实的几分钟里，我不由自主地想起了上帝。上帝，就像我们人类通常想象的那样，从高处俯瞰地球，俯视一个和平而神奇的世界。从那个角度来看，这里全无痛苦。

真相很奇幻。从这里，你可以看见一切，从这里，你也什么都看不见。要想了解里约这样一座城市对于生活在其中的数百万人意味着什么，必须走下神坛，就像俗话所说的那样，立足于真实。

飞机冲过最后一个气穴之后继续下降。那一刻，我觉得自己毫无力气逃跑；那一刻，我就知道，我会去岛上，而我和照片背面的那个电话号码之间的距离将会遥不可及。

我系紧了安全带。耳朵和胸口的压力消失不见，然而胃里却不时泛出一种不安的感觉。心脏怦怦乱跳，一下下敲打着肋骨。起落架已经打开，我能感觉到飞机降得越来越低，越来越低，随后飞机向左拐出一个大弯,似乎想要再次向上拉升。有那么一刻,飞机就那么停在空中,然后缓缓向波光粼粼的蓝色海洋滑行而去,就好像机长打算直接降落在大海当中一般。飞机以一种略显粗暴的方式在跑道上着陆的时候,我听到周围一片如释重负的叹息声。几位乘客鼓起掌来,客舱灯光亮起,广播里传来歌曲《伊帕内玛女孩》的音乐。这首歌极其难听,说它是音乐简直抬举它了。我的双脚有点刺痒难当,双腿经过数小时的久坐失去了感觉,就好像不是我的腿一样。广播声中混杂着其他乘客的嗡嗡声,终于能出舱来到外面的焦急渴望在整个机舱里蔓延开来。

　　空姐们带着疲倦的微笑跟我们道别,祝我们在里约热内卢一切顺利。走出机舱通道,潮湿的热带空气像一块无形的湿毛巾一下子糊在脸上。在我身后,飞机的引擎还在发出巨大的轰鸣声。

　　在机场摆渡车上,我被紧紧夹在一位画着眼影的瘦削女士和一位光头少女之间。女士的红色漆皮包里伸出一只黑色卷毛狗的脑袋;少女虽然背对着我,然而我却十分笃定,她绝对还是个少女,这一点可以从她纤细的身材判断出来。女孩后脑勺的最下方,剃得干干净净的脖颈上方有一个小小的文身,那是一个阴阳图案。车开了,女孩用一种轻柔但却异常高亢的声音念念有词地哼起来。

　　汗腥和灰尘的味道充斥着鼻腔,舌头上一股金属的味道,手指全都麻木得没了知觉。

我跟着好几百号人来到护照检查站,这是一个巨大的房间,几道玻璃门分隔开几个空间,地上铺着油毡,空调嗡嗡响着,人们的脚步擦着地一点点向前移动。我听到身后有什么东西掉在地上,发出清脆的叮当声,可能是几枚硬币。一个女人咆哮起来,一个小孩放声大哭;不远处是精灵那头紫色头发,爽朗的笑声直往我耳朵里钻;一位深色皮肤、身穿浅蓝色工作服的女士正在擦拭着走廊地面,她一边擦地一边哼唱着一首歌。我一直用目光搜索那个面带忧郁笑容的少年,但是哪里都寻不见他的人影。

人群排成两队,右边是给巴西人的通道,左边是给外国人的。一些人拥向右边那一列,但我并不属于那里。从四岁起我就拥有了德国护照,这就意味着,我得排在左边那队,全是外国人的那一列。

右边那一列巴西人的队伍很快就缩短到剩下几个人,而我们外国人的队伍就像蜗牛一样缓慢无比地向前挪动。

我的头很疼,四肢无力,胃饿得咕咕直叫。空气中飘浮的是桉树清洁剂和疲倦的味道,头顶上一盏疯狂地闪烁个不停的霓虹灯,突然发出一声短促的电流声,然后彻底熄灭了。马上就要轮到我了。排在我前面的正是那个光头女孩,她已经跟护照官员争辩了好一阵子。她是不是也是我们其中的一员?官员面无表情,手里捏着一张纸正在仔细研读,旁边放着女孩的背包。

我在夹克衫口袋里一阵翻找。我们每个人为了这次旅行都收到过一封信，这个时候应该将信和护照一起交给官员让他检查，因为坦佩尔霍夫的助理只能在外面的到达大厅跟我们会合，从那里带领我们出发前往小岛。精灵在飞机上塞给我读的报纸文章显然只说出了一半真相，坦佩尔霍夫理所当然不会是监管这个项目的唯一一个人，有一整个团队在协助他，虽然只是一个小小的团队。一位设计师将把我们在岛上的住所装饰一新，一位造型师会为我们准备衣服鞋帽。(这里回答一下精灵之前提出的问题，是的，造型师在德国也记下了我的三围尺寸：体重52公斤，身高1米68，鞋子37码，胸围78，腰围68，胸围很小，罩杯70A。)

在安格拉-杜斯雷斯还将会有一位直升机飞行员和一位德国女医生随时待命，以应对紧急情况的发生。但是坦佩尔霍夫只雇了一位摄影助理，跟他倒班轮流监控屏幕。了解这个情况之后我不由得暗暗松了口气，因为只要一想到要被一大帮电影团队的人透过屏幕观察审视，甚至被他们打趣嘲笑，我就觉得无法忍受。即便如此，我还是认为坦佩尔霍夫单单只找一位助理做帮手这事挺不寻常。我从心底问自己，导演这么做究竟是什么意图？为了不跟他人分享第一手画面？不愿跟别人来回讨论？想谋得一时清净？难道是为了顾及我们的感受？

不管怎么说，我们会一直处于监控之下，至少坦佩尔霍夫向我们的父母是这么保证的。

检查护照的海关官员让光头女孩去找他的同事沟通，随后冲我点头示意。我的膝盖抖得厉害，得鼓足勇气才能向前迈出一步。

海关官员在检查我的护照和入境文件，还有艾瑞卡和伯恩哈特签字的同意书，与此同时我就一直低着头。官员黑色的手指结实有力，手背上有一道波浪状的疤痕，指甲微微发着光，像打磨得光滑无比的象牙。在他身后，靠近玻璃门的地方，出现了一名武警。我用眼角的余光扫到了他，米色的制服，黑色的军靴，佩带着警棍和手枪。他只是随意看了我一眼，我却突然间感觉仿佛一道短促而刺眼的闪电击中了我的大脑。我眼角一抽，胃里一阵滚烫，紧接着又变得无比冰冷。这是一种复杂的感觉，夹杂着对死亡的恐惧和深深的仇恨。警察随即又消失不见了，官员把文件递还给我。

"通过。欢迎来到巴西！"

官员低沉的声音没有夹杂任何感情，但是他的葡萄牙语口音却让我联想到歌声，平静、柔和的歌声。每一次，当我思念起埃斯佩兰卡的名字，想起我只能从照片和网络上看到的那张脸，耳畔就会响起她的歌声，眼前就会浮现出她黑色的卷发、严肃的额头，还有那一双闪耀着光芒的杏眼。埃斯佩兰卡这个名字意味着希望。

在机场到达大厅我又看见了精灵，光着脚，穿着那件飘逸的长裙，仿佛一只巨大的蝴蝶，在一群年轻人中间兴奋地说个不停。那群年轻人围在一位年轻女士身旁，我认识她，试镜的时候她也在，她叫玛雅，是坦佩尔霍夫的助手。她身穿一条沙色的亚麻连衣裙，戴着一顶日光色的太阳帽，旁边立着一块不容错过的巨大接机牌，上面只有一个简洁无比的名字：伊索拉。

我避开一个正张开双臂迎向两个肤色黝黑男孩的巴西胖女人，略显犹豫地靠近那群人。"伊索拉"是坦佩尔霍夫为我们这个项目起的代号。其实"伊索拉"是意大利语岛屿的意思，在葡萄牙语中叫做"伊呀"。但是"伊呀"包含着感性和渴望的意义在里面，但"伊索拉"隐藏在"隔绝"这个单词里，而这正适合我们这次的情况。我们开展电影项目的这个岛虽然隶属于巴西，但一旦我们上了岛，就会完全不知身在何方。在岛上，我们将会与世隔绝。

坦佩尔霍夫的助手身边站着一个大男孩，头戴一顶浅色草帽，肩膀宽大且棱角分明，脸上大汗淋漓，双手插在裤兜里，正紧张地咬着下嘴唇。在他俩前面，一个瘦瘦的满头火焰般红发的女孩正在翻背包。一只毛茸茸的爪子从背包开口的地方探了出来，女孩急忙一把将它塞了回去。

在飞机上曾眼露嘲讽上下打量精灵的金发芭比显然也属于这个团队。她就站在右边不远处，靠着一张可乐广告的发光海报，一头富有光泽的浓密卷发直达臀部。她身穿一件磨白的牛仔热裤，脚上蹬着一双红色人字拖，上身一件露肚脐的军装背心，显得她的胸围——重点就是那对乳房——十分波涛汹涌。她的右胳膊上打着绷带，时不时地她就会用手摸一下手肘上固定的鲜红色夹板。

"这里就是团队集合的地方吗？"一个响亮的声音在我的耳边响起，声音的主人是一个编着长长脏辫的男孩，长着一张充满喜感的大脸盘，小而挺翘的鼻子，牛奶般的皮肤上布满雀斑。他的腋下夹着一块冲浪板，随身带的背包里露出一面鼓的光滑表面。

我点点头。

"理查……"少年开口道，随后做了个鬼脸，"我是说米吉。我叫米吉，你叫什么？"

"薇拉，她叫薇拉。"精灵朝我们飘过来，她搂着我的肩头，仿佛我们是熟识已久的老朋友。她用手指着一个肤色较深的女孩，那女孩头上扎着一块非洲花布，下面露出些许卷曲的头发。"那边的那一位叫珍珠，她爸妈是特立尼达人，不过珍珠是在海德堡长大的。她也上了演艺学校，专业是唱歌。坦佩尔霍夫是在海德堡的一次音乐演出上发现她的，很酷，对吧？"精灵手腕上的珠串丁零零作响，"那个正和坦佩尔霍夫助理说话的大个子叫尼安德，名字跟尼安德特人还挺搭的，真是人如其名啊，你们是不是也这么觉得？还有后面那位，"精灵指向一位一头黑色长发的亚洲少年，他正盘腿坐在助理身后的地上，坐姿笔直，"那是龙，在飞机上的最后那几个小时我就坐在他旁边。不管你们信不信，他原来是一个中国马戏团的人，原来的名字叫直木还是正树或者类似什么的。这可是我一点一点跟他聊出来的,虽然咱们其实不允许互相称呼真名。无论如何他的真名在中文里的意思好像是挺拔的树木,不过他在岛上用的名字是龙,就是天上飞的那个龙。再有,就是那个金发洋娃娃……"精灵利用短促的呼吸瞬间做了个鬼脸,"……很可惜也是这个团队里的一员。我很好奇她会叫什么名字。我打赌,肯定叫帕丽斯·希尔顿,你们觉得呢?"

"我赌你叫'不带标点不会停'。"米吉接了话,但是说这话的时候他十分坦诚地望着精灵哈哈笑着,所以精灵一只手把他揉到一边,另一只手搂着我,让我靠向她柔软的身体。在她身上,依然还能嗅得出印度香水的味道。

"那对于'没话讲的薇拉'来说,我是一个极佳的补充,不是吗?"她说:"来吧,我们去找坦佩尔霍夫的助理,问一问什么时候出发。现在咱们一共有几个人了?"

"八个,"精灵拽我过去的时候,坦佩尔霍夫的助理正说道,"你们现在一共到了八个人,哦,不对,九个了。"

她在记事本的清单上打了个钩,冲一个正向我们走来的个子瘦高、脚步拖沓的少年点了下头。那少年头发油腻,下巴上留着一小撮深色山羊胡,身上穿着一件棕色的圆领短袖,上面印着橙色的字母:你知道吗,你不可能舔到你自己的胳膊肘?

"不,这个我不知道,"精灵咻咻笑着给出答案,"但是似乎确实够不到。快看,你们身后的第十号正在把自己变成一只猴子。"

我转过身,目光落在一位少年身上。少年的头发颜色很浅,接近于白色,似乎已经待在这群人旁边一个不显眼的地方很久了。显然,他此刻的感觉应该还是没有人会注意他,所以正努力尝试去检验一下山羊胡少年短袖上那句话到底经不经得住考验。他将一只胳膊打弯,另一只胳膊伸向脑后,拉着打弯那只胳膊的手腕,拼命拽着胳膊肘向嘴边靠近。这当然行不通,怎么着都差一掌宽的距离。少年的舌头伸得老长,想努力靠这个再缩短一点距离,弄得他的整张脸都扭曲了,扯出一个荒诞的鬼脸。精灵这么一说,也引起了这群人里其他人的注意,大家哄堂大笑起来。少年愤愤然放下胳膊。漂亮的脸蛋变得通红,再加上他重重地怒哼一声,惹得大家笑得更厉害了。

"恭喜你,"山羊胡子短袖少年干干地说道:"你通过笨蛋测试了。话说,我其实还有另外一件短袖,那上面印的是:你知道吗,你不可能舔到你自己的屁股?等回头到了岛上,你可以现身说法一下,到时候我们立马就有了现成的电影素材。"第十号成员握紧了拳头,但是却一声不吭,而一边的精灵却笑得弯下了腰。

身材纤细的光头女孩是第十一号。

我压根没看见她过来,但是忽然一下子她就站在了坦佩尔霍夫助理的身边,整个人小巧精致,眼睛睁得大大的,看起来不像是从德国飞来的,而像是从外太空某个星球踏上前往里约热内卢的旅程的。

"现在还缺索……"精灵刚开口,我的背后传来一声狗叫。下一刻,一根湿漉漉的舌头就舔上了我的手。

"嗨,这是谁呀?你是索罗的狗狗吗?他在飞机上可没告诉我还有你呀!"精灵冲着一只大狗俯下身去。这是一只巨大的黑色拉布拉多,这会儿正呼哧带喘还摇着尾巴,任精灵用手轻轻挠它,却不离我身边半步。随后我就看见了他,那个笑容忧郁的少年。索罗,独行者。是的,这个名字很适合他。

索罗迈着不紧不慢的步子向我们走来,肩膀上背着的一个弓状乐器。对我而言,那乐器实在是太熟悉不过了。弯曲的木棍,绷紧的长弦,还有挖成中空的葫芦,毫无疑问,那是一个拨铃波琴。

或许 —— 到了今天,当我一遍遍追问自己原因的时候,偶尔也会这么告诉我自己 —— 或许索罗其实就是那个原因,是我当时没有从那群人中溜走的原因。当我看见他的一瞬间,我感到一种深沉平和的宁静,完全无从解释。

"那么就热烈欢迎大家的到来!"坦佩尔霍夫的助理开口说道,把记事本装进口袋里,"外面有司机等着大家,然后我们出发前往安格拉-杜斯雷斯港口,在那里稍微休息一下,随后再坐船向小岛进发。足够幸运的话,日落之前你们就可以上岛了。怎么样,激动吗?"

她冲人群眨了眨眼,十二只脑袋冲她点了点头。

回想起来,我们在里约的旅程仿佛一系列快速闪现在我眼前的画面:炽热的、跳动的、一幅幅追逐着的画面,就像是一首画面切换太快的音乐视频。那些画面刺痛了我的双眼,让我无法消化,因为实在是太多了,一下子太多、太五光十色、太华丽耀眼、太自相矛盾——实在是太多,离我又太近。

我和索罗、精灵,还有戴草帽、宽肩膀、大个头的尼安德同坐一辆车。索罗抱着他那只黑色拉布拉多坐在副驾驶的位子上。我坐在后排,不得不把腿蜷起来,因为司机把他的座椅调得很靠后。后排的座位中间夹着尼安德,浑身上下都是一股汗味。另一边靠窗的位置坐着精灵,我能听见她说话的声音,但是听不清楚具体在说什么。她一直说个不停,如同一只忘记关的水龙头,细碎的话语跟里约的噪音充分混合在一起。里约,这座充斥着噪音,臭气熏天,让人无法呼吸的城市,现在就用这些糟糕的印象对我进行一番狂轰滥炸。

狂按喇叭的公交车、改装的轻便摩托车、引擎轰隆作响的汽车、摩天大楼与酒店城堡的天际线、现代银行、蜷伏着的古老教堂、阳光下闪闪发光的尼泰罗伊桥、港口里巨大的货船和小型渔船,还有郁郁葱葱的山上一排排的棚屋,一望无际。它们离我好远啊,又是如此的陌生。这些由刨花板、白铁皮和硬纸板拼凑而成的"鞋盒子",看起来乱七八糟、毫无章法地散落在山上,仿佛是从一个巨人的手中扑通一下子掉下来的一样。空气中混杂着令人窒息的烟尘、海盐和汽油的甜味,随着人们发出的声音轻微地震动。到处都是人,简直无处不在,街道和人行道上,林荫大道上,海滩小屋旁。带着孩子的妈妈,穿着灰西装的商务人士,打着鼓的年轻男人,身穿鲜艳莱卡上衣慢跑的人,全身只穿着清凉比基尼的深肤色姑娘,嘴里漏风的老男人,互相调情的情侣,还有穿着黄绿色秋衣打着赤脚的街头流浪儿,有的身后拖着一辆装满垃圾的手推车,有的在海滩踢足球。在一个十字路口的中间立着一个大陶碗,里面装着玉米面、一根雪茄,还有一瓶烧酒。这是献给埃克苏的祭品,它是坎特伯雷教的看门人和神使,我在德国的巴西老师信奉的就是它。

最高处是里约的标志基督雕像,雄踞于科科瓦多山上。基督沉默地平举双手,俯瞰着脚下的这座城市。我不由得闭上眼睛,用力呼吸,希望没人能看出我的情绪。

我就以这样的姿势坐了很久,头一直靠在后门框上,直到突然听到司机一声咆哮,紧接着一脚急刹车,又刺耳又突然。我猛地向前一冲,紧接着又被扔回座位,旁边的尼安德大口喘着粗气,前面索罗的狗一阵狂吠。

"怎么搞的?"精灵喊道,"出什么事了?"

前面一辆汽车的轮胎爆了,车子猛地打横停在路上,逼得旁边的车也都全部停了下来。司机们不断按着喇叭,我们这辆车的司机也足足按了好几分钟,但是全然无济于事。我们被困在酷热中,热浪淹没了我的感官,好一会儿,我才恍然自己身处何地。我朝司机和索罗之间的挡风玻璃间隙望出去,惊讶得不由自主地捂住了嘴巴。就在我们的正前方矗立着两兄弟山,那座山也正是因为双峰峭立而得名。

"贫民窟?"我听见精灵开口说道:"那座山上是不是就是传说中可怕的贫民窟,里面都是毒贩子? 我在一本旅游指南里读到过,据说甚至会有一趟趟的旅游巴士往那里开。这或许是世上仅存的最后一个贫民窟了吧,你们觉得呢? 我其实很想了解那上面的人到底是怎么生活的,毕竟这样的事情我们可是完全无法想象。快看,那是他们其中的一员,是个小家伙。噢,天哪,他可真可爱……"

堵得水泄不通的马路上,一个光着脚的小男孩站在车辆之间,最多只有五六岁,穿着短裤和一件满是油污的白色短袖,手里拎着一个装着瓶装水的纸箱,径直朝我们跑过来。在我的车窗前,他停下脚步,敲了敲窗玻璃,从纸箱里拿出一瓶水。他的脸在我眼前只是模糊不清的一团,因为我的眼泪一下子喷涌而出。我用手抓住门把手,心脏狂跳个不停,仿佛要从胸腔中猛地跳出来,然后从这辆车里逃离而去,远远、远远、远远地逃离而去。可是,我的身体却像瘫了一样丝毫动弹不得。下一刻，堵塞的交通松动了，司机给了一脚油，于是那个男孩就从我的视线当中消失不见了。就在这时，索罗转身看向我，我们的目光交汇在一起。在那漫长的一瞬间，我有一种感觉，他能直接看穿我的内心。随后我们一头扎进隧道黑暗的洞口，出了那个黑洞，在明亮的阳光的照耀下，我们一直沿着海滩，向着安格拉－杜斯雷斯港口的方向进发。

## 第3章
# 每人只允许带三样东西

司机把车停在港口餐厅门口让我们下车，我跟在精灵身后走进餐厅。那个时候已是午后时分，宽敞的大厅里摆着许多长条椅和折叠桌，桌上铺着红白格子的塑料桌布，让我不禁想起德国汉堡港区的葡萄牙渔夫餐厅。只不过这里炎热的天气却表明，此刻我们正身处于另一块大陆之上。尽管头顶天花板上的风扇吹得呼呼作响，空气还是热得令人窒息。吧台前站着两位侍者，白衣黑裤，冲我们友好地微笑着。桌边却没有坐人，整个大厅不见一个人影。一开始我寻思，肯定是来错餐厅了，不过接下来却听到餐厅后部有声音传来。下一刻，索罗的大狗如同离弦之箭一般朝包厢冲了过去。一扇暗红色的门帘将里外分隔开来，里面有张圆木桌，上面放着一个"已预订"的木质桌牌，其他人正围坐在桌边等着我们。显然他们已经到了好一会儿了，果汁杯子都已经喝得半空，桌面上洒满了面包渣。气氛看起来热烈而放松，似乎刚刚有人讲了一个笑话。脏辫少年和牛奶肌肤少年一边大笑一边抹着眼泪，打着红色夹板的金发女孩脸上露出一个满意又有点幸灾乐祸的笑容。不过，在看见我们进来的那一刻，大家一下子安静下来，坦佩尔霍夫的助理明显松了一口气。她坐在亚洲少年身边，另一边的椅子上放着一架摄像机。"终于，"她开口说道，"你们终于来了。"

"你们肯定把里约搅得鸡飞狗跳了吧？"高瘦笨拙的山羊胡子短袖少年瞅着索罗背着的拨铃波琴，嘲讽地将一边的眉毛挑得老高，"难不成你们在海滩上射箭来着？"

索罗不为所动，只是笑了笑，紧挨着金发少女坐了下来。尼安德、精灵和我坐在另一侧的空位上。湿热的空气中混杂着尼安德的汗味，他那张汗津津的大红脸还发着光。在机场一个劲儿翻背包的火焰红发少女厌恶地皱了皱鼻子，开口说道："或许在我们被禁锢在那座小岛之前，只有你们利用了这最后一次机会。"她打开背包，此刻里面看不见什么毛茸茸的爪子。红发少女拿出一包香烟，啪地打着一只银色打火机。我注意到她的脸色十分苍白，甚至可以说是有点惨白。她的脸完美无瑕，线条轮廓分明，让我想起T台上走秀的那种超模。艾瑞卡总说，那些人个个都跟没吃饱饭一样。

"没人会被禁锢在岛上。"一个长着狼一般灰色眼睛的男人挑开门帘走进来，在放着摄像机的椅子前面停下脚步。

"这是斯汶，"玛雅开口介绍道，"坦佩尔霍夫的摄影助理。"

斯汶冲我们点头示意，伸手拿起摄像机，放在面前的桌子上，随后坐了下来。

在这间没有窗户的餐厅包厢里，气温至少超过三十摄氏度。即便如此，我依然感觉到全身起了一层鸡皮疙瘩。

我心想，在之后的日子里，他们将会看着你。这个灰眼睛的斯汶，还有坦佩尔霍夫，他们将会看着你睡觉，看着你醒来，看着你吃饭，看着你说话，或者压根不说话。他们将会看着你干所有的事情。

之前他们解释过这件事，而且说过不止一遍，因为整件事当中最重要的就是这个。我们已经明白，整个岛上将遍布摄像头，那种微型隐藏摄像头将通过运动探测器自动开启，由坦佩尔霍夫遥控。甚至在一片漆黑中发生的事情，也能被摄像头捕捉。但是为什么会在这里？餐厅里为什么会出现摄像机？这架摄像机既算不上是微型的，也并没有隐藏，到底他们要干什么？

"请问还有什么需要？"

一位年轻侍者挑开帘子走进来，又放了几杯新鲜果汁在桌上。我听到身边的尼安德满心宽慰地松了口气。

"天哪，"精灵一声感叹脱口而出，急急伸手去拿她那杯果汁，弄得杯子差一点掉到地上，"我要渴死了！好像也有胃口可以吃点东西。嗯，请问……"她冲侍者绽放出一个灿烂的微笑，"有吃的吗？"

　　侍者礼貌地微笑回应。我敢肯定，他连一个字都没听懂。但是精灵的愿望最终还是实现了，因为马上就出现了第二位年纪稍长的侍者，手里举着一个大托盘，将各种小菜摆满桌子：螃蟹、奶酪饼干、橄榄、肉丸子、火腿、西红柿，还有一篮子面包。所有人都开动用起餐来，只有我的胃像是被绳子牢牢捆住一样，没有丝毫胃口。就连果汁都卡在嗓子眼里，完全咽不下去。杧果汁闻起来太甜，像是里面掺了太多的糖。我应该要杯水，不过却没有勇气开口，我比以往任何时候都更讨厌自己无比害羞内向的性格。

　　周围的人又开始聊起天来。在机场尝试舔胳膊肘的浅发少年正跟亚洲少年闲聊，说他最喜欢的中国功夫是合气道，直到金发芭比插话指出，合气道其实是日本功夫。浅发少年的脸一直红到头发根。亚洲少年唇角露出一丝浅笑，他个子不大，却很强壮，长长的黑发用一根红色皮筋扎成一根马尾。

　　精灵正在跟深肤色少女和脏辫少年聊天。我只是捕捉到片言只语，什么印度、海滩、冲浪、什么蚊子，总之精灵银铃般的笑声一直回荡在我耳边，让我非常羡慕她开朗的性格。人置身于一群人当中的时候会感到孤单，这句话听起来有点奇怪，也有点矛盾，但在那一刻，我确实感受到了孤单。更糟糕的是，我觉得自己格格不入。那个问题再一次涌上心头，我究竟在这里做什么？其他人难道没有一个人跟我的感受相同吗？我偷偷瞄了一眼索罗，但是他正在侍弄他的狗。那只黑色拉布拉多刚喝完水，索罗正喂肉丸子给它吃，黑色的头发如帘子一般遮住了索罗的脸。我的目光游移着转向桌子的尽头，光头少女就坐在那里。看起来她也并没有加入聊天的大部队，只不过用的是另外一种方式，故作疏离，完全不在状态。她用短乎乎的手指捏着一只西红柿，目光一瞬不瞬地看着，就好像那是一个极其稀罕的物件。

"洗澡和上厕所在岛上是不受监控的，对吧？"精灵嘴里塞满食物，突然张口一问，面包屑和奶酪渣直直喷在桌上。灰眼睛摄影助理皱着眉头点了点头，玛雅确认道："没有摄像头的地方只有浴室、厕所和更衣室。是的，跟之前告诉你们的一样。"

"到了那里，如果不想在摄像头面前丢脸的话，你最好还是应该安生吃你的饭。"金发芭比插了句嘴。她用牙签扎了颗橄榄，慢慢送进嘴里。

精灵做出一副生气的表情作为回答，在张口说话之前却一下子给噎住了。金发芭比的嘴角撇了撇，扯出一抹怜悯的微笑。

我迟疑了一下，拿起一块面包，几片火腿，还有一只西红柿。火腿咸咸的，面包干干的，但是我必须得补充点东西，飞机上我几乎就没碰什么吃的。红发少女已经点燃了她的第二根香烟。

右侧响起一个温柔的男声，是尼安德。他正腼腆地询问摄影助理，知不知道岛上有哪些鸟？我觉得这个问题挺有意思，更有意思的，是少年这把羞怯、温柔的声音，跟他人高马大的形象简直完全不搭。尼安德的周身散发出一种质朴的气息，仿佛一块还没来得及打磨的璞玉。

摄影助理是怎么回答的我没听见，因为这会儿大家七嘴八舌开始问各种各样的问题。问野兽的，问风暴的，问停电多吗，问各种危险的状况，其实这些问题早在我们出发之前都已经得到过答案。

我感觉屋里的气氛蓦然间就变了。顷刻之间，我好像就不再是怀揣恐惧和绝望的孤单一个人。在德国还显得抽象、遥远的事情，如今对于我们每个人来说就已经近在咫尺。虽然一张张面孔还在扮酷，但是空气中一股恐慌的情绪蔓延开来。

"假如坦佩尔霍夫是在毗邻的小岛上观察我们……"深肤色少女摆弄着头上包着的非洲头巾，担忧地开口道，"……显然那座岛离我们不远哈。是这样吗？"

"不到一海里。"亚洲少年回答道，"从我们的岛上甚至能看见那座岛。"

玛雅点点头，肯定了他的说法，显然她似乎理解我们的担忧。"没错，坐船过去就几分钟。"她拿起一张餐巾纸擦了擦嘴，将椅子推后一些，悠长的目光环视了一圈我们这群人。

四下里一片安静。

"你们大家都知道昆特·坦佩尔霍夫的这个项目是怎么回事，"玛雅说道："没有大纲，也没有剧本。一旦你们上岛，行动都是你们自己做主。说你们想说的，做你们想做的。就做你们自己，要让我说，你们也可以做其他任何人。"她清了清嗓子，接着说道："岛上有足够的食物，白天黑夜都有摄像头监控。要是有什么不同寻常的事情发生，坦佩尔霍夫或者斯汶，"她指了指灰眼睛助理，"马上就会赶到你们身边。除此之外，你们知道哪几件事情不能做。"玛雅将手举得高高的，伸出四根手指，"不能吸毒、不能喝酒、禁止暴力、禁止性爱。"

"根据您的经验，什么情况算作性爱？"金发芭比直直看向玛雅的眼睛，嗓音几乎一丁点儿都没提高，脸上的表情显得很有趣味。精灵嘴巴大张站在那里，深肤色姑娘哧哧笑起来，几位少年轻吹几声口哨，只有索罗表情丝毫不变。光头少女打了个哈欠，露出一排尖尖的白牙。

玛雅的眼睛里迸出火花。"允许接吻。"她用一种明显控制着的礼貌回答道。

"能舌吻吗，还是不能？"浅发少年伸了伸舌头，扮的鬼脸却有点让人反感。显然他想讨好金发芭比，对方连瞧都没瞧他一眼。

"随你们自己决定，"玛雅简洁地回复，"要是你们没有其他问题……"

"我还有一个问题，"山羊胡子少年接着开口。他靠在椅子上，双手拂过身上穿的那件字母短袖，"为什么金发美女是葬在三角棺材里的？"

摄影助理喷笑，嘴里发出响亮的扑哧一声，玛雅不由得叹了口气。金发少女冲山羊胡子少年微微一笑："因为我们只要一闭眼，就会叉开双腿。"她温温柔柔地说。

玛雅伸手一把将侍者留了条缝的门帘合上。"我觉得就到此为止吧。"她给坦佩尔霍夫的摄影助理递了个眼色，斯汶拉开椅子站起身。包间里的空气实在是压抑，我觉得呼吸都有点困难。马上，我心里想着，马上就要出发了。

"在放你们上船之前，"玛雅说道，"我还想谈一谈你们的行李。你们没法带上飞机的东西，都已经帮你们买好了。现在我想请你们一个一个报出你们的名字和带上岛的三样东西。请你们照着我打的这个样子来，一个个说一下，我叫……，我带上岛的东西是一、二、三。"

我盯着那架摄像机，这会儿摄影助理正从桌上拿起它，原来是为了这会儿用的。我惶恐地看向其他人，显然我并不是唯一那个对这个要求感到吃惊的人。

"为什么？"红发少女质问道，声音尖厉，冰蓝色的眼睛里闪烁着火花，"为什么在这里，为什么要这么做？之前你们跟我们每个人都谈过话的,还试了镜。那个时候我们都已经说过了的,为什么要现在当着所有人……"

玛雅又坐了下来,"因为昆特·坦佩尔霍夫想这么做。"

"可我不想这么做……"红发少女看起来像是要从桌边站起身然后离开。然而,她似乎又重新考虑了一下,之后又不走了。她紧张地伸手拿向自己的餐巾纸,把它折成一个小盒子。

"斯汶?"玛雅静静地问,"你准备好了吗?"

摄影助理点了下头。刚才说话期间,他已经在桌子一头找好位置,准备好了摄像机。或许是因为注意到了我的忐忑,他首先将镜头对准我。嗓子眼里像是堵住了巨大的一团,我徒劳地想将那一团清咳出去。大家的目光都聚焦在我脸上,像是能钻出无数个洞。我的心跳得快极了,却忽然感觉到精灵温暖的手放在我的腿上,于是我努力镇静自己,终于可以开口讲话了:

"我叫薇拉……带上岛的是蜡烛、打火机,还有一张照片。"

玛雅点了点头,摄影助理于是将镜头转向精灵。"我叫精灵,带上岛的是童话书、阅读台灯,还有吊床。"

摄像机继续转向下一个人。

"我叫克里丝,"红发少女的声音拔高了一个高度,像一个香香脆脆的冰淇淋,"带上岛的是打火机、香烟……还有……我的……毛绒动物玩具。"

"噢，老天爷，真是太可爱了。"我飞瞥了一眼金发芭比，她一脸嘲讽的笑容，那个名叫克里丝的少女愤怒地低下头。摄像机继续转向下一个人。

"我叫尼安德，带上岛的是望远镜、一本关于鸟类的书，还有手电筒。"

"抱歉？"山羊胡少年将一只手掩在耳后，"我没太听懂，你是说一本鸟书？"

咻咻的低笑声传入我的耳朵里，有人清了清嗓子，镜头继续转向下一个人。

"我叫龙，带上岛的是火炬、一罐汽油，还有把匕首。"

"我说过吧，"精灵冲着我低声耳语："这个中国小子是从马戏团来的。哇哦，我希望……"

"我叫阿尔法，"看向镜头之前，浅发少年用力掰着手指，只听得指节嘎嘎作响，"带上岛的是便携音箱、拉力器，还有一把莱泽曼。"

"一把什么？"精灵疑惑地皱着眉头。

"多功能工具钳，"我轻声补充道，"莱泽曼跟便携小折刀有点像，但是功能却要多得多。"

深肤色少女正要往嘴里塞最后一只螃蟹，摄像机一对准她，她立马打住。"我叫珍珠，"她轻声说，"带上岛的是钩针、羊毛，还有我的手机。"

玛雅抬手示意摄影师暂停录制,一边遗憾地摇着头。"不准带手机上岛。"她宣布,"我以为,这一点早都告诉过你们了,昆特不想让你们在岛上的那段时间里跟外界联系。"

深肤色少女的样子看起来就像是谁要拿走她的生活必需品一样。"不让带手机?"她绝望地又重复问了一遍。玛雅朝她伸出手,回答道:"很遗憾,不行。"

少女深深叹口气,将一只淡绿色手机递给玛雅,然后没精打采地坐回椅子上。金发少女的脸上又泛出一丝嘲讽的表情,这一回可没能逃过精灵的眼睛。

"天哪,她可真恶心。"精灵冲我低声耳语。

下一位是牛奶肌肤的脏辫少年。他做着鬼脸进入镜头,还没开口,我突然想起来他的名字。

"我叫米吉,带上岛的是飞盘、康佳鼓和冲浪板。"

金发少女整了整手肘上的红色夹板,摆出一个姿势。"我叫达令,"她开口说道,无须刻意提高音调,她的声音就充斥了整个房间,"带上岛的是镜子、星星,还有一盒——为了可能停电的情况准备的——避孕套。"她斜睨一眼阿尔法,后者的脸一点点开始变红起来。

镜头转向光头少女。我好奇地躬身靠近她,于是才恍然发现,原来她的大眼睛是两种不同的瞳孔颜色,一只银灰色,另外一只是浅棕色。

"我叫月亮,"她尖着嗓子说道,"带上岛的是画板、铅笔,还有一只死去的乌龟。"

名叫克里丝的红发少女厌恶地皱了一下眉头,尼安德显然被一块面包呛着了,呼吸困难地举起胳膊。

"你相信她真的带着那个东西吗?"精灵悄悄问我。我点点头,此刻才终于明白,为什么这姑娘在机场会跟护照官员争论那么久。

月亮旁边坐着山羊胡。我觉得他的脸好像哪里长得有点奇怪,颧骨高耸,鹰钩鼻,漆黑的眉毛呈倒 V 状,看起来似乎仔细修剪过,一如那一小撮山羊胡。他在说话的时候,一边的眉毛高挑,差不多都要够到发际线了。"我叫……,带上岛的东西是一、二、三。"他开口说道,目光直直盯着玛雅。

精灵哧哧笑起来。

"请再来一遍,"玛雅无比镇定地接话道:"我想说,假如太阳落山之前你们想上岛的话,下一次就是你的最后一次。"

少年站起身,伸直双手,用一种表演式的腔调强调道:"**我叫小丑,带上岛的是水烟、一瓶水,还有凯特姐姐。**"

"啥,什么姐姐?"精灵嘴里咕哝着,"这家伙在胡说八道什么?"

镜头继续向下一个人移动。突然间,我感到自己其实已经等待这个时刻很久了。

"我叫索罗,带上岛的是拨铃波琴、我的狗梅菲斯托,还有一个私人纪念品。"

他的声音比我想象中的更低沉。提到纪念品的时候,听起来他有点害羞。

"好啦,谢谢你,斯汶。"玛雅冲摄影助理点点头,"到此结束,我现在带你们去港口。还有一件事,是昆特·坦佩尔霍夫让我转告大家的,他请你们在船上的时候不要说话。"

"那我们可以唱歌吗?"

玛雅弯腰俯身,将一根手指竖在山羊胡前:"你该闭嘴保持沉默。"

# 第4章
## 恐惧袭来

所有人上了同一艘船。

时至今日,我还时常能回想起小船行驶在公海上那段异乎寻常的时光。那魔幻现实的几个小时,介乎几个世界之间,介乎种种现实之间。安格拉-杜斯雷斯,号称国王海湾,百万富翁居住的别墅星星点灯似的散布在座座青山之间,昂贵的游艇停驻在港湾的怀抱之中。除此之外,还有一座丑陋的核电厂。在我的记忆里,从这座小城出发这件事只剩下一块苍白的印记,而我们大家同乘一艘船的画面却深深印在我的脑海里。我们所有人,十二位少男少女,还有一只狗,就是坦佩尔霍夫送上小岛的全部人员。正如他所要求的,大家全都缄口不言,默不作声地坐在一艘小型帆船漆成深绿色的木头长椅上。

船长驾驶着小船往公海里开得越远,绝望和恐惧的情绪就越强烈。这一点我能从所有人的脸上看出来。我们将扮演谁,拿到怎样的角色,主角还是配角——在这个岛上,我们将会是谁? 创造什么样的情节,经历什么样的命运? 没有角色分配,没有天选的英雄或者反派。我们自己是这部电影的缔造者,自己设计情节的走向,自己决定在岛上扮演的角色。我再一次意识到一件事,那就是我们甚至跟导演可能连照面都打不上一个。这是艾瑞卡最担心的一点,之前她和伯恩哈特陪我跟导演面谈,就已经表达过一次这种担忧。坦佩尔霍夫声音平静地向她保证,她完全可以信任他,我们也完全可以信任他。毕竟他是德国最知名的导演之一,享有极高的声誉,在如此特殊的项目上犯错,哪怕只是犯最小的错误,也会令他声誉扫地。

我们相信他吗? 我相信他吗?

我不知道,离大陆越远,我就越没有把握。

头顶的天空瓦蓝瓦蓝的,那是一种灿烂的、万里无云的深蓝色。太阳早就偏离了最高点,海面只剩下一丝光亮。浪花在木头帆船的左右翻滚,白浪舔舐着小船的船身,呼啦啦的白色风帆如同大鸟一般在风中飘扬。我们驶过一座座小岛,岛上的海滩被棕榈树环绕,如梦幻一般——这是只有在明信片上才能见到的天堂。这些岛屿属于安格拉-杜斯雷斯的国王群岛,是明星和百万富翁经常光顾的地方。

但是,不知什么时候,围绕着我们的就只剩下无尽的海洋。

我坐在船的最后边,离这群人有一段距离,扭头望着大海,直到精灵一声响亮的感叹让我转过身来。

然后,我在地平线上看见了那座小岛。

## 第5章
# 天哪，镜头能录下所有一切

一整夜，他都无法入睡。已经到这里五天了，时间一直慢得如同停滞一般。为了确认一切都运转正常，他一遍又一遍地检查和镜头之间的联系。事实上，一切正常。甚至连不能使用手机的担忧也满意地解除了。有电、有网，有足够的吃食，一切该掌控的都在他的掌控之下。但是随着时间一小时一小时地过去，他变得越来越不安，绝望用利齿啃噬着他的神经。米莉亚姆的照片靠在一个空水瓶上，水瓶里插着一朵兰花，花色洁白，释放出的香气忽然让他一阵头疼。他喝了口咖啡，有点恼怒地发现膀胱里有点压迫感。但他现在没办法去撒尿，每一秒他们都有可能到来，他不允许自己错过这一瞬间。他的视线紧盯着屏幕。从今天清晨开始，这一小段海湾的画面就出现在屏幕之上。午后空气的热潮已经肉眼可见地退去，不过假如情况允许的话，最早也得等到午夜，他才会去呼吸新鲜空气。太阳落山了，微风吹得树叶翩翩起舞。终于看到小船划着弧线向小岛驶来的时候，他的双手不由得轻轻颤抖起来。

他们来了。

准备这么久的伟大时刻终于来临了。船靠岸，达令第一个下船，向空中送了个飞吻。他的目光首先停留在她手肘的红色夹板上，之后才打量起她的衣着，很是满意地点了点头。这件背心选得很棒，达令身体最重要的那部分因为它显得极其突出。

小丑第二个下的船，还做了个鬼脸。但是这一次，这位瘦削的恶作剧始作俑者没能控制好自己的表情。他看起来有些吃力，行动也很笨拙，跟龙截然相反。这位中国小个子敏捷地跳下船，不过当他走上沙滩时，四肢似乎也绷得紧紧的。

下一位是克里丝，火红头发的苍白美人。天呀，她可真瘦，而且整个人冷冰冰的。

黑珍珠人如其名，感性、圆润、朴实。她正跟船长挥手告别，跟在她后面下船的是光头月亮、浅发阿尔法和腋下夹着冲浪板的牛奶肌肤米吉。他们一定会喜欢他的，特别是这个胖乎乎的精灵。这会儿他正抓着她的手，帮她从船上下来。

精灵后面是又高又壮的尼安德，然后一团黑色的怪物冲上岸来。是梅菲斯托，长着四条腿的拉斐尔的魔鬼。"不，不是拉斐尔，"他低声自言自语，"是索罗。"

当他看见索罗，看见那张瘦削的脸，那双黑色的眼睛，还有那副忧伤的表情，他的全身一阵颤抖。他努力想克服这种感觉，但却没什么用。

薇拉最后一个下船。一阵风将棕色的头发从她脸上扬起，头发已经齐肩，刚好抵到她瘦削的肩膀上。她的肤色很亮，但却不是白色，更接近沙色，略带点橄榄色。她是唯一不化妆的女孩。有那么一瞬，他问自己，指尖抚摸她的脸颊，会是一种什么感觉？

小船再次划出一个弧线，朝公海驶去。此刻，屏幕上可以看得见整座海湾。梅菲斯托在沙滩上撒着欢，不过却没人管它。一时间，所有人都注视着那艘船离开，然后有人慢慢动起来，仔细查看起小小的海湾，像巨大的风帆一般耸立在沙滩上的陡峭岩石，还有灌木丛生的海岸。然而一目了然的是，他们中的每一个人似乎都在留意着什么，并非在寻找野生动物，或者是陌生的危险，他们是在寻找摄像头，那些注视着他们的眼睛。所有人都清楚，它们就在那里，但是却没人能看见它们在哪里。他满意地靠向椅背。是的，他们紧张的情绪显而易见，几乎有如实物，似乎伸手就能抓住。甚至连达令的行动都不如往日自信。她耸着肩膀，手指抚摸着红色夹板，不停环顾四周，活像怕被人抓个现行。他轻轻一笑，心想：不，这不是游戏，这里上演的是真实。

龙第一个发现灌木丛里有一道狭窄的缝隙，于是闪身穿过绿色的屏障进入岛内，其他人尾随而至。

只有薇拉驻足不前,从背包里抽出一张照片端详着。她的脸有点扭曲,像是正承受着疼痛,下一刻她却似乎意识到,自己在别人的观察之下,于是急急将照片放回背包,目光掠过一团乱七八糟、滑溜溜如触手一般从黑泥里伸向天空的红树根。

薇拉抬起头,他甚至可以直视她的眼睛。那是一双浅绿色的猫眼,清醒、时刻保持着怀疑。她在想什么?

"这个,"他轻声对自己说,"这个就连摄像机也没法告诉我。"


"嗨!"一个响亮的声音让我不由得瑟缩了一下,"嗨,叫你呢,薇拉!"

是米吉,正站在岸边的树丛之间冲我挥手。"精灵派我来找你。快点,太阳马上就要落山了。"

我脚步迟疑地跟着米吉穿过棕榈树和红树构成的绿色屏障,还没走几步,一大片地出现在我眼前。茉莉花和成熟杧果的香味扑鼻而来,头顶上传来一阵清脆的鸟鸣。面前是一座热带花园,长满了茂密的蕨类、纷杂的果树、顶着花朵的灌木,还有一片繁花朵朵。正中间是我们的落脚之地,三间木头过道相连的屋子,当中那间最大,是圆形的,其他两间是八角形的。三间屋子都是用竹子建的,屋顶呈雨伞状,上面覆盖着茅草。一个念头突然闪入我的脑海,对于囚犯改造来说这个地方实在是好得过分了,不过或许坦佩尔霍夫的设计师改造过这个地方也未可知。

紧挨着这片地的后面,原始森林的灌木丛继续向岛内蔓延开来。我试着想感知一下这座岛的大小。从船上看,岛看起来很小,还没有一座公园大。再一转身,就能从棕榈树之间看到大海。大海泛着一种独特的、近乎神奇的颜色。那是一种明亮的紫色,映衬着落日的点点金光,只有海浪轻轻拍打着沙滩,白如泡沫。

"完全是一首纯粹的百加得《夏日之梦》,对吧?"米吉冲我眨了眨眼,撩开覆在额头的长长的脏辫,用口哨吹起这首在影院经常播放的广告歌曲。不过随即就住了嘴,朝四下探头探脑地瞅了瞅。"抱歉,现在只能打隐性广告。"他又开口道,笑容腼腆。我拿起落在脚边的一只杧果,青色的果皮有一边儿裂开个口子,我轻轻按了按果肉,橙色的果汁渗出来滴在手指上。我闭着双眼舔掉了黏稠的果汁,甘甜的味道刚刚抵达舌尖,一幅画面却浮现在我的脑海里:我看见一个男人坐在一大堆垃圾前,皮肤黝黑,头发花白卷曲,咧开的嘴巴里只剩下一颗牙。他一只手伸出来,手心捧着个切开的杧果,另一只手握着把小刀。我听见了他的笑声,他咻咻笑着,像一只老山羊。我听见他说:来吧,佳西娜,吃吧,小可爱……

我眼睛闭得更紧了些,但是那幅画面却并未消失,而是像一道闪电一般击中了我。茫然中,我再次睁开双眼,环顾四周,尽可能不那么明显地喘着粗气。我闻到了汗味,那是我自己出的汗。

"嘿,你还好吗?"米吉伸手,搭在我的胳膊上。我点点头示意没事,可是手还一个劲儿地抖着。

"这是一只柽果,"米吉说,"你尽管吃掉它,没毒。"

"原来如此。"我回答道,很感激他彻底误解了我的反应。即便如此,我还是放下柽果,跟随着米吉向房子走去。

"我们男生住在这一侧的屋子里。"他开口说道,手指着右边的木头房子。房子旁边的一棵大树足有五米高,枝条伸展、绿意盎然。硕大的黄色果实直接长在树干上,看起来像是黄色的刺猬一般。

"这是波罗蜜,"米吉解释道,"吃起来味道有点像香蕉。想想看,要是有这么一个家伙掉在咱们的房顶上,我可不想我的床刚好就在那下面。那边那座房子,"米吉指着中间那座大房子,"那是主屋,左边是你们女生住的地方。"他冲我眨眨眼,转身朝右边走去,"那就一会儿见喽。"

我朝左边的房子走去。一蓬盛开的金链花掩住了一半大门,鲜艳的黄色花朵几乎一直垂到地上。一扇窗户开着,白色的窗帘向我的方向吹过来。暮色越来越浓地笼罩住这片土地,逐渐让各种颜色失去了力量。我深吸一口气,踏入房门。

"……不过快看呀,我的也不错,看起来应该挺合适的。我只希望,衣服大小跟我的体重也很搭。你说说,你真的认为坦佩尔霍夫能看见咱们,即便是在……"精灵的声音戛然而止,然后她就像龙卷风一般朝我奔过来。

"薇拉,你终于来啦!老天爷,你可吓死我了!"

我在卧室的正中央打了一个趔趄。准确来说,整座房子其实就是一间大卧室,除此之外,屋里只有一架梯子样式的楼梯,横穿过天花板上开的一扇小窗,直通楼顶。

有那么一刻我简直觉得无语,甚至都忘了摄像头的存在。我不清楚自己在期待什么,但是肯定没预料到所有人居然会住在同一个空间里。我扫了一眼屋里的陈设,八角屋子的其中六角各放了一张床,床头冲着窗户,床尾冲着屋里,刚好形成一个圆。每个床铺上方都悬挂着一顶几乎透明的浅色帐子,床尾处都放着一个深色木头打造而成的衣箱。精灵正在箱子里扒拉着,箱盖打开着,两条裙子随意搭在箱子边上。捞出一条紫色的游泳衣,精灵皱着眉头拿它在自己胖乎乎的肚子前比画来比画去。她的嘴唇又涂成闪亮的黑色,显然造型师在给她置装的同时也捎带准备了口红。精灵右边的床上坐着珍珠,那个深肤色的少女。珍珠的周围堆满了五颜六色的非洲衣物。她比精灵还圆润点儿,但身材更丰满也更结实,行动总是慢悠悠的,几乎有点懒散。她浑身散发出一种朴实的气息,让我深感安慰。我挺了挺肩膀,强迫自己露出一丝微笑。

"嗨!"

"你跑哪儿去了？"精灵放下手里的泳衣，朝门口旁边的那张床走过来。自打进门，我就一直站在那张床前。她指了指脚底的箱子，直到这时我才看见，箱盖上的牌子上写着我的名字。

"你的床在我的旁边，"精灵兴高采烈地宣布道："希望你睡觉不打呼噜。"她咯咯笑起来，然后却吓了自己一跳的样子，左右来回偷瞟了好几眼，然后才慢吞吞向我靠过来。"天哪，老天爷呀，这感觉也太奇怪了，不是吗？"她小声冲我耳语道，"不会他也能听见我们咬耳朵吧？"

我缩了一下肩膀，心脏却又开始狂跳个不停，快而不安，仿佛一只小鸟在胸口胡飞乱撞。我掀起箱盖，一小堆衣物的最上面躺着一件橄榄色的比基尼，箱子里面还有一条牛仔裤，一件圆领短袖，几件棉质内衣……我又将盖子合上，胸口的小鸟扑腾得更欢了。

如果不想被人听见我们说了什么，最好的办法就是保持沉默，不过这个办法至少对于精灵来说是个问题。但是，我们却无法在摄像头面前隐藏自己。

他会看着我们，永远，每一分钟，包括现在……

我一下子跌坐在床上。

"其他人在哪儿？"我轻声问。

"不知道，"精灵回答，"又一窝蜂出去了，不过肯定走不远。"她做了个鬼脸，"我们的岛挺小的，不是吗？ 而且，六个人住一间卧室，我觉得像是班级郊游。幸好达令的床在另一边。"精灵手指着右边第二扇门，"从那里可以去主屋，然后从主屋去男孩们的卧室。或许我们的金发美人正在尝试什么眼一闭，喊……"

精灵低下头，羞愧地朝空气里点了下头。"抱歉，我没有恶意。"她低声笑起来，"我最好还是闭嘴，你说是吧？你知道这里的灯光在哪儿吗？"

外面的天几乎完全暗下来了，珍珠按了一下墙上的某个开关，床铺上方的天花板处亮起一盏灯，灯光如同探照灯一样落在她摩卡色的皮肤上。珍珠吓了一跳，这次她的微笑不再温暖，而是有点勉为其难的样子。

"真酷，快看呀，我们每个人都有一个开关！"精灵按亮了她的顶灯，然后又按亮了我的。我不由得蜷缩一下身体，但是下一刻立即就明白这么做有多么愚蠢。**摄像头比人的眼睛看到的更多，它们甚至能在漆黑的夜色里看见一切。**

这一点在前期试镜时，艾瑞卡也曾担忧地问过坦佩尔霍夫，会不会连晚上我们也要被摄像头监控，当时他就给出了明确的回答。

"浴室在上面。"珍珠告诉我。显然在她的脑袋瓜里闪过的念头跟我的没什么两样，当她用手指着那架通往屋顶的梯子时，明显看起来松了口气。

**镜头会避开淋浴间、厕所，还有更衣室。**

我舒了一口气,胸口里扑腾的小鸟也稍微安静下来。

"你想先去洗澡吗?"我问珍珠。

珍珠冲我点了下头。"你先去吧,"她用一种低沉圆润、歌唱般的嗓音告诉我,"达令已经在上面了,我可以再等等。"

屋顶只有淋浴间、厕所,还有一间更衣室。目的很明显,就是为了让我们的个人隐私只保留在最低限度。淋浴间的墙是乳白色的玻璃,所以从外面最多只能看到我们的轮廓。我没在浴室墙上发现摄像头,但是却发现面盆上方的架子上摆放着一套标准规格的洗漱用品:牙杯、梳子、洗发香波、沐浴露、防晒指数为30的防晒霜,还有驱虫剂,精灵可是满怀恐惧地问了好多遍为什么会有这个东西。浴巾挂在墙上,跟箱子一样,挂毛巾的钩子上有我们每个人在岛上的名字。

我在狭小的更衣室里脱掉衣服,用带着薇拉字样的浴巾裹住自己的身体,直到站在淋浴头下才解开浴巾。温热的水噼噼啪啪落在身上,我闭上眼,终于可以安静地呼吸了。我纵容自己好好享受了一刻钟,然后叹着气关了水,我可不想让珍珠久等。

但是当我沿着狭窄的梯子回到卧室时,珍珠和精灵却没在屋里,只有达令一个人。那个金发少女躺在床上,全身一丝不挂。

"怎么啦?"她脸上嘲讽的微笑让我意识到,我是大张着嘴巴盯着她看的。她一条腿弯曲着,长长的金色卷发如同温柔的波浪一般流淌在她的身体上。丰满的乳房、纤细的腰肢、挺翘的臀部,她的身材完全满足一个裸体模特的全部要求,而此刻她也正摆着模特姿势,甚至连床上的顶灯也都打开着。明亮的光束像探照灯一般投射在达令的身体上,房间里其他地方却一片黑暗。忽然之间,我一下子明白了,此刻我并不是唯一看见她躺在那里的那个人。

她身边的床上放着两本杂志,一本《明镜周刊》,一本《明星周刊》。

"你要是无聊,"达令说道,"可以拿去看看。《明镜周刊》里有一篇有趣的文章,是关于真人秀的张力效应的,关于……"达令抬起目光望向屋顶,"我们的导演当然很敬业,你说是不是?"

我心烦意乱,转身冲向连接卧室和主屋的第二道门。

主屋基本上是一个约一百平方米的大单间,分上下两层,里面的陈设颇为时尚,虽然不那么实用,但却很舒服。屋子的前部是浅色石头材质的开放厨房,吧台是半圆形的,带有竹子元素。吧台旁边是一张巨大的圆形玻璃桌,四周摆放着十二把黑色高背椅。天花板上悬挂着一架吊扇,架子上摆放着花瓶、杯盘,还有各式的防风蜡烛。这里甚至还有一摞火柴盒,发现这个后我不由得有几分恼怒。早知道有这个的话,我肯定就不带打火机,而是带点别的什么了。

房间的后部铺着一张白色羊毛地毯,好些个黄色、红色、橙色的巨大坐垫摆放在周围,形成一个休息区。到处都是巨大的植物,陶土色的墙上挂着热带花卉的照片，巨大的玻璃窗从木地板一直延伸至天花板。窗边没有挂窗帘，但是外面的世界漆黑一片，只有屋内才是灯光如炽。

其实我更留心的，是我们这群人里还有谁没待在主屋里，除了达令，也没看见那个小个子的中国人，也没见尼安德和索罗的影子。

那个名叫月亮的少女正盘腿坐在一只黄色坐垫上，膝盖上放着画板，画笔在纸上灵巧地翻飞。她是这间屋里唯一一个全神贯注在自己身上的人。我偷偷瞧了一眼她的光头，她的头形很完美。我心里暗暗寻思，她的头发可能会是什么颜色？

珍珠和米吉在厨房里忙活，一股子新鲜水果和椰子的香味飘进鼻子。其他几个人有的坐在桌边，有的焦虑地在屋里走来走去，交谈是完全不可能的。

我很难描述这第一个夜晚到底是怎样的一种气氛。我们的一举一动都像发生在一个没有舞台的舞台上，绝望地想表现得与正常并无二致。

米吉在厨房里，问有没有人肚子饿，声音显得有点儿太大。珍珠在巨大的储藏间里清点食物，打翻了一瓶牛奶，牛奶溅在浅色石头地板上的时候，精灵的笑声听起来有点歇斯底里。之前在餐厅碰头的时候我只吃了一小块面包夹火腿，但是此刻我却一点胃口都没有，其他人好像也跟我的情况差不多。

索罗那只黑色拉布拉多趴在屋里的一棵棕榈树下，放了个屁，吱的一声，声音拖得老长，即便是这样也没让大家真真正正地打起精神来。

是小丑，那个长着丑角脸的山羊胡少年让我们摆脱了窘境。他离开屋子，很快又折回来，手里拿着一个巨大的橡胶布片。这东西看起来就像是一个气垫床，可是随后小丑却将嘴巴凑上去，往里面吹气，于是我们大家终于见识了他的凯特婶婶。这是一个真人大小的充气娃娃，身材堪比达令，长着一头灰色的塑料波浪卷发。

"凯特婶婶喜欢吃水果。"小丑宣布，将充气娃娃放在一个黑漆椅子上，然后往它张开的嘴巴里塞进一根香蕉。一瞬间屋里寂静无声，紧接着爆发出一阵狂笑，如同沉闷的一天之后下了一场令人释放的雷阵雨。只有月亮，她只是瞄了一眼凯特婶婶，然后又俯身在自己的画板之上。可是我们其他人完全忍不住，笑得停不下来。我的肋骨都笑疼了，米吉不停地拍着大腿，精灵乐得眼泪都流了出来。笑得最响的是阿尔法，那个一头浅发的少年。

等我们再度安静下来，屋里的紧张感已经明显荡然无存。珍珠扫掉破碎的玻璃碴，梅菲斯托伸出粉红色的长舌头，一下一下舔着洒在地上的牛奶。这会儿，米吉再次询问大家饿不饿的声调就显得又坦诚、又放松。当梅菲斯托冲着凯特婶婶汪汪狂吠起来的时候，所有人又再次嘎嘎笑个不停。

我不饿，只是忽然间发现自己累得要命。已经超过二十个小时没有合眼睡觉了，虽然依然很害怕在卧室遇见赤裸的达令，可我还是在其他人围聚在桌子边上时离开了大家。

我发现屋子是空的，不由得松了一口气。窗户开着，一阵凉风从外面刮进屋里，窗帘鼓起一个大包。床边有一个床头柜，上面放着我带上岛的三样东西。我将埃斯佩兰卡的照片靠在蜡烛上，然后将打火机，放在它们旁边，那是一只防风打火机。

我躲在被子里脱掉衣服，让那顶薄如蝉翼的床帐牢牢保护着我，努力将脑海中再次泛起的关于隐藏摄像机的意识攥入大脑中最遥远的角落。在这个过程中，疲倦助了我一臂之力。困意像一床厚厚的被子一样覆盖在我身上，我蜷了蜷身子，仔细倾听黑夜的声音。

味道闻起来就像是一个陌生的夜晚。外面知了扯着嗓子叫个不停，在它们沉默的间隙，我听见远处大海的声音。我的脑子里想着其他人，想着此刻他们在主屋里围坐在一起。脑子里还在想，索罗没来。想着想着，我就睡着了。

夜色里我看见了他。

我不知道是什么让我醒过来，是精灵轻微的鼾声，头顶蚊子吵闹的哼唧声，或者是窗外树叶低低的私语声。用白色的床单裹好身体，我悄悄走向门外。天空中散落着点点星辰，数百万颗光点在头顶闪烁，看起来如此明亮，几乎伸手即可摘星星。但是我们住的地方却一片漆黑，手中的打火机只能发出微弱的火光。有那么一刻，我在考虑要不要从主屋里拿一支防风蜡烛出来，想了想还是放弃了。我小心翼翼地深一脚浅一脚地朝着海浪的声音走去。

穿过树木的屏障来到海滩，我一眼就看见了他。他静静地站在水边，在漆黑的大海面前只是一个瘦削的剪影。巨大的接近满月的一轮明月高高挂在海面之上，冰冷的月光反射在漆黑的海面上，海面光滑，以至于我居然看见了两轮明月，一模一样。一轮挂在天空，一轮落在水面。

我想朝他走去，但是腿却不听使唤。

不知道自己在那里站了多久，望了他多久。到底是什么让他如此吸引我？即便离他那么远，我都能感觉到一种神秘的渴望。这个少年在我心中翻起巨浪，而我却连一句话都还没跟他说过。这是一种身体上的反应，我甚至知道这感觉发生的明确位置。它就盘踞在我胸口深处，一条看不见的线在拼命地扯呀，扯呀。

忽然，他转过身来望向我。我看不清他的脸，只能看见他的手。他抬起手，朝我挥了挥。我隐隐约约有种感觉，他早就开始留意我了。

我站在那里，一动不动。

**镜头也会录下黑夜里的一举一动**。

我急急忙忙掉头离开,心跳得飞快,想打着打火机的时候手抖个不停。像是走空的贼一般,我悄悄穿过夜色回到卧室,爬上自己的床。

但是,我却一夜无眠。

## 第6章

# 没有大纲，也没有剧本

小鸟在我耳边歌唱。

歌声听起来像是一种叫声，带点淘气的"甬——吃我……""甬——吃我……""甬——吃我……"

在这个漫长的不眠之夜，不知何时我才合眼睡了过去，等到再一睁开眼，猛然间居然不知道自己身处何地。

透过薄薄的帐子，我看见了其他人的轮廓。精灵的床上依然响着轻微的鼾声，她面朝我微笑着，随后吧唧了一下嘴，动静不小地侧身翻向另一边。她的床头柜上放着那本童话书，那是她带上岛的三件物品之一。裹着白色的床单，我悄无声息地来到自己的衣箱边，从里面拎出一件水洗白的牛仔裤和一件浅绿色的短袖。我不由得回想起在飞机上，精灵一直担心造型师会给她准备牛仔裤。对我来说正好相反，我最担忧的是在岛上发现给我准备了夸张古怪的衣服。看见衣箱里都是些简单大方的衣物，我不由得如释重负。我轻手轻脚地爬上梯子，准备洗漱后穿上衣服。卫生间的门是反锁着的，不过在我刚想刷牙的当口，达令从里面走了出来。她穿着一件亮闪闪的血红色短睡衣，手肘上的夹板搭配着身上的睡衣，仿佛一件装饰品。她的脸色看起来疲惫不堪，像是度过了一个不眠之夜。我觉得，她好像被我的存在吓了一大跳。她的嘴角抽动了一下，有那么一瞬间，我几乎有点同情她，因为此刻的她忽然显得很脆弱。不过随后她又再次露出她那种嘲讽的微笑，一言不发地经过我的身旁，向梯子走去。

等我收拾好自己下来，她已经不见了。

其他人还躺在床上睡觉，我满心焦虑地环视了一圈室内。他醒了吗？我努力尝试着通过镜头向坦佩尔霍夫介绍自己。此刻他应该正坐在邻岛的显示屏前，手里端着一杯咖啡——当然，我在屏幕上的身影也是很好的咖啡伴侣。上岛的时候没能看见毗邻的那座小岛，或许它在伊索拉岛的后面。

门边睡着克里丝，那个瘦削的红发女孩。她侧躺着，怀里搂着一只巨大的毛绒泰迪熊。在机场的时候，正是它从背包里伸出毛茸茸的爪子。这会儿泰迪熊的爪子正招摇地伸向半空，好像在跟我打招呼。它纽扣般的眼睛看起来既温暖，又令人感到安慰。克里丝似乎也在做梦，但是跟精灵不同的是，她并没有微笑，只是毫无生气地躺在那里，怀里的泰迪熊紧紧依偎在她身边，仿佛想用自己毛茸茸的温度给她一些温暖。克里丝的皮肤几乎跟床单一样白,脸上的五官线条精致又锐利,仿佛一碰就会碎,抑或只要触碰到她的人自己也会被割伤。

我感到胃里一阵不舒服,于是转过头去。我在心里暗想,我在看她的同时,他也正在看着我们。如果他将这一场景用到电影里,克里丝也会看见这一幕——当然还有数以万计压根都不认识的人也会看到。我不由得想起精灵在飞机上给我看的那篇文章,想起那些对坦佩尔霍夫的项目持怀疑态度的声音。

**我本来可以离开的……**

但是我已经来到这里,来到了这座岛上,我自愿报名参加这个项目,只有度过岛上的这段时间,我才可以离开。还有漫长的三个星期,然后我就满十八周岁,是个成年人了,可以自己为自己负责。然后呢?我看向床头柜上的那支白色蜡烛,埃斯佩兰卡的照片正紧挨着它竖在那里。

急匆匆穿上运动鞋,我离开了卧室。

主屋一片宁静,空荡荡的没有一个人。晨曦从一扇扇巨大的窗户里透进来,外面是灰色的,一种浅浅的银灰色。大圆桌上还残留着昨天的晚餐、用过的盘子、面包屑、奶酪的硬皮、喝剩一半的杯子,还有一只剥开的椰子。空气中飘浮着刚煮好的咖啡的味道,但是屋里却不见人影。

我来到花园。雾霭笼罩着大地，天空有些阴沉，即便如此，依然能感受到太阳的力量。光线强烈，几乎有些刺眼，跟德国灰突突的清晨全然无法比较。才这会儿，就热得不可思议。

一棵巨大的棕榈植物的树干上挂着一大串香蕉，我掰下一个，剥了皮。味道可真好，非常甜，熟透了，是真正美味的香蕉味道。

"甬——吃我……""甬——吃我……"

本来我还打算再去一趟海滩，不过现在却追随着鸟叫声，绕到了房子的另一边。这里有很多棵柠檬树和橘树，一株棕榈树的阴凉地里栽着一个高高的黑色金属柜。第一眼看上去，我还以为那是一个变电箱，不过立刻就认出来那是一只邮筒。黑漆投递口上方是水晶蓝的**伊索拉**字样。我皱了皱眉头，孤岛上有一个邮筒实在有点奇怪。从前那个真人秀节目里的犯人就是把信投到这个邮筒里的吗？

原始森林茂密的灌木丛紧挨着我们住的这块地方。穿过花园，绿色的树冠一下子就遮住了我的身形。原始森林里树木铺天盖地，巨大的常青藤紧紧缠绕在那些树上，一想到这些树之间会安装有摄像头或者麦克风，我就觉得荒谬得想笑。薄雾从潮湿温暖的森林地面缓缓升起，巨大的树干发出或明亮或低沉的棕色光芒，郁郁葱葱的树冠泛出我所能想象到的各种深深浅浅的绿色。荒野并没有我原来期待的那么野，其实可以很容易在丛林四下游走，但我还是坚持顺着那条狭窄的小径向前走去。越往里深入森林的腹地，我就越觉得轻松。脚下的树枝不断发出咔嚓的断裂声，头顶的蜜蜂和昆虫嗡嗡哼唱个不停，时不时和只闻其声不见其形的"甭——吃我"鸟鸣混杂在一起。

尼安德宽阔的脊背突然出现在我的眼前，吓得我差一点心脏骤停。或许我只走进森林一百米，最多两百米，但感觉上却像是来到了世界的尽头。尼安德正跪在一株小树苗前，被我的脚步声吓了一跳，看向我时，他那大汗淋漓的脸上写满了痛苦。看起来他就像是一个悲伤的巨人，从前艾瑞卡经常给我读的一本图画书中就有这样的一个主人公。

尼安德的手里躺着一只小小的幼鸟。它已经死了，眼睛还张着，嘴巴张得大大的，像是要发出无声的呐喊。它那难以言喻的小小身躯上已经开始长羽毛，一层柔软的灰棕色绒毛，胸口上有一处黏着湿漉漉的血迹。"它是从鸟巢里摔下来的。"尼安德低声说道。

身旁响起一阵响亮的唧唧声。一个鸟巢搭在齐肩高的树杈上，稍微弯一弯腰就可以看见。两只小脑袋从里面冒出来，这两个小家伙也是大张着小嘴，发出有节奏的唧唧声，听起来可怜极了。又有什么从我的脑海里蹦了出来，这次是一系列画面，清晰锐利，如同清醒的梦境一般。

我看见两条少女的腿搭在一只破烂的沙发上。一种清晰的感觉告诉我，那是我的腿，但我却看不见自己的脸。沙发前的地面铺着一张毯子，因为肮脏已经结成了硬块，毯子上躺着两个赤裸的婴儿，大张着嘴巴哭喊着。不远处的石头上，放着一支注射器。随后，一位年纪稍长的少女走进屋里，大概十二三岁的样子，穿着黄色短裙和绿色短袖T恤，身上的衣服全都已经脏污不堪，跟她的脸一样。这正是那张照片上的面孔，我无数次地用指尖触摸她的线条，只不过此刻她第一次变得鲜活起来。少女就像是站在我面前，杏仁般的眼睛如同星辰一般闪耀。她朝两个婴儿弯下腰，手放在他们赤裸的肚子上，声音听起来既温暖又令人感到安慰。但是我却听不懂她的语言，只有一个单词我能理解，**埃斯佩兰卡**。她望着我，微笑着，随后面孔变得模糊起来，直至消失不见。

眼泪顺着我的脸颊淌下来。

"这只是一只鸟。"尼安德小声说道。我点点头："是的，那只是一只鸟。"

尼安德小心翼翼地将死去的小家伙葬在一小堆落叶之下，之后我们继续向前走去，两个人谁都不说话。尼安德的汗味跟森林里凉爽厚重的空气交织在一起，可是我却一点都没觉得不舒服，反而觉得这味道很友善，几乎可以说得上是抚慰人心。尼安德的手上拿着那本关于鸟的书，脖子上挂着望远镜。他的存在让我感到心安，我能感觉到，我的存在对他来说也是如此。后来的日子，我经常会回想起这一时刻,想起我们两个在森林里,我们的沉默不语,还有因此我们两个之间产生的亲近感。

"甬——吃我……""甬——吃我……"鸟叫声变得尖厉起来,似乎离我们很近。我抬头环顾四周,寻找着声音的来源。

"这是什么鸟?"我轻声问。

尼安德在嘴唇前竖起一根手指,示意我蹲下,这个姿势我们保持了好一会儿。我看见一堆蘑菇,像厚厚的黄色海绵一样从树桩的裂缝中鼓出来。在常春藤的阴影下,三朵雪白的兰花正怒放着。一队蚂蚁成群结队地在一棵中空的粗树枝里忙碌,个头大得如甲虫一般。一只长着深色翅膀的巨大蝴蝶停在尼安德宽大的肩膀上,翩翩舞动着翅膀。可是,那只鸣叫的鸟却毫无踪影。

"那是一只大食蝇霸鹟。"尼安德贴着我的耳朵悄声说道,"在巴西,据说每个孩子都认得它。第一眼看起来,它好像很不起眼,棕色的羽毛,黑白相间的脑袋,还没一只麻雀大。但是一旦展开翅膀,就会露出明亮的黄色肚子,它在空中的样子看起来很像一只飞行中的柠檬。名字听起来跟它的叫声一模一样,'甬——吃我',在德语里意思是'我看见你了'。"

我瑟缩了一下。突然,这里到处都是摄像头的念头又无比真实起来。"这有点驴唇不对马嘴啊。"我回道。

尼安德微笑着点点头。

我们直起身,决定继续探索一下四周。从船上看,我觉得这个岛十分平坦,但是现在看来,第一印象欺骗了我,森林里的小径从这里开始明显陡了起来。我们向山上爬了一段,路过高耸入云的树木、藤本植物和攀缘植物,直到森林逐渐变成一块宽阔的岩石高台。我看见,我们此刻高高位于海面之上。其实总共也只走出去一公里多点儿,但当我喘着粗气站在岩石的表面上时,我感觉自己像是来到了一个截然不同的地方。礁石陡峭地向下延伸而去,在几个地方能看见卡在粗糙礁石缝里的星形植物,它们开出的圆形花朵就像一双双睁大的眼睛。就连气候也完全不同,风更猛,空气更凉爽。在我脚下,巨浪拍打着礁石,浪花不停地冲刷着礁石海岸。在我们右侧,大概三百米之外,有一处狭窄的镰刀形海湾,同样也被高高的礁石环绕着。在后面朝西的那边,我发现了一处废墟的轮廓。

"一座小教堂。"尼安德顺着我的视线看去,开口说道,"我一早就到森林里来了,还曾经路过那里。那片小海湾我也看见了,不过当时在涨潮。教堂看起来很破败,我觉得它有点神秘。"

尼安德又转身面朝大海,粗大的手指向前指着:"坦佩尔霍夫在那里。"

我一眼就看见了那座毗邻的小岛,心跳如擂鼓一般跳得极快。那是一座圆形的小岛,岛的中心矗立着一座高塔。雾气慢慢散去,高塔像一根黑色的手指直指蔚蓝的天空。尼安德递给我他的望远镜,但我摇了摇头。

"我想回去。"我说。


花园里,精灵朝我们跑过来,穿着那件紫色的游泳衣,上面套了件亮闪闪的绿色半裙。裙子材质轻薄,长达赤裸的脚踝。一大朵白色花朵插在精灵发间,她手里抱着那件五颜六色的吊床,嘴唇又涂成黑色,金棕色的眼睛闪闪发亮,充满了积极向上的光芒。

"我看一下能不能找到两棵棕榈树。"她冲我俩大声喊道,"你们睡得好吗?你俩到底去哪儿了呀,森林里吗?米吉和珍珠正在做早餐呢,美少年阿多尼斯正在秀他的肌肉。"精灵朝主屋的方向做了个鬼脸。浅发少年阿尔法正站在大门口,穿着一条工装裤,裤脚挽得高高的,正使劲拉着握力器。

我不由得微笑起来,更多是因为精灵,而不是因为阿尔法。看起来她好像早就忘记我们的一举一动都在摄像头的监控之下。阿尔法给我的印象,却似乎是他正在看不见的摄像头面前摆姿势。美少年?我飞速瞥了他一眼。他的身材很棒,颜值很高,一双明亮的蓝眼睛,有点莱昂纳多·迪卡普里奥的影子。我能想象到他有多受女孩喜欢,可他不是我喜欢的类型。若是将颜值比作一座山,那在我眼里阿尔法已经登上顶峰了。从现在开始,他的颜值只会走下坡路,最早四十岁开始,他最引人注目的特征就该是后退的发际线和微微鼓起的小肚腩。

梅菲斯托从一丛芙蓉花树后面向我们冲过来，跟我们打招呼的时候，下垂的黑色耳朵一抖一抖的。随后，它立刻又跑去追一只五颜六色的小鸟。那鸟儿停在一棵棕榈树上，保持着安全的高度，冲着下面的梅菲斯托唧啾个不停。尼安德再次将望远镜举在眼前，而我将牛仔裤的裤腿挽了起来。

太阳已经升高许多，在树荫的庇护下，我并没有感觉到气温已经变高很多。好热呀！

我看向精灵的双脚："你不愿意穿鞋子吗？"

精灵哈哈大笑起来，"十匹马也甭想将我拉进脚指头的监狱里。"可是一转眼，她就又跑了回来，胳膊上的玻璃珠清脆地撞击起来："见鬼，可真烫。"她抱怨了一句，"我脚底板的肉都要煎熟了。就没人能把这太阳的热量调低几度？而且，这些讨厌的蚊子把我折磨了一整夜，一晚上我都没合上眼！"

我想起安静地打着鼾的精灵，忍不住又微笑起来。我喜欢她，也喜欢尼安德，让我喜欢不起来的其实只有达令。

主屋里，珍珠和米吉像是将食品储藏室打劫过一般。玻璃圆桌上摆着切片面包、白奶酪、西红柿，还有从花园里摘来的水果，达令、小丑、月亮，还有那个中国少年围桌而坐，独独只缺索罗一个人。我想起昨天夜里，他黑色的身影在波光粼粼的大海之前有如剪影,突然间昨夜的邂逅显得无比不真实起来,恍如一梦。

没多久,阿尔法也走进主屋,他上身赤裸,肌肉看起来十分醒目。达令戏谑的目光投向他的搓衣板腹肌,阿尔法的脸腾的一下又变红了。达令此刻穿着一件白色沙滩长裙,一头金发梳在脑后。虽然她的眼睛已经很蓝,但是淡淡的眼线让她的蓝眼睛显得更明亮。

一头灰色大波浪的凯特婶婶依然坐在昨晚的位子上,就连那根香蕉也还插在嘴巴里,它苍白的目光满含威严地望着这群人。

达令拿过一把刀子和一个橙子,开始用那只打着夹板的手略显笨拙地削起橙子来。

"你是怎么受的伤?"珍珠问。

"打网球的时候。"达令说道,伸出舌头舔了舔溅到胳膊上的果汁,"我在一部电影里扮演一个网球教练的角色,很可惜我演砸了。"

小丑瞥了一眼达令的领口,不怀好意地笑着咬了咬嘴唇。

"你们呢?"米吉一口气喝完满满一杯水,随后开口问道,"现实生活中你们来自哪里?还有,电影里呢?"

大家全都沉默不语,目光在屋里睃巡着。此刻的气氛却跟昨晚相比完全不一样,简直可以说是截然不同。我们大家已经决定了,每个人用自己的方式,踏上**伊索拉**的舞台。

"来自月亮。"月亮开口道,膝盖弯曲跪坐在桌边,面前搁着那本画板，画笔别在耳后。那一抹银色，衬托着她的光头，显得无比突出。我心里有个疑问，不知道她在画板的一张张白纸上到底画了些什么？

珍珠嘿嘿笑着，在一片白面包上抹了厚厚一层花生酱。她穿着一件亮闪闪的黄色短袖，那一头卷曲的及肩长发今天并没有裹起来，就那么披着。

"从监狱里过来的。"小丑开口说道，捋了捋自己的山羊胡。他从凯特婶婶的嘴里抽出那根香蕉，随后又再次塞进去，"好好享受美味吧，小婶婶。要是吃光的话，晚上给你根黄瓜尝尝。"

达令翻了个白眼，塞了瓣橘子进嘴里。小丑拿起一个绿色的大杯子，给自己倒了杯咖啡。他新换了一件蓝色短袖，上面印的图案是两只海豚，底下一行字：海豚是同性恋鲨鱼。

"猫眼，你是从哪儿来的？"小丑吸溜了一口咖啡，转脸看向我，挑高的眉毛像是在跳舞，"你可没怎么开过尊口。"

我脑海里想起我们在汉堡的家，想起前面花园里的大理石雕像、艾瑞卡的更衣室、地下室里伯恩哈特的桑拿间，还有楼顶，那是我的领地，那里有一个露台，可以远眺易北河。然后，我突然想起坦佩尔霍夫助理说过的话：

*没有大纲，也没有剧本。说你们想说的，做你们想做的。就做你们自己，要让我说，你们也可以做其他任何人。*

我迎着小丑的目光回答，声音很平静："里约的一个贫民窟。"

月亮从她的画板上抬起头来。

"这一点也不可笑。"米吉回了一句，友好的面孔有点扭曲，看起来很失望的样子。

"是不好笑，"我说，"这本来也不好笑。"

我给自己的杯子里倒上牛奶和咖啡，然后坐回我那把椅子。

珍珠撩开额头的一缕卷发，清了清嗓子，"精灵说你来自马戏团？"她转身朝向那个中国少年。我想起来了，他叫龙，这个扎着黑色长辫子的马戏团少年名字叫龙。

他穿着一件蓝灰色的V领紧身短袖，脖子那里晃动着一根银色的龙形挂坠。

"是的，"龙简洁地回答，说的德语完全没有口音，"坦佩尔霍夫看见了我的表演。他难道是把你从监狱里捞出来的？"他冲着小丑坏笑了一下，"你怎么进的局子？是和假死的女尸做爱了吗？"

达令哈哈大笑起来，却有点过于大声。

"我把一个金发的妞揍得鼻梁断了。"小丑说道，"怎么，你们想知道这个？"

"你是把一张百元大钞粘在了她的玻璃桌下面了吧，光让看但是没给。"达令说着，打了个哈欠，手遮都没去遮一下嘴。

"说到玻璃桌，"她快速补充了一句，"中间这个眼睛到底是干什么用的？"

"什么眼睛？"米吉皱起额头。

达令将土司片推到一边，"这里。"她说，指着一个画着蓝圆圈的黑色长方形一样的东西，看起来像是桌子的装饰品。

事后回想，其实很难解释，为什么我们昨天压根没有注意到这个小东西。不过，不是常说，最显眼的东西常常最容易被忽略掉。

原来黑色的长方形是一个小盒子。它被放在桌子中间的一个凹槽里，在黑色背景衬托下，那蓝圆圈看起来还真像是一只眼睛，或者说更像是一只眼球的虹膜，针鼻大小的瞳孔如水晶一般湛蓝。旁边没有说明的字条。

在米吉弯腰取出小盒子之前的那几秒里，在这极其微小的时间里，一切都还是待定的。没有计划，没有规则，我们就是身处一个摄像头监控的小岛上的一帮少男少女，完全由自己和自己的想法决定如何使用这一空间，如何打发我们的时间。

听到脚步声的时候，我吓得蹦了起来。是索罗，索罗来到了屋子里。他刚刚洗过头，头发就那么微微卷曲着搭在肩膀上。他穿着条浅色牛仔裤，上衣是一件敞开着的白色亚麻衬衫。我到现在还记得心脏飙得飞快的感觉，快速有力的跳动声让我一阵心慌意乱，因为我还从来没有过这种感觉。为什么他要离我这么近？我压根还不了解他。

他在达令的背后停住脚步,越过她的肩头看向那只水晶蓝的眼睛。

"这是什么?"他皱着眉问道。

"我们马上就会发现这是什么。"米吉回答道,环视了一下四周,向上望了望天花板的夹层,不太肯定地眯了眯眼,然后从凹槽里拿出了那只小盒子。一阵欢快的鸟鸣声从敞开的窗户外传进来。"甭——吃我……""甭——吃我……"

随后,米吉疑惑地咧了咧嘴,扫视了一遍我们这群人,深深叹口气,打开了盒盖。

## 第7章

# 一场游戏？

长长的发辫如瀑布一般落在米吉的肩上，挡住了我们看向小盒子的视线。

"里面是什么？"珍珠和小丑异口同声发问。

"一张卡片。"米吉低声嘟哝一句，抽出一个小册子，明信片大小折得像个小手风琴，"哦，不对，是本册子，一份说明书。上面写着，我觉得，啥……我不懂这是啥意思！"

"老天爷，拿过来给我看看！"阿尔法劈手从米吉手里夺过那个黑色折页，额头也皱了起来。"没错，"他沙哑着嗓子说道："这是一场游戏的说明书。"

"一场游戏？"珍珠紧张地轻声问，"什么样的游戏？"

一种非常奇怪的味道涌上我的舌尖，甜蜜里夹杂着金属的味道。索罗的眼睛抽搐了一下，看起来像是突然间头痛欲裂的样子。他倒了杯咖啡，放进去四块糖，但是在开口喝之前，又放下杯子，双手按住太阳穴。

米吉不断清咳着嗓子。

"要我们猜吗？ 还是说你们俩能好心告诉我们，上面究竟写了什么？"达令一边说一边将双臂交叉抱在胸前。

阿尔法舔舔嘴唇，皱着眉头说道："上面写着，我们必须全员在场，然后由其中一个人来念规则。"

"精灵和克里丝没在这里。"龙语速极快地接话道。我惊讶地望向大家确认了一下，他说得没错，不过在这么短的时间里我可注意不到这个细节。

"谁去叫一下她俩？"达令问道，她给我的感觉也是一下子变得紧张起来。

珍珠和尼安德跑出去叫人。阿尔法手里一直拿着那沓纸，没人对此有什么异议。

"出了什么事？"精灵刚跟着尼安德进屋，就开口问道。她全身湿漉漉的，海水从她的紫头发上滴滴答答落下来，一直滴到木地板上。克里丝和珍珠已经先于他俩过来了。珍珠啃着抹着花生酱的白吐司，克里丝点燃了一根香烟，烟雾像灰色的钟罩一样悬停在玻璃桌上方，却没人对此说什么。

"你来读吗？"阿尔法转向米吉。

米吉询问的目光望向大家，我们急不可耐地点头。精灵和尼安德走过来，跟我们一起坐在桌边，米吉开始大声朗读起来。

# 第 8 章

# 游 戏 规 则

阅读以下游戏规则之前，所有团员必须在场。其中一人将朗读游戏规则，此人由团员推选，朗读过程中不得被任意打断。

**情节发生地点**

太平洋中有一座孤岛，名字叫伊索拉。在这里，十二位少男少女将共同度过三周时光。

这群人中的一位将成为杀手，暗中选择将要牺牲的目标，将他们带往一个隐匿地点，直至除了杀手之外的所有人从伊索拉消失。

**游戏人数**

十二人

**游戏资料**

一份游戏说明书，以及十二个密封着游戏卡片的信封。其中的十一张游戏卡片上写着猎物，第十二张卡片决定了谁才是杀手。杀手的卡片上还写明，猎物该被带到哪里隐藏起来。游戏挑选出的隐匿猎物的地方，对于杀手而言一目了然，对于其他人而言却全无被发现的可能。

### 游戏准备

是猎物或者是杀手，由抽签决定。

游戏开始前，请将密封的信封摆在桌上，每个游戏玩家选一个信封，去一个摄像头观察不到的地方阅读自己的游戏卡片。这种情况下，可供选择的安全地方是浴室、厕所和更衣室。

之后请每一位游戏玩家将自己的卡片装回信封，前往主屋后面的黑色邮筒处，待所有人集合完毕，请将信封逐个扔进邮筒里。

### 游戏的开始

所有卡片投入邮筒之后，游戏立即开始。

### 杀手的任务

杀手可以不分白天黑夜在全岛上采取行动，一次选择对一个猎物动手，顺序随意。需要杀手特别注意的是，不要被其他任何一位游戏玩家揭露身份。

杀手的行动方式如下：以抓住猎物的左手腕为准，之后将其秘密带往隐匿地点，留猎物单独在那里。

邻岛将发出一声信号，以此宣布，猎物成功被从伊索拉岛上消灭了。雾笛声是信号，所有人都可以清楚听到。

只有当信号声响起之后，杀手才可以将下一位猎物带去隐匿地点。假如杀手以这种方式清除了所有猎物，则杀手为游戏获胜的一方。

## 猎物的任务

猎物可以在岛上自由行动，直到被杀手逮住。一旦被杀手握住左手手腕，就需要跟随杀手前往隐匿地点。在此期间不得反抗，不得以声音或呼喊提醒团队里的其他人。

在隐匿地点，猎物需耐心等候，直至被接走。接走猎物这一步骤由外部人员来执行。猎物将被带离伊索拉，随后乘飞机返家。

猎物的父母或监护人将保证会得到通知。

假如某位猎物认为自己猜出了杀手，不得告诉其他人，但却可以根据自己的猜想远离杀手。

假如一位或者多位猎物逃脱了杀手的追捕，则猎物为游戏的获胜方。

**游戏的结束**

假如杀手消灭了所有的猎物,则游戏结束。假如三周过去,依然还有猎物幸存,则游戏将被外力喊停。

游戏结束则意味着在伊索拉岛上的逗留也同时终止。逃脱了杀手的游戏玩家将由小船从岛上接回大陆。

**特殊规则**

整个游戏期间,无论是杀手一方还是猎物一方,均不得使用任何形式的暴力。

一旦猎物离开伊索拉岛,其他团员有义务将其遗留在岛上的私人物品(带上岛的三样东西)保管在猎物的箱子里。假如私人物品是活着的生物,剩下的人有义务妥为照管,直至游戏结束。如若杀手为最后一人,则杀手需承担起这一职责。

任何一个破坏规则的行为都将导致电影项目自动中断。破坏规则的游戏玩家需自行承担回家的机票费用,并且放弃电影拍摄的片酬。如若团员中有一人拒绝参加游戏,结果同上。

# 第9章
# 杀手和猎物

梅菲斯托是第一个闹出点动静的人。这条黑色的拉布拉多喘着气,站在凯特婶婶面前,凯特婶婶嘴里那根剥了皮的香蕉从嘴里滑落到了地上。索罗将大狗拽向自己的那一刻,屋里瞬间变得嘈杂起来。

"真不敢相信,"克里丝吼了一句,点着了下一根香烟,"我们飞了大半个世界来到这里,现在又要马上飞回去了吗?"

"是呀,这消息可真劲爆!"精灵伸手去拿米吉放在桌上的折页,死死盯着,好像打算要把它撕成碎片,"其中一人会成为杀手,那个家伙到底是怎么想的?"

"啥也没想,"小丑向空气中冷笑一声,"看到我们坐在这里,他只会笑笑罢了。要是把我换做他,我也肯定会这么做。看来我要改变我的未来计划了。要是能牵线,为什么要做个被牵线的木偶呢?坦佩尔霍夫先生,您肯定还需要再添一位助手吧?"

"从人性角度来看,坦佩尔霍夫绝对是个混蛋。"这是龙的声音,"我看过一个报道,写的是他是怎么对待自己的下属的。据说是在整个剧组面前训斥一名导演助理,很随意,声音也不大,但是那个可怜的家伙哭了个泪流满面。"龙环顾四周,脸上做出一副很酷的表情。小丑咧嘴笑了起来:"哎呀,现在我很好奇,这一段会留在电影剧本里呢,还是会被剪掉。不过,有一点很肯定,你的小游戏已经开始了。是吧,坦佩尔霍夫?"小丑靠向椅背,双手交叉在脑后。

精灵的嘴巴张得老大,目光从折页上转向这群人,然后又转向天花板,转向墙,转向巨大的玻璃窗,最后又转回这群人。等她合上嘴,下嘴唇抖得厉害。

银色的画笔在月亮的指间旋转。"那要是我们不玩的话?"她用她那独特的高分贝问道。

"……项目就会终止。"达令尖刻地说,"你没仔细听吗?要是我们大家不玩,这结局可真够可笑的。"

"对我来说,无论怎样都没什么差别。"珍珠小声说道,脸色一下子变得惨白起来,"我讨厌这样的游戏,要是早知道的话,我就不来了。"

"我也不会来。"精灵完全站在珍珠一边,"去他的电影吧,我有幽闭恐惧症,一想到要被生拉硬拽去一个昏暗的隐匿地点……"

"也是,"达令用目光扫描了一下精灵的身体,"那个隐匿地点可别太小了。"

"闭嘴吧你。"精灵嘴里嘟囔着,对隐藏地点的担忧似乎要压垮她最后一根神经,"会在哪儿呢?"她满心恐惧地问。

达令翻了个白眼:"宝贝儿,隐匿地点之所以叫隐匿地点,不就因为它隐秘嘛,唯一晓得这个地点在哪里的那个人可是杀手。"

精灵瞥向达令的那一眼充满了憎恶。

"杀手,"龙开口说道,"你们知道这个词意味着什么吗?"

珍珠的眼泪一下子涌了出来:"我害怕。"她小声说道。

"别紧张,"米吉将手放在珍珠的胳膊上安慰她道,"说到底这也就是一场游戏,这里不会有人被捅死或者被打死的。"

"即便如此,"精灵从椅子上一蹦而起,"我也不参加。"

"那就只好希望你手头上有足够的零钱能让你飞回去。"克里丝向空中吐出一个烟圈,"要是我没理解错规则的话,这笔费用你是没法从片酬里扣了。"

"见鬼!"精灵一屁股又跌坐回椅子,"我想用片酬去印度待一年的。"

我望向墙壁,又望了望天花板。小丑说得没错,说不定我们正在给坦佩尔霍夫的屏幕贡献无比精彩的一幕场景。这是一部错误的电影,我心想,我来到了一部错误电影的片场。

"可我觉得这个游戏棒极了。"阿尔法的声音忽然响起。他用手比出一把手枪的姿势,咧着嘴笑着,吹了一下指尖上不存在的硝烟。

索罗和龙快速交换了一下眼神,尼安德两眼紧盯着地面,珍珠用颤抖的手拭去眼里的泪珠。

我心想,事情永远都是一样的。一个团队里,有说话的人,也有保持沉默的人。我的内心感到无比的释然,因为索罗是后一种人。但是索罗的平静下还隐藏着一种奇怪且压抑的情绪。他又将手按在太阳穴上,好像头又疼了。月亮还跟昨天一样,又将画板拿出来作画,有那么短短的一瞬间,屋里只有那支银色画笔发出的沙沙声。

小丑把凯特婶婶从地上扶起来,"这一切听起来跟儿童游戏《黑暗里的谋杀》有点类似,也有点像《无人生还》。你们知道阿加莎·克里丝蒂的那部老片子吧? 也是一群人在一个荒岛上,到最后……无人生还。"小丑把充气娃娃抱到膝盖上,"你怎么看我们的游戏呢,凯特婶婶?"他扭着充气娃娃的头,让它看向大家,从它嘴里拔出香蕉,捏着嗓子说道:"哎哟,这一定会特别好玩儿!"

米吉忍不住喷笑,但是精灵看着小丑的目光却透着恼怒,"你说的好玩儿,跟我想的好玩儿可不是一码事。我能想到的是被一个杀手在孤岛上撵着追,我觉得这样的游戏太卑劣了。"

"你又怎么知道,你不是那个杀手呢?"达令又不遗余力地露出她那意味不明的微笑。

"那我肯定知道,第一个找谁下手。"精灵不满地咕哝着。

龙拿过那个黑色的游戏规则折页,皱着眉头仔细研究着。"规则里没写什么时候抽这些卡片,"他低声道,"我们刚来这里一天,今天是十二月二号,结束时间是二十一号。我的意思是,我们不如就让时间这么过去。"

克里丝从龙的手里拿过那个折页。"没错,"她思考着说,"理论上我们可以在最后一天再抽签,在那之前我们都可以找乐子。您怎么说呢,坦佩尔霍夫先生?"

索罗的脸上露出一种奇怪的表情,他极短地微笑了一瞬,紧接着又立刻恢复了之前严肃的表情。

"肯定不能这么做。"米吉脱口而出。

"你叫坦佩尔霍夫吗?"克里丝嘲讽地问他。

米吉脸红了。一瞬间,大家都沉默起来。达令手指摩挲着手肘上的红色夹板,清了下嗓子,伸手去拿杯子喝水,不过却一下子被呛住了,咳嗽个不停。龙走上前去,一通给她敲背。我脑海中想象着,坦佩尔霍夫此刻正端坐在显示屏前,轻声笑着。

索罗离开了房间,梅菲斯托紧跟在他的身后。随后,月亮也拿着画板站起身走了。片刻之后,玻璃圆桌旁边只剩下尼安德、珍珠和我。黑色小盒子的盖子躺在桌子中央,冰蓝色的瞳孔冷冰冰望着我们,沉默无语。

尼安德把那本关于鸟类的图书夹在腋下，看起来他有点难过。"我去散个步。"他说。

珍珠和我去往沙滩。太阳正高高挂在天空之上，气温比之前还要炎热，不过从海里刮过来一阵清新的风。开始涨潮了，肉眼可见松绿色的海水逐渐向前推进，浪花拍打着海滩，更后面，几个大浪正悠悠然向前翻滚着。海浪中央出现了一只脑袋，珍珠用手掌遮住眼睛，努力向远处眺望。

"那是索罗吗？"她问。

我点点头。索罗的脑袋再次消失在海浪之中，只见他又奋力向前游出一大截，直到一片兀立在水中的巨大礁石遮挡住了他的身形。我望向天空，心里思忖道，那里应该没有摄像头，那里只有索罗一个人。心中那条看不见的丝线又将我牵引向他，我第一次希望能和他说上几句话，问问他怎么看这场游戏，怎么看坦佩尔霍夫以这种方式给我们准备的惊喜。但是，这并不是我想从他那里了解的全部，这一点即便是现在我也全然心知肚明。我想要知道他是谁，叫什么，从哪里来，平常是怎么生活的。不是岛上的他，而是现实生活中的他。

珍珠温暖的手搭在我的肩膀上。"这里可真美呀。"她开口说道。但是，她说话的时候在叹气，低沉的声音听起来又压抑、又沉重。她转身回去，我在一株棕榈树的阴凉里躺下，努力试着放松一下自己,但是却做不到,一想到这个游戏我的脑袋就一阵阵发紧。当时,我也保持了沉默,对于这件事未发一言。

我侧过身,指尖在温暖的沙子上画下一个又一个小小的问号。我用指尖又画出一个感叹号! 愤怒,我突然感到一阵愤怒。

时至今日,当我回头再想起此刻的时候,依然能清楚地感觉到我当下的愤怒。除了岛上安装有摄像头,还有我们住的地方能够保证安全之外,我并不了解伊索拉岛等待我们的是什么。没有人知道详情,而这显然就是坦佩尔霍夫的计划——对此我们所有人都说了同意。但是,怎么说我现在的感觉呢……背叛、被操纵,我不由得想起小丑开玩笑时说起的木偶来。一定程度上来说,他的表达恰如其分。我们看不到坦佩尔霍夫,即便如此,他手里牵着线,控制我们的线。一声没吭,他用这场游戏就发布了导演指令,而我们必须遵守,或者中断这个项目。

这个时候,我的愤怒里又掺杂进了绝望。我不想离开,不想回德国,我想留在这里,直到我满十八岁,然后……沙子从我的指间纷纷落下,那些问号和感叹号慢慢消失不见了。

我叹口气,面朝天躺下来,瞅着发光的棕榈树眯起了眼睛。珍珠说得对,虽然有摄像头,虽然有等待开场的游戏,不过这里真的很美。其实米吉说得也没错:这只不过是一场游戏。要是足够当心的话,杀手逮不着我。要是我自己抽了杀手卡——我深吸一口气,把这个想法驱逐出我的脑海。

我倾听着海浪的声音,头顶上能听见鸟叫声,那是一种低沉的"啦——塔——塔——塔塔",短暂的停顿之后,同样的鸟叫声呼应道:"啦——塔——塔——塔塔。"索罗还在外面的海里吗?我想抬头看看,眼皮却无比沉重。等到不知什么时候,一声清脆的"甬——吃我"在我耳边响起时,我都已经处于半梦半醒之间了。

醒来的时候,我觉得有什么东西刺了下我的脸颊。那是一只海螺的壳,正静静地躺在我身边的沙子里,可能是我在睡着的时候翻身压住了它。

我的脸被太阳晒得通红,侧身靠近沙子的那一侧脸颊,感觉很像一块裹了面包屑的煎鱼排。但是我觉得舒服多了,出奇地快乐和放松,就像做了一场美梦。我擦掉眼睛上的沙砾,仔细打量起那个海螺来。它的颜色是棕红色的,散发着珍珠贝的熠熠光彩,形状让人联想到一支小小的号角。就是那号角尖刚才刺中了我的脸颊,我能感觉到那道划痕,正好在左边颧骨的正上方,火辣辣的有点灼烧感。

海螺的开口处是淡粉色的,里面光滑表面上居然让我发现了一个心形的斑点。我微笑着拥抱着这个珍贵的发现,目光朝四下里张望了一番。沙滩上只有我一个人,海里也看不见任何人。随后游戏这件事又重新闯入我的脑海,我叹了口气,从棕榈树下的酣眠之地站起身来。我带回那只海螺,将它放在我的床头柜上,挨着埃斯佩兰卡的照片。

下午晚些时候,我们又再次聚在玻璃桌旁。几乎如同自动发生一般,大家一个接着一个慢慢走进来。米吉煮了一大锅米饭,还准备了玉米棒和西红柿沙拉。梅菲斯托也吃到了罐装狗粮。我们的食物储藏间里堆得满满的,那里甚至还有一个冷柜,里面的食物足够我们吃好几周的。

"你们什么意见?"等我们吃完,龙开口问道,"是等还是玩?"

小丑把一个个黑色信封铺在玻璃桌面上的时候,天还亮着。我们再次朗读了一遍规则,决定按顺序抽取信封。那些信封看起来一模一样,都是黑色,上面没字,只有一个冰蓝色的蝴蝶花作为封印。克里丝抽取了第一个信封,从她开始顺时针方向一个个继续。我突然觉得,最紧张的要数达令,她把一绺头发放在嘴巴里,一直咬着。轮到她抽卡片的时候,她的手指甚至颤抖个不停。

阿尔法拿了最后那个信封。

随后,我们所有人都从屋里退了出去。

我坐在自己的床上。除了我屋里还有月亮,不过我们两个床之间的距离很远,而且我们两个也没说一句话。

我是猎物。

黑底蓝字卡片上的大部分信息，我已经在公布游戏规则的时候有所了解，剩下的那些就是告诉我隐匿地点足够宽敞，那里有电照明，而且摄像头也会监控那里。假如被杀手逮住，无须在隐匿地点待很久，会有一艘船过来将我带回大陆。在那里，坦佩尔霍夫的助理会安排我的回程飞机。

卡片还告诉我，必须遵守游戏规则。

等我们大家集结在屋子后面黑色邮筒前的时候，太阳刚刚落山。邮筒又大又沉，似乎对沉重的包裹充满了渴望，而不是只满足于轻飘飘的十二只小信封。临近傍晚的静谧在小岛上蔓延开来，那是一种异常浓烈、几乎触手可及的氛围。花朵闪闪发光，像是用自己的颜色跟暮光一较高下。空气清澈，几乎发着光。暮色中慢慢增加的凉意，昨天还让我感到无比舒服，今天却几乎让我感受到了某种威胁。

我们就站在那里，时间仿佛凝滞了一般。日后我又在屏幕上回看了一遍这幕场景，但是即便没有视频，这一幕也足够令我印象深刻，只要我一闭上眼睛，这幅画面就会在我的眼前流转。

我的目光掠过小丑的时候，他挑高了一边的眉毛。"砰！"他嘴里发出一声怪叫。珍珠吓了一跳，活像踩着了谁的脚。阿尔法撩开额头的浅发，脸上挂着一缕胜利者的微笑，虽然那微笑很是假模假样。米吉撑开邮筒的投递口。尼安德就站在他旁边，一头紫铜色的头发在阳光下闪着光，结实的胸膛有节奏地快速起伏着。克里丝大口吸着香烟。一把刀从龙的腰带上露出个头，他看见我吃惊不已的目光，冲我笑了笑。精灵异乎寻常显得很安静，反而达令给我的感觉是越来越激动不安。跟她相反，索罗很明显放松多了。他的额头又舒展开来，黑色的眼睛镇定地望着大家。

月亮还是一如既往一副事不关己、超脱尘世的表情。她那一双大眼睛，一只银色，另一只浅棕色，似乎能够看透我们每一个人。她的光头闪闪发光，像一只抛光的球。

嘎嗒一声轻响，我们的信封消失在了那个黑匣子里。

就在同一刻，白昼的最后一道光线消失了，如同被吞噬一般。夜色从灌木丛和树木之间慢慢弥漫开来，我们背后的森林忽然间泛出无限生机。

"有人有兴趣来个夜间漫步吗？"小丑打破沉默。克里丝气呼呼地哼了一声，随后走进主屋。我跟着她，一起的还有精灵和珍珠。

我们四个是今夜最早上床睡觉的几个人。我对时间没有感觉，但应该夜已经深了。等到月亮和达令也进来之后，我们关了灯，黑暗几乎压制性地笼罩在四周。

我考虑着要不要点燃蜡烛,还没等我这么做,精灵一下子拧亮小阅读灯,伸手去拿她的那本童话书。

我听着她一页一页翻书,直到自己滑入一种不安的半梦半醒的状态。几分钟之后,我睁了一下眼,精灵的阅读灯还亮着,但是她已经睡着了,手里还紧紧抓着那本童话书。

外面的蝉鸣一阵紧似一阵,叫得我耳朵疼。可是它们一沉默,静谧却沉重地压在我的胸口上。忽然,我看见帐子前有一团阴暗的身影,吓得我差点尖叫起来,但是四肢却像麻痹了一般,一动都不能动。

那是月亮。

"我睡不着。"她轻声说道,然后也没问我一声,径直掀开帐子,爬上床,钻进我的被单下。她的身体凉凉的,皮肤的味道像是背阴处的树叶。

"你长得跟她很像。"她的低语飘进我的耳朵。

我的身体一下子僵硬起来,"跟谁像?"

"那个照片上的小姑娘。"月亮朝我翻过身来。此刻,月光正透过窗户洒满我的床,银色的清辉落在埃斯佩兰卡照片旁那只小小的海螺壳上。

我屏住呼吸。

月亮又翻个身,背冲着我,像一只小动物一样贴在我的肚子上蹭了蹭。

我在心里问自己，到底有多少场景最终会出现在坦佩尔霍夫电影的成片里？我将胳膊搭在月亮身上，倾听着她不稳的呼吸，心里考虑着，这会不会是她耍的一个小手腕，会不会等我睡着了，她的小手指就会握住我的左手腕。等……我……睡着了……

我被一声穿透云霄的雾笛惊得一下子坐起身来，那个时候，月亮已经不在我的床上。

## 第 10 章
## 第一个猎物消失了

一整夜,他都坐在屏幕前,可他并不累。相反,他情绪极其亢奋。

游戏已经开始了,而且开了个好头!比他预期的更快、更顺利。他又看了一眼屏幕画面,再次得意地吹了一声口哨。真是走了一个妙招,这一刻真是完美。

在夜晚结束的时候鸣起雾笛,同样做得也很聪明,甚至可以说非常聪明。他满意地笑起来。现在其他人完全不可能猜出来谁是杀手,他们甚至不明白究竟什么时候失去的那第一个猎物。他快速给杀手发了条信息,随后给自己倒了杯咖啡,用手轻抚了一下米莉亚姆的照片,再次埋头去看屏幕。是的,会成功的,真的会成功的。

尼安德不见了。

我们十一个人聚在玻璃桌旁边,明确了这个事实。

雾笛声吓了我们所有人一大跳,但是睡着的没有几个。显然,有两个男生并没待在卧室里。米吉告诉大家,只有索罗、小丑和他三个人是上床睡觉的。

阿尔法留在主屋里,他说自己是睡在满是靠枕的休息区那里,没听见什么动静。

龙在哪里没人知道,他是从外面走进来的,和月亮一起。月亮还穿着之前那件睡衣,一件白色短裙,上面沾着一块苔藓绿的污渍,眼睛看起来比以前还大。

小丑站上一把椅子,双手鼓掌。"为杀手鼓掌!"他大声喊道,居高临下地审视着我们,一个挨着一个瞅过去。他的眉毛乱飞,再加上尖锐的脸部线条,邪恶的山羊胡,看起来真的像个滑稽的小丑。"有人要鞠躬致意吗?"

"要不你先来?"阿尔法建议道。

但是,大多数人还是偷瞄着龙,因为他漆黑的头发里挂着几根枝叶。我也暗暗问自己,他刚才是从哪里过来的,他那一脸抗拒的表情下到底隐藏着什么。

克里丝的目光逗留在阿尔法的身上,她点燃一根香烟。

"你就不能在外面吞云吐雾?"精灵抱怨着。克里丝深吸一口,然后吐出一口烟,说道:"你们中至少有两个人一起陪我出去的话,没问题。"

我们中的大多数都去了海滩。碧蓝的天空万里无云，阳光无比炙热，我们不得不在棕榈树下找一块阴凉地。沙子是烫的。珍珠在主屋的一个架子上发现了彩色的垫子，我们把它们带了出来。垫子铺在滚烫的沙子上，像电热毯一样变得热起来。

龙在棕榈树荫下堆了几只椰子。他身上穿着一件深棕色的缠腰带，黑色的辫子，橄榄色的皮肤，在我们所有人中间就属他看起来最像一个岛民。他的齿尖咬着那把匕首，正在给椰子钻洞，好让我们能喝到美味的椰子汁。椰汁并没有我想象中的那么甜，而且异乎寻常地非常解渴。

我们不再谈论尼安德，好像大家都不想让坦佩尔霍夫得逞，看出我们其实紧张得要命。"我们在天堂游戏一日"，似乎这就是我们的秘密口号，每个人都以自己的方式遵循着这个口号。但是我很肯定，大多数人的脑袋里都无休止地盘旋着同样的问题：我们中的谁抽到了杀手的卡片？ 第一名猎物怎么可能那么快就消失？ 具体是什么时间发生的？ 黎明时分，或者更早？ 隐匿地点在哪里？ 还有，谁会是下一位猎物？

现在，迎接我们的不仅仅只是隐形摄像机，它们似乎隐藏在棕榈树上、岸边红树纠缠的树根间，或许还蛰伏在矗立在这个小海湾的鳍状悬崖上。**其中一位将成为杀手**。是谁？ 会是谁？ 我们必须提防谁？

礁石一路没入海中，又圆又大，就好像无数浪花将它们切割开来一般。其中一块礁石远远深入海水，形状如同鲨鱼隆起的背部。昨天索罗就是消失在那块礁石的后面。

防晒霜，防晒指数30，从一只手递给另一只手。珍珠身上裹了块五颜六色的花布，正在给身上裸露的肌肤涂上一层厚厚的防晒霜。精灵问她为什么这么做，她笑起来。

"阳光不仅只是会灼伤白色的皮肤呀。"她声音轻柔地说。她带了钩针，还有一个香瓜大小的墨绿色毛线团，线头处挂着一条织了一半的围巾。她看见精灵打趣的目光，于是说道："给一个朋友织的，圣诞礼物。"精灵哧哧笑起来，不过珍珠却忽然看起来很难过的样子，她肯定是因为他的缘故才带着那部手机。

达令穿的是红色比基尼。短裤是极小只的丁字裤，上衣镶着的两颗人造宝石闪闪发着光。她的皮肤是金棕色的。精灵嘴里发出嘶的一声，看来她的片酬或许不得不用作日光浴去晒黑了吧。达令将身前部分抹完之后，手里拿着防晒霜，大步向小丑走去，那家伙正将凯特婶婶当作气垫靠在一株棕榈树上。

"要是有人给一位金发美女的背上涂防晒霜，你猜她会怎么说？"她大声问道，以确保我们所有人都能听得见。

"唉……"小丑扯着他的山羊胡子，结结巴巴地说，"很可惜我没听过这个笑话。"

"那现在不就知道了嘛。"达令故意压低声音说道,用手拉开比基尼上衣后背上打的结,两腿分开坐在小丑的怀里。

小丑不太肯定地左右望了望,然后开始给达令抹防晒霜。

阿尔法本来正在跟他的握力器较劲,看到这个画面于是停下动作,直瞪瞪地朝那两个人看过来。达令双手抱胸,低着脑袋,长长的金发如同闪耀着光芒的瀑布落在小丑的腿上。在他身后,凯特婶婶大张着嘴,一言不发地坐着。

等到小丑抹完后背,达令在他的大腿上转过身去,任由比基尼上衣滑落下来。"金发美女说,谢谢。"

小丑靠着充气玩偶婶婶一阵狂咳。达令头发一甩,极其缓慢地再次穿上比基尼,双手撑着小丑的大腿站了起来。"怎么样,喜欢这个笑话吗?"

小丑努力想要咧嘴笑一笑,那撮小胡子抖得厉害。

精灵厌烦地摇了摇脑袋,"天啊,她可真卑劣。"

没错,我想,但是这样一来,她就得到了自己想要的。达令对抗小丑,比赛结果一比〇。

米吉穿着橙色短裤走向海滩,腋下夹着冲浪板。他趴在板子上划向大海,然后以娴熟的动作开始冲浪。只见他灵巧地驾着冲浪板向浪头迎去,猛地冲上去,达到最高点,紧接着一个转身,又迅捷无比地射向钴蓝色的海水。精灵坐在我身边,用手掌遮着日光,然后发出一声叹息，惹得珍珠咪咪笑起来，精灵不由得红了脸。

索罗和龙在玩米吉的飞盘，梅菲斯托汪汪叫着在他们两人之间跑来跑去。索罗只穿着那件洗白的牛仔裤，肤色是一种微微的棕色，那是一种淡淡的、天鹅绒般的焦糖色调。他的身材不像阿尔法那样是后天锻炼的肌肉感，而是有一种少年气。我几乎用尽力气，才能控制住自己不去时不时地看他。但更让我感到难以控制的，是这两个人竟然就在离我们几米远的沙滩上躺下来，聊起关于体育的话题。

"在学校里我最喜欢田径。"索罗的声音听起来很坦诚，也很放松，"我也试过踢足球，不过我好像没什么天分。我想，我不是打团队配合的料。你呢？你在马戏团待多久了？"

龙的回答被看不见的"甭——吃我"鸟叫声给遮住了。我的脑海里又想起尼安德，他此刻在哪里呢？已经坐上返回德国的飞机了吗？我的面前浮现出他腋下夹着那本关于鸟的书去散步时悲伤的面容，那是我看见他的最后一面。会是谁，我想，是谁抽到了杀手卡片？精灵？珍珠？不可能。她们两个不太可能隐藏得这么好，或者也有可能呢？精灵上的是演艺学校，她曾经告诉过我的。但是或许在现实生活中她是另外一番模样，或许我们所有人在现实生活中都是不一样的。我又朝索罗望去。梅菲斯托卧在他脚前的沙滩上，四蹄朝天，索罗正在挠狗的肚子。捕捉到我的目光，索罗微笑着看过来，轻轻点了一下头。我也微笑着向他致意，不过我感到自己的脸一下子变得通红，于是赶忙掉转视线望向别处。

一瞬间，我不知道自己该更担心什么：他是杀手抑或他是猎物。

傍晚时分，龙在沙滩上生着了一堆火。他捡来干树枝，将它们一层层垒成圆锥形。火苗噼啪作响，浓烈的火焰向黑夜喷射出微小的火花。米吉从冷柜里拿来小香肠，我们将它们穿成一长串，举在火苗上烤起来。香肠的味道跟德国的不同，所有东西的味道都跟德国的不同，甚至连空气都不一样。

天空上繁星点点。吃完饭后，龙给大家表演了一段戏法。他把汽油浇在火把上，将火把塞进火堆的余烬当中，让明亮的火焰在他裸露的身体上方舞来舞去。随后他从油桶里含了一口汽油，将火把举至嘴边，使劲将一团巨大的火球喷向夜空。一团炙热的光影在我们身体上方漫天飞舞，直至最后慢慢变成浅浅的烟雾，无声地跟暗夜混成一色。龙坐在地上，上身远远向后靠着，单薄的胸脯上下起伏，火把在他的两只胳膊上方上下翻飞起来。精灵兴奋地一个劲儿鼓掌。我再次捕捉到索罗的微笑，他的眼睛在火光中闪耀着光芒。他站起身，消失在夜色中，很快又转回来，手里拿着那把拨铃波琴。

"这是什么乐器？"珍珠问道。

"拨铃波琴。"索罗简短地回答。

珍珠笑起来:"什么是拨铃波琴? 我的意思是,这琴源自哪里?"

"巴西。"索罗迅速瞥了我一眼,解释道,"它是卡波耶拉舞的主乐器,听说过卡波耶拉吗?"

米吉点点头,但是珍珠却摇摇头。

"卡波耶拉是一种战舞,"索罗说道,"源自非洲,原本是祭祀时跳的舞蹈。在此基础上,被葡萄牙人掳来巴西的奴隶演化出一种自我防卫的技艺。如今,许多国家都教授卡波耶拉舞。据说传授舞艺的人大多数是非裔巴西大师。人们围成一圈,每次由两位斗士轮换出场,配以鼓声还有拨铃波琴声。"

"听起来很棒,"精灵说道,"你会跳卡波耶拉舞吗?"索罗摇摇头,"我只喜欢拨铃波琴。一个巴西人教会我怎么制琴,然后怎么弹琴。"

珍珠冲他点了下头:"那么让我们来洗耳恭听吧。"

索罗握住紧绷弯曲的木棍,将中空的葫芦推至底端琴弦的上方,让葫芦的开口对准自己的肚子,然后拿出一小块圆石头,拇指和食指夹着按向琴弦。他的另一只手拿着一根细细的木棍,还有一个装着植物种子的沙锤。

当第一声低沉的乐声在空气中震动起来的时候,我感觉胳膊上的汗毛全都竖了起来。对我来说，若是有人弹得好，没有什么声音能比拨铃波琴声更具魔力。而索罗弹得如此游刃有余，就像这个乐器他已玩了一辈子。他运用手里的细木棍拨动琴弦，再用石头改变声调高度，让其从低音一直滑向高音，发出类似女高音的琴音。小小的沙锤在他手中随着节拍飞舞，索罗赤裸的结实有力的上半身随着音乐节奏摇摆。空气变成一个无比巨大的唱歌碗，里面充满了美妙的乐声，那是索罗拨动这个乐器唯一的那根琴弦弹奏出的天籁之音。有那么片刻，我只是坐在那里，侧耳倾听着，然而某一刻，琴声却变得越来越急促、越来越紧迫、越来越火热。我站起身，开始随着音乐舞动起来。我忘记了自己在哪儿，我是谁，只是随着音乐的节奏律动着。音乐渗入每一根肌肉纤维，如风暴般涌入我的血管，直至将它充满，让我进入一种奇妙的迷幻状态，一切思维都仿佛停滞了一般。等到周遭又变得一片静寂的时候，我才发现，所有人都在看着我。还有索罗，特别是索罗。

"哇哦，"精灵打破宁静，"现在我能理解，为什么坦佩尔霍夫选上你。你肯定答应他在岛上跳支舞吧？"

我急急坐下，盯着闪烁的火苗，脸变得滚烫，心脏疯狂地跳动。

米吉也站起身，取来他的康佳鼓。现在，两个少年一起弹奏起来，珍珠也随之唱起歌来。她一下子像变了一个人，平时安静、轻柔的嗓音变得深沉、圆润起来，像是一位年老的女黑人的嗓音。她唱起一支美国福音歌曲，我不由得想起里约的基督山，那座巨大的耶稣雕像，它正矗立在离我们不远的山顶上，巨大的石头双臂伸展在里约的上空。这真的是一个无比美妙的时刻。

等我睁开眼，达令也开始跳起舞来。她依然穿着那件红色比基尼上衣，底下穿着条宽松的短裙。小丑嘬了声口哨，鼓了几下掌，可我一点都不想看她的表演，我讨厌小姑娘以这种方式跳舞。达令是可以蹦来跳去，但并不是音乐令她起舞，她跳舞只有一个目的，那就是吸引别人的目光。

这会儿就连阿尔法也从夜色里过来，拿着他的便携式冲击波音箱。珍珠的歌声、米吉的鼓声、索罗的拨铃波琴声被粗暴地打断，重型电子合成音乐的低音扑面而来。达令还在狂扭臀部乱舞的时候，索罗站起身离开了。我也跟着他离开，我实在不想待在这里。

马上要到主屋门口了，索罗朝我转过身来，向我伸出手。我猛地缩了一下，他也吓了一跳，一下子顿住了。"抱歉，"他快速开口道："我并不想……"他望着我的眼睛，"你是里约人，是吗？"他的声音很低，几乎听不见，"你是巴西人。"

我本想摇头，但却做不到。我点点头，咽了一下口水，喉咙里有眼泪在灼烧。

刹那间，索罗看起来似乎想要拥抱我，但是此刻克里丝却出现在花园里，索罗于是快速抬脚走进屋里。

我在浴室的花洒下任由眼泪直流。等我下楼梯来到屋里，除了克里丝还有精灵和月亮也在屋里。精灵翻开她的童话书，给我们读了一篇格林童话《星星银元》。我手里摆弄着海螺壳，克里丝抱着泰迪熊，靠着敞开的窗户倾听着故事。月亮坐在窗前的地板上，手里不停地画着。读到小姑娘将自己的汗衫也送给别人的时候，雾笛响了。

达令、阿尔法、龙、小丑和米吉从沙滩上向我们跑过来。漫长的几秒钟之后，索罗从男孩的卧室走出来，梅菲斯托跟他在一起。

我们所有人围站在玻璃桌旁边。索罗的目光在每个人身上流连，停留在我身上的那一瞬，我看见他深吸一口气。我直直望向他那双黑色的眼睛，这一刻，我一下子明白一件事，那就是爱上一个人，不非得已经了解他，甚至可能都不用跟他讲过话。从这一刻起，我也懂得，爱情有可能比意识来得更快。而我现在的情况，就是意识跌跌撞撞落在了爱情的后面。我们对爱情无法施加影响，爱情来了我们就会发现，毫无理由、无法评论，也全然无法抗拒。也许爱情如同音乐一般，无法解释，它会用一种无言的方式击中你的心。

我合上双眼，脉搏跳得飞快。我很高兴，索罗还在这里。

我很难过，珍珠离开了。

## 第11章

# 烦躁不安

手机响了,一条短信。刚刚过去五分钟,这已经是第三条短信了。他打开收件箱,飞快浏览了一遍那几行字,有点心烦地敲击出一个简短的回答。随后再一次看了一眼关于珍珠的消息。此刻她正坐在船上返回大陆。娜娜·玛赫塔,这是她的真名。除此之外,只有远在海德堡无人认识的男朋友叫她珍珠。珍珠的男朋友叫乌尔夫,四十八岁,是位离婚律师,已经结婚二十年了。珍珠每周去他家两次,照顾他的几个女儿。他们两人晚上约会,得等他的女儿睡着妻子去上课的时候。乌尔夫的妻子是位歌唱老师,珍珠曾经跟她补习过,也因此获得了这份看顾小孩的保姆工作。无数个夜晚,她给乌尔夫写下几页长的邮件,在电脑上也天天记日记。想到这姑娘思念的情话,他不由得微笑起来。有了珍珠的电脑,她对他而言就是一本打开的书。是的,透明的时代这种说法一点没错。要访问获取这些信息,对他来说简直就是小孩子玩的游戏。用这种方式更好地了解这群人，还是挺不错的。甚至关于尼安德，真实生活中名叫里斯坦·莱安德的那个家伙，他也以这种方式找到了一些信息。这个少年参加过几个戏剧项目，平时在邮局打工，妈妈是个酒鬼，梦想是当个科学家。晚上他会写写诗歌，写得还真不错。其中一首，关于"甭——吃我"这种巴西小鸟的诗歌，他还打印了出来。

挖出关于薇拉的信息就费劲得多了。她不发邮件，不写日记，电脑上也没写什么诗歌。她受洗得名乔伊·莱歇特，即将年满十八岁，这些都是从试镜的那场谈话里得来的信息。有关她德国父母的简单信息也同样来自试镜，伯恩哈特·莱歇特是名医生，艾瑞卡·莱歇特是位心理学家，两个人在汉堡享誉甚高。但是用这个办法没搜集到关于领养的什么信息，他得另想办法登录加密文件。乔伊·莱歇特1989年12月13日生于里约热内卢，当时的名字叫薇拉·玛孔德斯。艾瑞卡和伯恩哈特夫妇是在她四岁大的时候领养的她。他在网上也搜了一下玛孔德斯这个名字，发现了一个名叫埃斯佩兰卡为流浪儿童抗争的女权主义者，但是她和薇拉之间到底有什么关系，他还没能发现。薇拉在汉堡的一所高级文理中学上十二年级，课外时间学习跳舞，巴西舞蹈和卡波耶拉。她在汉堡"工厂"艺术中心的演出当地电视台甚至做了简短的报道。

当薇拉在火堆边伴随着索罗的奏乐翩翩起舞时，他的目光简直无法从她的身上移开。旁边的达令就像是一幅讽刺漫画，虽然她也很好地将自己的魅力表现了出来，甚至可以说表现得非常好。但是薇拉更深刻，那是她用生命释放出来的。虽然隔着屏幕，但是他却深深沉浸其中，无法自拔。他心想，她并不知道自己有多美，而正因为这一点，她更加美丽。索罗爱上了她，这个他也能从屏幕上看出来，这让他很不高兴，也激怒了他。没错，比起喜欢，他更觉得恼怒。索罗在进屋之前对薇拉说了什么，他无法得知，但是薇拉当时的反应他却无法忘记。他的身体轻微颤抖了一下。他应该专注于其他，可是此刻他却难以做到。注意力被转移，他对自己感到很恼怒。他望着薇拉的脸，观察着她严肃的嘴唇、微微鼓起的执拗的鼻翼，还有她那双充满忧伤的绿眼睛。"你的梦想是什么？"他轻声问，将手机推向一边。屏幕上又亮起一条短信通知。

  第二天一整天都不见阳光。空气压抑沉重，乌云密布的天空像一个昏沉沉的钟一样罩在我们这个小岛上，正好符合我此刻的心情。稍晚的午后时分，我来到厨房，想给自己倒杯咖啡，拿点水果。我不断扭头看向后方，每发出一下声响我都会吓一跳。虽然只是一场游戏，但是恐惧可以如此真实，这种感觉真的十分奇怪。坦佩尔霍夫肯定知道这一点，而且它已经奏效，就在此刻。自从珍珠失踪后，我们互相看对方的眼神比之前更加疑虑重重。昨天晚上，第一轮猜测的结果出炉了。小丑怀疑龙是杀手，因为在火堆燃烧时他就坐在珍珠旁边。龙很酷地耸耸肩表示否认。阿尔法提醒大家，如果我们认为分辨出了杀手是谁，按照规则是不允许指认杀手的。在他说话的时候，精灵和克里丝都用更加怀疑的目光瞪着他看。索罗跟以往一样待在不显眼的地方，但是我能感觉到他好像又头疼了。每隔几分钟他都用指头按按太阳穴，还喝了很多水。不知什么时辰，我们几个人一起行动，回屋上床睡觉。达令上了几次卫生间之后，抓起自己的床单，从屋里离开了。

整个上午我都没再见到她，但是此刻她正坐在满是靠垫的休息区里，伸着大长腿，观察着正为了梅菲斯托抱着凯特婶婶热舞的小丑。

突然，梅菲斯托像疯了一样狂吠起来，猛地往前一蹿，咬到了充气玩偶的腿，凯特婶婶发出一声尖锐的漏气声，达令在一旁笑得乐不可支。

"唉，"小丑干巴巴地蹦出个字，目光望向上方，"我得说，这是一场镜头前发生的谋杀。坦佩尔霍夫先生，我们该拿尸体怎么办？"

我走进花园，米吉正躺在精灵的吊床上。他没将这吊床绑在沙滩上，而是绑在两棵橘树之间。米吉打着他的康佳鼓，不过觉察到我的出现，他就猛然停住了手。

"你非得走路这么轻手轻脚的吗？"他问，一脸受到惊吓的表情。龙站在视线可及的一棵柠果树前，朝这边挥了挥手，动作灵活又紧张。

我有些失望,索罗没跟他们在一起。他今天一天都不见人影,可是我们昨晚见面的情景始终像电影一样在我的脑海里放映,一遍又一遍。他的低语,他充满爱意、受到惊吓的目光,还有他努力克制的身体姿态。我想和他说说话的愿望越来越强烈。昨天中午,我心里有很多关于他的问题想问他,可是今天,我感觉更想跟他讲一讲我自己。这种感觉,直至现在我还从来没有对其他任何人有过。

米吉又开始敲起鼓来,但是我太烦躁,没空倾听。我不安地进到卧室,看见珍珠空空如也的床铺,不由得叹了口气。她现在可能会在哪里?在隐匿地点的时候她害怕吗?她很开心见到在家等她的男朋友吗?究竟有没有这个所谓的男朋友?我们可以讲述,自己曾经希望成为的,或者可能成为的,或者以后想成为的人。在这一点上,没有规则。

珍珠的衣箱露出一条绿色围巾的一角,昨晚精灵为她收拾了她的那三样东西。这会儿精灵正躺在床上读着书,克里丝窝在床单下,月亮蹲在地板上,手里拿着什么东西,睁着那双大眼睛望着我。

"我想安葬它。"她说。

死了的乌龟很小。当我看见它皱巴巴的脸上那双睁开的眼睛如玻璃一般,不由得想起尼安德几天前在森林里发现的那只死掉的幼鸟。

"你是怎么拥有它的?"我问月亮。

"继承下来的。"月亮用手轻轻抚过那只小动物的壳。龟壳的颜色像是风干的泥巴,上面装饰的花纹——均匀的长方形、圆形和波浪线——是一种混沌的蓝和褪色的橙。小脑袋是黑色的,上面带着红色的斑点。我觉得神奇的是,这只死了的动物一点都没有散发出腐败的气息。

"卢阿属于我的曾祖父,"月亮用她的高分贝嗓音说道:"我的曾祖母是印第安人,死后将卢阿留给了我祖母,之后我妈妈又继承了它,然后是我。卢阿是因为年老力衰而死的,可是我不愿把它葬在德国,我觉得这里更适合安葬它。你要一起来吗?"

我犹豫地望向精灵,精灵合上她的童话书。"我的老天爷呀,"她说:"这么说,这家伙都超过一百岁啦。"

"卢阿已经一百五十四岁,"月亮说,"已经快活了双份的耄耋之年,死而无憾了。要是之前没办法通过海关的话,我也不会来岛上的。"她亲吻了一下死乌龟的龟壳,目光向我示意可以出发了。

"我也想一起去,"精灵说道,放下手里的童话书,"在这屋里,我总觉得心情郁闷。"我们刚刚离开卧室,克里丝也从后面赶过来。米吉和龙已经不在花园里了,但是梅菲斯托还趴在吊床下面,它汪了一声,也加入我们这个安葬探险小队。

我们向森林里进发,走的是前天我和尼安德走过的同一条路线。

今天的空气同样也让我感到沉闷和压抑，不过这次我们没走那条沿山蜿蜒而上的小径，而是冲着东北方向开辟了另外一条路。森林里万籁俱寂，茂密的植被是深深浅浅的绿色，一棵棵树看起来像是具有魔法的生物，孤独而又强大。树叶纹丝不动，一切如同凝滞一般，就连我们头顶的鸟声也减弱了。但是蚊子却让我们不堪其扰，一团团的蚊子包围着我们，尤其瞄准了精灵，乐此不疲地向她裸露在外的肌肤发起进攻。精灵嘴里咒骂着，挥手拍打着周围，绝望地抓挠着被叮得肿起来的包。一边的梅菲斯托又开始大声汪汪叫起来，仿佛要保护精灵似的。我忽然想起这只狗有多温顺。除了凯特婶婶，它从来没对我们任何人咆哮或者不信任地嗅来嗅去，每次总是友好地冲我们每个人摇尾巴。我又想起在里约机场的时候，它冲上来就舔我的手。索罗知不知道他的狗正和我们在一起？

  我们几乎走到小岛的另一端，我听见了海浪的声音。梅菲斯托向右一拐，跑进一丛低矮的灌木林里，那里有一条小溪从森林的地面里潺潺流出。第一次在森林里漫步的时候，我完全没有注意到这条小溪，它只是狭长的一条银色带子，溪水底部铺着闪烁着光芒的石头和透着微光的植物根茎。梅菲斯托动静十足地吧嗒吧嗒喝着水，打了个喷嚏，摇了摇黑色的脑袋，又继续一溜烟向前跑去。我们跟着它穿过树木丛生的迷宫。有几棵参天大树高得只能仰头才能看见树冠，其他树枝盘根错节，有的能垂到地面，有的互相缠绕交错，似乎想构建出一座城堡。有的枝条上挂着沉甸甸的深色果子，一只拳头大小的巨大坚果不知从空中哪里突然掉下来，发出清脆的啪嗒一声，吓得身边的克里丝一声尖叫。我身上都被汗湿透了，呼吸也越来越沉重，跟这里压抑的空气一模一样。

　　小溪渐渐变得宽起来，发出汩汩的流水声。贪婪的蚊子还在追随着我们。这里没有现成的小径，向前走的路越来越艰难。一想到在这种枝叶犬牙交错的地方会有隐藏摄像头，我就觉得这个想法越来越荒谬。我们翻过巨石和倾倒的树木，克里丝的红发挂在一根低垂的树枝上，那树枝瞬间看上去就像是着了火。精灵不住口地咒骂着杀人的蚊子，我刚要开口建议大家就地折返回去，面前却出现了一片林中空地。这片空地并不像我们住的那片地方经过修葺，而是更荒芜、更原始的样子。空地的尽头布满了常青藤和攀缘植物，在那里，我发现了上次和尼安德漫步时远远望见的废墟。那里真的是一座小教堂，是由浅色的石头搭建而成的。狭窄的入口和窗户如裂开的洞口一般，不过四壁还在。木头十字架旁边盘踞着一只黑鸟，听见我们的脚步声，黑鸟受到惊吓，呼啦啦飞入空中，尖厉的叫声和近在咫尺的海浪呼啸声混杂在一起。我心中又浮现出一幅画面：一群小孩子睡在一所教堂背阴处的垃圾袋下，其中有两个小男孩，还有两个小女孩，一个小女孩4岁，另外一个13岁，正被走过来的脚步声吓得胆战心惊。我双手捂住眼睛，等再放下手，梅菲斯托欢声吠叫着从拐角处跑了过来。

"真不可思议,"精灵脱口而出,"这个地方真棒！要不要进去看一看教堂？"她突然身上打了个寒战,"那里面会不会就是隐匿地点？"

克里丝惊恐地摇了摇她蓬乱的长发,月亮消失在小教堂后方,我们也跟了上去。

杂草丛生、遍地荒芜之间竖立着一些墓碑,其中几块上面还能辨认出字迹。经过时间的侵蚀,剩下的不过是零落的字母,已经看不出上面的名字姓甚名谁。

墓碑后面是礁石海岸,小岛的第二张面孔。从这里可以眺望到尼安德曾经说过的那个小海湾,一条窄窄的石头小径从教堂一直延伸到那里。海湾四周礁石耸立,几分钟之内这个镰刀形的小海滩就将像水族馆一样充满海水。海湾的左侧,矗立着我曾和尼安德攀爬过的那座山。从近处看,更显得如庞然大物一般,既高耸又黑暗。山底有一个圆形的洞口,看起来像是张开的一张大嘴。山上高处,接近顶峰的地方,裂开了一道 V 形裂缝。

"太棒了！"月亮说道,"这是个埋葬卢阿的好地方。"

她将乌龟高高举向天空,似乎是想让它最后一次看看天空,然后开始用她的小短指头在地上挖起坑来。

我们四个围绕着月亮为她的家族乌龟指定的安息之地站着,我心里暗暗想着，安葬小鸟是为了纪念尼安德，安葬乌龟是为了纪念珍珠。

"为什么你们要参加这个电影项目？"克里丝将她的红发别到耳后，用一种怀疑和紧张的目光看着我们，声音颤抖。她看起来脸色苍白，甚至可以说是惨白，就好像阳光无法照到她的皮肤上一样。

"我想演戏，"精灵回答道，"演古典戏剧，你们知道的，那种伟大的悲剧角色。我以为这个岛会是练习表演的绝佳舞台。这个地方无论怎么说都太棒了。"

精灵展开被蚊子狂轰滥炸过的双臂，在月亮堆起的小坟墓前跪下，一脸悲恸地说道：我失去安宁，内心烦闷；要找回安宁，再也不能。他不在身旁，到处像坟场，整个世界，使我伤怀。我可怜的头，疯疯癫癫，我可怜的心，碎成万段。我失去安宁，内心烦闷；要找回安宁，再也不能。

精灵停住了，双手掩着面，开始大声抽泣起来。她身上穿的那件轻盈飘逸的银灰色连衣裙裹着她丰腴的身体，紫色的头发像瀑布一样落在面前。一秒之后，她一脸要求掌声的表情，大笑着问我们："我演得怎么样？"

"真不错。"克里丝回报她以冰冷的笑容，"不过，要说起《浮士德》里的格雷琴①，你最多能演个瞎子。要是在莎士比亚的戏剧里

---

① 格雷琴是《浮士德》一书中主人公浮士德的恋人。

扮演个角色的话,那就只能是山林女神之一了。"

精灵咻咻笑起来,似乎并不介意克里丝的话。"你呢?"她好奇地问:"为什么你也参加? 你也是学表演的吗?"

克里丝摇了摇头。"电影,"她说,"我想拍电影。"

"你可以扮演德拉库拉的未婚妻,"精灵建议道,"米娜·穆雷①这个角色就像是为你量身打造的一样。"

克里丝耸了耸瘦削的肩膀,表示对此没有异议。

"你呢?"精灵转向月亮,此刻她正将一大朵洁白的花放在那堆小小的坟墓上,"你为什么参加?"

月亮从巨大的枝条上摘下第二朵花,别在耳后。她的光头上已经冒出些许微黑发根,身上还穿着昨晚的睡衣。她看起来十分美丽,以她自己独有的方式。她有点让我联想到爱尔兰光头摇滚女歌手希妮德·奥康娜,也有点像《星星银元》里的小姑娘,就是精灵之前给我们朗读过的那个童话里的小姑娘。

"我之所以来这里,是因为打算将我的乌龟埋在这里。"

"你呢,薇拉?"

我看着精灵金棕色的眼睛,心里想着埃斯佩兰卡,她的照片和

---

① 米娜·穆雷是小说《德拉库拉》中的人物,她本来已经订婚,但与德拉库拉相遇之后,她和德拉库拉都惊讶于彼此的长相。德拉库拉发现米娜与他的亡妻一模一样,而米娜也觉得德拉库拉像她一个熟人,继而两人相爱。

精灵的脸重合在了一起。照片背面的电话号码深深刻在我的脑海里,在我心中已经从遥远的德国拨打过无数回。我努力想象电话那头应答的声音会是什么样的。我说不出话来。我只会英语,不会葡萄牙语,再也不会了。

我是从互联网上发现这个电话号码的,很简单,只需要点击几下鼠标就能找到。此刻,我已经掌握了自己需要的所有信息。埃斯佩兰卡·玛孔德斯,光明斗士。网上照片里的那位年轻女士和我手里那张褪色照片上的十三岁少女之间已经没有多少相似之处,和我与尼安德漫步时出现在幻想中的少女也没有多少相似的痕迹。埃斯佩兰卡在互联网照片上的脸庞充满个性,甚至颇具男子气概,脸上的表情也是充满了斗志。她已经长大成年了,变成了一个女人。但是她的眼睛依然闪闪发光,充满力量的光芒散发出无比的温暖和安全感。

要是我愿意恳求伯恩哈特的话,他一定会跟我一同飞来巴西,为我安排好所有事情,这一点我一万个肯定。但是,我却选择了眼前的这条路,即便我心里明白,这会让艾瑞卡多么伤心。我能感觉到,伯恩哈特很理解我,他理解我必须得一个人迈出这一步。我相信,他甚至理解,就我原来的目的而言,这个电影项目其实并不是一座桥,而是一条弯路。九天之后,我就满18岁了。如果在那之前我还留在伊索拉岛,那么之后就没人能强迫我回家。

"嗨，薇拉，"精灵笑着说，"千万别给你分配什么要开口说话的角色，最好让你担任的是个舞蹈角色，没错吧？"她在梅菲斯托身边躺下，挠着它的黑耳朵，深深叹了口气，"但是我想象中的小岛项目跟现在这个完全不一样，这个讨厌的游戏把一切都搞砸了。要是我知道谁是杀手就好啦，我还以为这位×先生很快就会露馅的，现在看来他隐藏得还挺巧妙的。要是位×女士，"精灵一一看过我们每一个人，"要是你们谁抽了杀手卡片，能不能帮帮忙，别半夜把我拖去隐匿地点？我真的怕得要死。"

克里丝从她的满头红发里摘出一根细树棍来："要是你是杀手呢？你想拖谁去隐匿地点？"

精灵哼了一声："还能是谁！那个达令可真是让人受够了。我就想知道，昨晚她从咱们的卧室溜出去之后，到底上了谁的床。小丑虽然一直跟她献殷勤，但是陷进她眼里拔不出来的可是索罗，你们也注意到了吗？"

我吓了一大跳。没有，我全然没有发觉。

月亮站起身，朝礁石海岸走过去，克里丝紧跟着她。梅菲斯托突然咆哮起来，吓得精灵浑身一哆嗦。黑狗一跃而起，一路吠叫着冲着另外一个方向疾奔而去。那里，是那座废墟。

"哎呀，"精灵害怕地说，"那儿是有什么东西吗？你听见什么了吗？"

我摇摇头。我们又等了一会儿，可是梅菲斯托一直都没回来。

"我去看看，"我开口说道，虽然心已经提到了嗓子眼儿，"你要一起来吗？"

精灵摆手拒绝："很抱歉，虽然友谊万岁，但是只有我们两个人的时候我哪里也不去。我就待在这里，要是有事你就大喊一声，我们会一起去找你的。但是你知道的，要是有人因此抓住你的手腕，你可千万别弄出动静来。你要不是杀手，那就帮帮忙，一定要当心，我还希望你能继续在我身边多待几天。"

踏进那个破败荒芜的小教堂时，我的心揪成一个坚硬无比的小圆球。一步步走在废弃教堂的石头地面上，一道暗影忽地从张着大口的窗户里落下，我的脚步蓦然停了下来。

是我已经猜到来的是索罗？

或者，我心里希望是他？

待我走近他的时候，梅菲斯托正在他的脚边摇着尾巴。他们两个站在屋子最后面的一张石台前，那里曾经应该是一座祭坛。墙上能看见一幅圣母像的轮廓，索罗就站在画像的正前方。他的脸隐藏在暗影里，转身看向我的时候两眼却闪闪发光，脸上的微笑显得有些陌生，目光也与往日不同，包含着某种炽热和狂野，既让我有点受到惊吓，又吸引着我。他缓缓朝我走来，血液一下子涌上我的耳朵，我紧张地将双手藏在身后。

看起来我应该很像是一头受到惊吓的小鹿,但是跟昨天的反应不同的是,索罗他并没有再次被我吓一跳,而是更坚定不移地走向我。此刻,他站在我的面前,向我伸出手来。我的背已经贴在了墙上,连再退一步的余地也没有。我不知道哪一种情绪占了上风,是满十八岁前必须离开伊索拉岛的恐惧?还是在我胸中逐渐满溢令我几乎无法承受的激动?

索罗只是用食指的指肚触摸着我的脸庞,动作极其轻柔。他又绽放出一丝微笑,然后用指尖缠绕着一绺我的发丝,微微用力拉扯着,直到我的脑袋随着那力道微微仰起几厘米。然后,他停住了手。我们几乎嘴对嘴,我能感觉到他的呼吸喷薄在我的皮肤上。我的心狂跳,目光睃巡着去寻找那些摄像头。坦佩尔霍夫会在这种时刻观察我们,在这种无比紧张的时刻,这完全超出我的想象力。但是,无论怎样,他还是会看到我们。此前他就已经明明白白告诉过我们,这里,到处,随时随地都在监控中。

索罗的嘴唇离我如此之近,我们的双唇之间最多只隔着薄薄一张纸的距离。我感觉身体一阵燥热,不由得咽了下口水。不知从哪里来了丝力气,我摇摇头,从嘴里绝望地吐出"不要"两个字。我不愿意坦佩尔霍夫看见我们这样,我不愿意他看见我这样。在这一刻,我不了解我自己,我的内心里有什么陌生的东西正用尽力气蠢蠢欲动。我的挣扎,索罗似乎也感受到了。

"今夜来屋前的海湾,"他在我的耳边低语,"等你周围没人的时候再来吧。我会想办法去那里的,我会等你……"

"薇拉?"精灵的声音从门口传来,"你在吗?天马上要黑了,我们得回去了。你能听见吗?"她的声音听起来全是恐惧,"能听见我说话吗?你还在里面吗?我们在这儿,薇拉?"

索罗轻轻推了我一下。"走吧,"他低声道,"带着梅菲斯托,我还想一个人再待一会儿。"

我抓着梅菲斯托的项圈,蹒跚着走向门口,精灵、月亮和克里丝全都站在那里。"有人在里面吗?"精灵问。

我默不作声,只摇摇头。精灵和克里丝松了一口气,可是月亮却奇怪地瞅了我一眼。

随后,我们像是与袭来的夜色竞赛一般,疾步向主屋走去。

深夜,一声惊叫骤然响起。

那是一声惨叫,虽然只是远远传来,但也让我浑身毛骨悚然。我们当时都在海滩,龙又点着了一堆篝火,精灵正在给我们读安徒生的童话《野天鹅》。索罗站在岸边,弹着他的拨铃波琴。他是后来加入我们的,从男孩们的卧室那边过来,对我们俩曾经在废墟那里见过面的事不置一词。等到叫喊声在我们耳边响起的时候,他快步向我们跑来。精灵的童话书一下子掉在地上,她吓得要死,紧紧抓住我的胳膊。我们大家跌跌撞撞起身，一起朝主屋的方向走去，目光朝着惨叫声传来的那片森林望去。

月亮挂在当空，几乎是一轮满月，但是森林里必定很暗，漆黑一片。

"他妈的，"一道咒骂声在我耳边响起，我觉得那是阿尔法，"糟糕，我们没有灯光。"

"有的！"这是米吉的声音，"主屋里有防风蜡烛。"

龙和阿尔法、米吉朝主屋跑去，几分钟之后每个人手里都拿着防风蜡烛又折返回来。梅菲斯托跟他们在一起，跑得呼哧带喘。我们点燃蜡烛，悄悄进入森林。我有一种被一只正在喘息的庞然大物吞噬的感觉。四下里到处都有动静，咔嗒咔嗒、嚓啦嚓啦，还有阵阵窃窃私语声，跟梅菲斯托的喘息声混杂在一起。除了那声令人毛骨悚然的叫喊声，再没有第二声人类的声音传来，围绕着我们的，只有森林的声音和我们自己气喘吁吁的呼吸声。

阿尔法用烛光向上照着树干，摇曳的浅色光斑形成阴影，让森林显得更加神秘几分。我听见有人在啜泣，可能是精灵或者克里丝，月亮开始用她那高亢却脆弱的声音唱起歌来。我突然有种感觉，身体一动也动弹不得。然后，阿尔法大叫起来，然后，我们看见了小丑。他忽然吊在我们面前，头朝下脚朝上，仿佛从一棵树上直愣愣摔下来一样，倒挂在空中。阿尔法手里的防风烛台发出微弱的光芒，如豆的烛光几乎径直照在小丑的脸上。只见小丑的面部表情扭曲成一个可怕的鬼脸，眼睛睁得巨大，嘴巴向下扯着，舌头从嘴里伸出来，咽喉处缠着块什么东西，布条或是……一条蛇？

精灵厉声尖叫着求救，达令恼怒地抱怨着，梅菲斯托狂吠着，小丑掉在了地上，一动不动地躺在那儿，脸上依然还保持着那可怕的鬼脸。阿尔法在他身前跪下，手里的防风蜡烛打翻了，索罗连忙将它扶正。阿尔法在小丑上方弯下腰来查看，梅菲斯托围着我们狂吠个不停。

"他……他不呼吸了，他，天哪，救命！"

就连阿尔法也开始惊叫起来，但是却没有人来帮我们。阿尔法将嘴巴贴上小丑的嘴巴，开始给他做人工呼吸。突然传来扑哧一声，打断了阿尔法的动作，他的身体猛地往后缩了一下。扑哧声变成了笑声，小丑居然在哈哈大笑。

然后，只见小丑站起身来。

"你的吻技不错，"他干巴巴地说："不过，可能你得想想办法好好治一下口臭。"小丑一把扯下脖子上那一条不知什么东西，原来那是一条海藻，腐臭的味道直蹿入鼻。

我膝盖一软，拼命地大口呼吸，心跳剧烈得在胸腔里隐隐作痛。精灵开始放声大哭，达令开始哈哈大笑。

"你个混蛋！"阿尔法怒不可遏地吼道，"你他妈的王八蛋，你脑子有病吧?"

"又骂人。"小丑一脸愉悦地瞅着阿尔法,"不过,有没有人偷偷告诉过你,嘴对嘴人工呼吸并不需要伸舌头?"

达令的笑声又提高了一个八度。阿尔法握紧拳头,用力喘着气,他已经无法控制自己的愤怒,正要冲小丑挥拳而上,索罗赶忙抱着他的肩膀拽住他。

"不要使用暴力。"索罗用轻柔但是充满力量的声音说道。阿尔法一跃而起,伸手抓过防风蜡烛,嘴里骂骂咧咧的,抬脚向主屋走去,索罗紧随其后。

等我们再次回到卧室的时候,精灵的脸色一片惨白。"坦佩尔霍夫,"她不知所措地喃喃自语,"他没出现。为什么小丑惨叫的时候他没来?"

我一时之间也万分震惊,随即很快平复下来。"要是他能看见岛上发生的一切,"我说,"那他就知道小丑只是想开玩笑而已。或许小丑就是很安静地坐在树枝上,直到等来我们,才假装摔下来。"

"这个蠢蛋!"精灵还是浑身发抖,她用目光寻找其他人。月亮已经在床上躺下了,达令和克里丝没在屋里,随后的几小时她们俩也没再出现。

但是,让我整夜难眠、翻来覆去盘旋在脑海里的念头,跟达令或者克里丝,或者小丑那讨厌的恶作剧没有丁点关系。

在我脑海中挥之不去的,是索罗在小教堂里对我呢喃入耳的话。

我伸出手,去摸一直静静躺在床头柜上的那只海螺壳。嘴唇触碰到那只光滑微凉的外壳时,我的心中忽然想起那段格雷琴的独白,就是精灵今天在月亮堆起的那座小小坟茔前朗诵的那段。

我们班级的学生曾经仔细阅读过德语版的《浮士德》,格雷琴独白的那一处我们还写过家庭作业。班里不少人读着老派的遣词造句忍不住窃笑,但我当时就已经发现,那字里行间蕴藏着巨大的力量,一种深沉、悲伤的力量。此刻,我将这种力量和一段痛苦的回忆联系在一起,回想起一张面孔,一张永远都不会忘记的面孔。

不知怎的,那一夜,那些话突然再次涌入我的脑海,不过并不是精灵引用的那一处,而是另外一处格雷琴绝望地渴望浮士德的段落。

他高贵的雄姿,
口角的微笑,
眼睛的魅力,
像悬河一样。
他的口才,

他的握手，

　　啊，他的亲吻！

　　是的，正是那想要在身体上靠近索罗、亲吻索罗的渴望，在那一夜，一直追随着我溜入了我的梦中。

　　但是，我并没有前往海滩。

# 第12章
# 还剩八个人

克里丝是下一个猎物。

雾笛在晨曦时分响起,但是不知怎的我却十分肯定,捕猎游戏昨天夜里就已经发生了,而且小丑的恶作剧和克里丝的消失之间存在着直接联系。我们在森林的黑暗中一片混乱,无暇顾及其他,如此一来,给了杀手一个轻松下手的机会。我怀疑过龙,也有点怀疑小丑,不过更担心的可能是索罗。就在我满腹狐疑各种猜测的同时,精灵跟我絮絮叨叨地说,她认为杀手是达令,希望绝对不会是米吉。"我们是允许说出自己的猜测的,还是说不允许?"她满心恐惧地低声对我耳语。我耸了耸肩,实际上我只对一件事有把握,那就是无论如何杀手不会是精灵。她的恐惧太真实,除此之外,她也是唯一那个一直都待在我身旁的人。

克里丝的泰迪熊、香烟以及打火机全都被打包进她的衣箱。精灵合上箱盖之前,我又看了一眼那只曾经打过招呼的毛乎乎的爪子，还有小熊友好温暖的纽扣眼睛。我还知道，看见它消失，我很心痛，就好像我们这么对待克里丝的毛绒玩具，切断的其实是一段无辜的过往和一段童年时光。

还剩下九个人。

我们所有人都待在一起，每个人都待在别人目光所及的地方。我在内心想象着，坦佩尔霍夫是如何通过摄像头观察着我们的，而我们每个人，从表面上看，正做着在一个天堂般的南太平洋小岛上应该做的事情：在棕榈树荫下打盹、在海里畅游、从树上摘果子、喝椰子汁、晒日光浴。月亮在作画，阿尔法在锻炼身体，龙正在高高低低抛接几只柠檬玩儿，青黄色的果子像一只只小太阳，在他的头顶上方划出一个完美的圆弧。我看向他的脸，不由得惊呆了，他居然是闭着眼睛的。

这几乎是令人心痛的美好一天。阳光从万里无云的湛蓝天空洒向大地，微风吹拂，环礁的海水荡漾着天堂般的色彩，可是我却无法控制地心乱如麻。好几次都听见"甭——吃我"鸟的叫声——在我的记忆里只有这一种鸟——但是却丝毫看不见它们的身影。

游出潟湖一段距离之后，我俯身漂在海面上，观察着水下静寂的生命。即便是不戴潜水镜也能看见一幅壮丽的画面，色彩鲜艳的小鱼在下方成群结队地游过。在清澈的海底，我看见了闪烁着粉红色彩的软珊瑚，它们那树枝状的触手轻柔地摇来摆去，就像是一株生长在海里的樱桃树冠。等我浮出水面，索罗正站在海滩上望着我的方向。

这次我没再考虑很久。这一整天，我都在寻找一个跟他说话的机会，但是所有人都没有独处的机会。且不说那些摄像头，一群人里总会有人待在我的身边。

我深吸一口气，朝沙滩游去。可是等我从水里上来，索罗已经不在刚才站的地方。失望的情绪一下子如海浪一般席卷了我的全身，我之前几乎以为他在岸边就是等着我呢。

一块三角形的礁石尖角像一张船帆一样插入海滩，索罗正倚靠在那里。显然他向龙借了那把匕首，此刻正在那把拨铃波琴弯曲的琴弓上雕刻着什么，全然忘我地投入在手里的工作之中。

我向他走去，虽然心里比什么时候都清楚，摄像头会紧盯着我。也许坦佩尔霍夫此刻还会放大镜头，仔细观察我、研究我？

时至今日，即便所有可怕的事情都已经尘埃落定，我还经常觉得有种被偷窥的感觉。有时候几乎就像是一种臆想，牢牢扼住我的喉咙，令脉搏狂跳不止。这一瞬间，我的心又提到了嗓子眼儿，但是想和索罗说话的愿望更加强烈，不是非得跟他提及小教堂的事儿，我可以直接走向他，然后……

梅菲斯托从另一个方向朝索罗奔去，嘴里叼着一段木棍。它将木棍放在索罗面前的沙滩上，仰着脑袋摇着尾巴看着他。索罗笑着将手里的拨铃波琴和小刀放在一边，捡起木棍，将它远远扔进海里。黑色拉布拉多一路欢叫着，溅起朵朵水花追随木棍而去。索罗跟在后面，目光落在我的身上，略带惊讶，一瞬即逝。我们之间只相隔几米之遥，并且没有旁人在跟前，可我的嗓子里发不出丝毫声音。下一刻，索罗和狗已经消失在大海里不见了。

我不得不用尽全力控制住自己，不让别人看出我的情绪。一瞬间，所有的感觉只有一个，那就是我只有这唯一的一次机会跟索罗说话，却让我给搞砸了。

我直愣愣地望着索罗和梅菲斯托嬉戏的那片波光粼粼的海水。他是故意避开我的吗？他很失望我夜里没来沙滩见他吗？

"怎么样？你也来试试？"听到龙的声音，我吓了一跳。他突然站在我的面前，冲我扔过来一只柠檬。与此同时，手里还继续抛接着剩下的五只柠檬，随后十分优美地用手一一接住它们，咧开嘴冲我笑了一下。我点点头，能让我转移注意力的一切都令我高兴，可以因此不用再想摄像头、索罗，还有我自己。

"最好先从一只柠檬开始练起，"龙开口说道，"右手扔，左手接。"

我试了一下，也抓住了柠檬，但是龙却摇摇头。"扔高点儿，"他说，"扔出一个抛物线，注意力集中在你额头前方的一个点上，胳膊要紧靠身体，像这样。"他推了推我的胳膊肘，于是我进行了第二次尝试。

"棒极了！"龙满意地点点头，在我扔了几次之后将第二只柠檬塞进我手里，"现在交叉着试试。沿着抛物线将第一只柠檬扔向左边，就跟刚才一模一样。等到达空中最高点，将左手的柠檬以同样的方式扔向右边，然后抓住它们两个。明白了吗？"

"理论上会了。"我深吸一口气，按照龙教我的方法操作，但是那两只柠檬似乎全都打算各行其是，完全不向上飞，而是向前落在沙滩上。我不由得笑起来，忽然感觉自己像是长了两只左手似的，完全肢体不协调。

"稍微向后一点儿，"龙说，"稍微向后一点发力扔柠檬，那样会好很多。"

我大概又试了二十次，但是柠檬朝着各个方向滚落在地，最终我还是放弃了。"我恐怕没这个天赋。"我说，龙在旁边摇着头。

"内心的平静，"他说，"这就是你最需要的。我们中国人有句话，只有平静无波的水面才会反射星光。但是你一点都静不下来，你的心不静。对吧？"

龙压低了声音，我几乎只能从他嘴唇的翕合上读出他的话。我的感觉是，他也不想让坦佩尔霍夫听见，他在有所顾虑的情况下能这么做，深深打动了我。他说的话，在我的心里落地生根。

我微微点了下头，龙用手温柔地拍了拍我的肩，然后收拾好那几只柠檬,没再说一个字,径直往主屋方向走去。

这会儿太阳高挂在天空,热浪袭人。我朝躲在棕榈树阴凉地里的精灵走去,在我躺下的同一刻,索罗从我俩身边经过,一个人向屋里走去。不知道他有没有看我,我不由自主地低下头。

"那个家伙好像比你还惜字如金,"精灵说道,"我几乎没听见他说过一个字,他好像也不大合群。你觉得他是杀手吗?"

"谁是杀手?"米吉站在我们面前,腋下夹着冲浪板。他一把撩开额头上的脏辫,害羞地冲着精灵笑开来,"你有没有兴趣小小地冲一把浪? 这应该可以赶走你脑子里那些黑暗的念头。"

精灵如释重负地笑了笑,然后点点头。"前提是,你得盯着我们俩。"她微微皱了一下额头,转身看向我,随后站起身,解开围在腰间的丝巾,穿着那件紫色的游泳衣紧随米吉啪嗒啪嗒跑向海岸。真正的冲浪,这两个人没能实现,他们只是划出去一段距离,然后趴在冲浪板上随波逐流。等他们回来时,我听见了精灵的笑声,像贝壳发出的声音一样,是一种轻轻浅浅、明亮耀眼的声音。我叹了口气,心里想,其实完全可以如此简单。在精灵和米吉之间,一切都完全不一样,那是一种即便是摄像头也不可阻挡的轻松愉悦、无忧无虑的嬉戏调情。米吉将丝巾披在精灵的肩上,在她耳边低声私语,惹得她咔咔笑个不停,然后两个人手拉手向屋里走去。我留在海滩上,一个人消化我的各种想法、问题、绝望,还有胸中越来越浓重的不安心绪。

今天我算明白了一件事,最大的问题绝不是摄像头,也不是索罗谜团一样的行径。最大的问题是我自己,我就是自己的绊脚石。

傍晚时分,米吉又给大家做好了晚饭,这次又是米饭,不过配的是西葫芦和烤鸡肉。之后,在一团明亮的月色里,达令用后背紧抵住花园里的一棵大树,让龙扔飞刀试试身手。龙照做了,迈出足有十米的距离,闭上眼睛,一刀掷出,刀尖紧挨着达令的脖子没入树干。达令拔出刀,作势将刀插在自己双乳之间,然后朝龙走去,摆了个姿势。可是龙只是朝她摊开手,于是达令只得把刀还给他。

我躺在精灵的吊床上,听见米吉的康佳鼓声响起,精灵在一边咯咯笑着。索罗刚刚来到花园,肩上扛着他的拨铃波琴。他望向龙,然后又望向冲他微笑、丢个飞吻给他的达令。索罗抬手做出一个动作,又快又突然,仿佛在空中攥住的不是达令的飞吻,而是一只令人生厌的虫子。随后他双手插兜,从我们身边溜达着前往海滩,夜色一点点吞噬了他。跟着他。一个极其轻柔微弱的声音攫住了我的内心,但是脚下的地面却像一块强有力的磁石一样,牢牢吸住了我的脚步。

夜里,精灵的鼾声再一次惊醒了我。我赤脚悄悄走进主屋,想要找点喝的东西,不料却听见靠枕休息区那里似乎有动静,那是低声的喘息和压抑的呻吟纠缠在一起的声音。月光从巨大的落地窗照进来,在惨淡的月光下我看见了达令,还有阿尔法。

第二天早上,龙消失了。中午时分,雾笛响起,午后的天空落下一场温暖的雨。

我向精灵借了她的童话书,拿着它窝进主屋那一堆靠枕里。沙子像毛毛雨一样从书页里纷纷掉下来,纸张也有点坑洼不平,全怪那晚小丑的恶作剧,所以这本书就被忘在沙滩上,受了潮。月亮伸长双腿坐在我对面,嘴里正吸溜着一种星星形状的水果,光光的脚趾碰着我的大腿,触感像是小石子,光滑、浑圆,以一种特别的方式令人感到安慰。我读了《汉赛尔与格莱特》《拇指姑娘》《魔鬼的三根金发》,还有那篇《睡美人》。当我读到那一处,国王举办了一次盛大的宴会来庆祝女儿的生日,邀请十二位预言师为她送上祝福,那个时候我突然想起了我们大家,我们十二个人,如何上了同一条船,来到这座岛上。我突然有种感觉,似乎在这里不仅仅才待了几天,而是已经待了几周、几个月。直至今日,当我再次回忆往事,我也还是这种感觉。伊索拉岛上的时间是另一种时间,是我生命里经历过的最漫长的时间。

还剩下八个人。

精灵、月亮、达令、小丑、阿尔法、米吉、索罗,还有我。

索罗和我。索罗,和我。

"今夜来屋前的海湾……"

我想起珍珠失踪那晚他探寻的目光,还有当他在人群中发现我时如释重负的样子,回忆在我脑袋里点燃了一簇火苗,忽然让我万分确定,他不可能是杀手。

管他的坦佩尔霍夫!管他的摄像头!让永无休止的问题和无尽的愤怒见鬼去吧!我忍不下去了!

夜半时分,精灵和月亮躺在床上睡着了,我换上一件衣箱里预备的沙滩裙,往海滩走去。雨已经停了,空气却依然温暖,从海浪深处送来一阵咸咸的微风。天空中看不见一颗星星,只有月亮高挂在海面之上,如同一盏银色的探照灯。我在岸边坐下,倾听着轻柔的海波荡漾声,手指抠进潮湿的沙砾之中。

究竟是他留在外面为了等我,还是尾随我来到海边,后来我已经说不清了。但是他忽然一下子就出现了,就站在我身后,无声无息地像一片阴影。他穿着条短裤,牵着我的手走进海里。清凉的浪花包围着我裸露的双腿,我一点点地感觉着轻微的战栗漫过我的身体,直到完全没入黑色的海水。

我们一直游到那处像鲸鱼脊背一样凸出水面的大礁石。索罗用力呼吸着,围着礁石奋力游着。我跟在他后面,呼吸又短又急。"像只贝壳一样沉默寡言。"学校的男孩是这么形容我的,但是他们说过的话在我这里立即就被反弹回去,像落在一扇光滑无比的外壳上一样，从来不会让我触动。但是现在这个外壳裂了道缝，我意识到自己很害怕，害怕打开自己。有没有可能礁石上也安装了摄像头？

索罗游到了礁石后面，看起来像是站在水里一样。但是等他走到我身边，我才发现原来礁石上有一块凸起的地方，是一个小小的平台，类似水下露台的样子。索罗将我推向光滑的石壁，双手握住我的肩膀。他的脸靠得很近，能感觉到他的呼吸喷在我的皮肤上。一滴水珠从他的黑发间滴落下来，落在我的鼻子上。他丰满的嘴唇微张，我能清晰地感受到他的心跳，又急又乱，在胸腔里打鼓。但那也许也是我的心跳，一下子，我们的心跳全无差别。漫长的一刻，他的眼睛牢牢盯着我，在那目光里有点令我困扰的东西。有点陌生，闪烁着阴暗不明，好像连他自己也害怕我们之间会发生点什么。可是随后他却微笑起来，增加了手上的力道，和我一起潜进海水里。我能感觉到他身上的肌肉绷得很紧，我也很紧张，内心左右摇摆，游移在担忧和希望之间。最终我放松下来，不再反复思考权衡，而是终于用心去感知。

索罗的手松开我的肩，放在我的腰上，身体更用力将我压向石壁。当我们的双唇触碰在一起时，在我心底深处某种情绪喷薄而出。是的，我的感受确实如此，就好像深藏在某处的关卡打开了，为一种强烈的渴望扫清了道路。他的舌头温暖、粗鲁，有点咸津津的，亲吻里又带着那种令我兴奋的狂野和索求。一瞬间只有一种感觉，那就是我只想一直这样下去。我的身体也向他压去，脑子里几乎有点绝望地意识到，马上我们就该为了呼吸空气浮出水面。我的整个身体缠绕着他的身体，我相信即便不在水下，我也快要溺毙了。但是我不想浮出水面，我想待在这里，和他在一起。我触摸着他的肩膀，手指划过他的锁骨，那里有一条结实的肌肉，在光滑凉爽的皮肤上像疤痕一样突出。他的肌肉在我的手指下微微颤动，一下子跟三天前我仔细观察的那个玩飞盘的少年截然变成了两个人，身体更成熟、更男性化，就像是夜色赋予了他力量一般。他的胳膊最后一次缠上我的身体，紧紧拥抱着我，随后他放开我，几乎有点粗暴地推开我，然后潜水离开了。我浮上海面，大口喘着气呼吸。

　　他没回头。我游回海岸，海水又变成一个平滑、自然的表面，像一面黑色的镜子。到了此刻我才终于意识到，我们又再一次没有任何交谈，竟然连一个字都没有说。我觉得有点不对劲，觉得自己被人遗弃了，几乎有种被人出卖的感觉，就好像有什么珍贵的东西被偷走了，虽然那是我自己自愿交出去的。我有点不知所措，感觉很不舒服，完全不能理解，他就这么走了。为什么？因为摄像头吗？他游去了哪里？我站在沙滩上，目光向四处睃巡。什么也没有，一个人也没有。只有无边的夜色。但是我能够被看见，在坦佩尔霍夫的屏幕上。他此刻在做什么，我们的导演？在偷偷笑我吗？我努力呼吸着空气，握紧双拳，这样才不会失声哭出来。被他的感觉所牵引，这就是我体会到的全部感受？就这个？

我蓦然转身，因为太突然，几乎将自己绊倒。等我一气儿跑回屋里，灯却一下子亮了。精灵直直坐在床上，死死盯着我，金棕色的眼睛里满含恐惧和怀疑。

月亮的床空着。还没等我脱下身上湿透的衣服，雾笛声响了起来。

## 第13章

# 索罗和护身符

月亮留下来的东西是她的画。这些画就挂在主屋的墙上,沿着玻璃桌挂成长长的一排。一共是十二幅画,铅笔画就,每一幅画是我们其中的一个人。虽然更多是一种神似,但确实太像了,月亮似乎用她的画将我们每个人的某种特质外化显现出来。

最左边挂着尼安德的画像。他结实的上半身充满着还未被唤醒的力量,脑袋低垂,眼神温柔,充满了爱意。旁边的一张是珍珠的画像。她倚坐在一棵棕榈树旁织着围巾,身体仿佛被沙滩牢牢禁锢,目光却似乎已遨游天际。因为无法满足的渴望,她的微笑略显忧伤。一片烟雾轻纱之后浮现的是克里丝的面容。她的脸庞有如完美切割的钻石,下巴和额头画得极其精致,颧骨宽而锋利,窄窄的嘴唇抿得紧紧的,臂弯里躺着一只毛茸茸的玩伴,那是她的泰迪熊。

龙的齿尖叼着那把匕首,黑色的辫子耷拉在肩膀上,一双丹凤眼里闪烁着智慧的光芒。他的脖子上挂着那个龙形吊坠,我的内心回响起昨天他跟我说过的那些话。

龙的旁边是月亮的自画像。直到此刻我才明白,左边那些画像的顺序是具有象征意义的。光头月亮是五个猎物中的最后一个。一瞬间我有种感觉,她是自愿离开我们的。那双异色的双瞳,一只浅色,一只深色,穿透过我的身体,像是看到了另外一种真实。她的脸很奇妙,看起来既像是一张婴儿的脸,同时又像是一位老妇人的脸。

右边紧挨着的是精灵的画像。她正躺在床上读着书,轻薄飘逸的衣服裹在她圆润的身体线条上,看起来有些可爱,仿佛远古时代美的化身。

再旁边是小丑,那个脸部线条尖锐的滑稽角色。一边眉毛挑得老高,几乎直达发际线,小山羊胡上方的咧嘴一笑有如恶魔,但嘴角却似乎暗含着一种意味,令我忍不住久久凝视。最终,我才恍然大悟那到底意味着什么。他的嘴角所透露出来的,也是月亮描画出来的,是一种受伤的感觉。

下一位是米吉,翘鼻子,脸上点点雀斑,满头脏辫,手里挥动着一只炒勺,仿佛挥动着一把武器。他脸上的表情,除了爽朗的大笑,似乎还隐藏着些什么。

接着是阿尔法,拉力器在胸前绷得紧紧的,双眉之间一道深深的皱纹,嘴巴用力绷着。

我是下一个。在画像里，我的手里紧握着那支白色蜡烛，摇曳的烛光映射在瞳孔里。目光探索着，显得很不安，鼻翼如同颤抖一样轻微翕动。微微张开的嘴巴散发出一种不安的性感，连我自己看到都吓了一跳。

索罗弹奏着拨铃波琴，闭着眼睛，一头齐肩黑发的脑袋向后仰着，上身赤裸，线条瘦削、舒展，脚边趴着梅菲斯托。

我能感觉到，一看到他的画像，一抹红晕立即蹿上了我的脸颊。但是同时，另外一种感觉急速闪过，这幅画上似乎缺了什么东西，但我却不清楚究竟是什么。

最后边挂着达令的肖像。她微笑着，金发如温柔的海浪衬托着心形的脸颊。这幅画像上的她，眼睛睁得大大的，有如天使一般。同时，她的目光又极具压迫感，让我不由得瑟缩了一下。

正是午后时分，新的一天。我一个人站在这个奇奇怪怪的肖像画展前，感受到身体里有一种无法言说的陌生。

昨夜，精灵从我们的卧室逃走了。我一个人爬上床，一直睡到中午。等我再起床的时候，主屋里除了我不见一个人影。

我看见精灵躺在吊床上，想对她说，不是我。但是她再一次用那种饱受惊吓的目光看着我，于是我的话一下子卡在嗓子里，完全说不出话来。屋子旁边的一个垃圾桶里，小丑那个撒了气的充气玩偶露出残缺的一角。

我朝下方的沙滩走去。天空上阴云密布,微风拂起,空气闻起来带着点雨水和盐分的味道。

海水是银灰色的,波涛汹涌。白浪冲上海岸,沙滩上到处都是贝壳和海藻。海里只有米吉,正驾着冲浪板远远冲向海浪。浪花撞向巨大的礁石,拍向那座黑色的鲸鱼背礁石。昨天夜里,索罗正是将我拐去了那里。是的,拐去的,我的感受就是如此。我觉得我身体的一部分被掠夺走了,这感觉今天比昨天更强烈。而且从那之后,就再也瞧不见索罗的身影。他谜一般的行为越来越让我坐立不安,恐惧也同时油然而生,我担心他也有可能被杀手抓住了。雾笛在月亮消失后就再也没有响起过,可这并没多大意义。就连达令、小丑、阿尔法也全然不见踪影。在面对我的时候,精灵表现出强烈的不信任,所以我也没法去问她索罗究竟在哪里。我甚至去查看了男孩们的卧室,但是显然他也并不在那里。从门口望向空空如也的房间,我又忽然明白了一个道理。爱上一个人或许是一件痛苦的事,非常的痛苦,而且,要想不痛苦,也是无能为力。

眺望着银灰色的海洋,风很凉爽,但是我却无法呼吸。我感到如此的孤单,或者说,孤独。我的内心翻江倒海,如同一座岛,一座海洋中央孤独的岛。

傍晚时分,空气再一次变得压抑起来,仿佛暴雨即将来临。我们四个坐在主屋里,小丑、达令、阿尔法,还有我。他们三个之前在小岛的另一侧漫游，此刻正激动地聊着在礁石海岸发现的一个巨大岩洞。从他们的交谈中我才得知，索罗之前也是他们漫游小分队其中的一员，这会儿去卧室躺下了。我暗暗舒了口气，达令注意到了，斜着眼投给我一瞥嘲讽的目光。我咽了下口水，感觉到自己愤怒地红了脸。

米吉从海滩上回来，腰上围着一块浴巾，脚上踩着一双松绿色的人字拖。梅菲斯托跟在他的身边，跑前跑后。米吉喂给它新鲜的水，然后开始吹着口哨削起蔬菜来。不久之后，精灵也出现了，看起来脚步匆匆，像是之前在哪里躲了起来。她两眼极力回避跟我有目光接触，直到看见米吉，脸上的表情才放松下来。她提出要给米吉帮忙打个下手，于是两个人嘀嘀咕咕轻声交谈起来，时不时能听见精灵欢快的笑声。

没人跟我说话，甚至吃饭的时候也没人跟我搭话。米吉和精灵煮了汤，鸡肉蔬菜汤，还烤了面包。除了索罗，所有人都待在桌边。梅菲斯托趴在我们脚边，吧嗒吧嗒吃着盘子里的狗粮。没有什么正儿八经的交谈，但是我突然觉得自己仿佛是一个陌生人。上岛以来，我没说过多少话，准确来说几乎没怎么开口。可即便如此，我依然觉得自己是大家中的一分子。但是昨晚，一切都变了，绝望和反抗的情绪在我体内快速升腾。

"不是我。"我嘴里艰难挤出这几个字，仓皇地从桌边站起，身后的椅子哗啦一下子倒在地上。

我冲出房间,来到男孩们的卧室,心里下定主意,要跟索罗好好谈一谈。他们的卧室跟我们女孩的一模一样,里面的摆设也没什么差别,都是六张挂着帐子的床摆成巨大的圆形,每个床尾也都有同款的一个衣箱。只不过他们这边比我们那里更凌乱,乱得多。鞋子和衣服扔得遍地都是,地上满是空瓶子和吃剩的食物。索罗躺在靠近门口的床上,头顶的小灯亮着,但他却睡着了,而且睡得很沉。我走近一些,看见床头柜上有一只金色的椭圆形护身符。原来这就是他带上岛的第三样东西,我脑子里灵光一闪,拨铃波琴、梅菲斯托,还有一件私人的纪念品。就是这个护身符吧?会是谁留给他的?

护身符是打开的,我弯腰凑过去看,发现金光灿灿的边缘已有几处略显斑驳,右边内侧镶嵌着一位天使的迷你肖像。我惊奇地看着那位长着翅膀的天堂使者,他金发及肩,一双眼睛是黑色的。虽然脸部特征非常女性化,但我依然觉得那是一位男性天使。护身符的左侧是空的,一种难以言喻的感觉告诉我,这里原来也曾镶嵌过一张照片。

紧挨着护身符放着一盒药,上面写着氯羟安定1.0。看见药名,我不由得吓了一跳。我认识这种药,艾瑞卡每次偏头痛剧烈发作都会吃它。我终于明白,为什么索罗一直以来总是一副痛苦的表情。

我刚想离开，索罗突然睁开眼醒了。他直直望着我，脸上的表情迅速变化，第一秒是惊讶，紧接着是微笑，温暖中又带着点睡意。"嘿，"他说，"一切都好吗？"

我耸了耸肩。很奇怪，我心中燃烧的怒火瞬间烟消云散，那种无声的熟悉感一瞬间又回来了。对索罗抱有的复杂感觉再次增添了一种形式，在我身体里它们也占据了更多一个位置。这种感觉盘踞在我心里，温暖、温柔，而且非常有力量。但是，我还是觉得困惑。到底怎么了？我默默问自己，昨天夜里我们两个之间发生的那些究竟算什么？

索罗揉了揉眼睛，他还在半梦半醒之间。"几点了？"他嘟囔着问。

我咽下那些无声的问题。要是索罗不想谈论这个话题，我也可以不谈，而且不想当着运转的摄像机来谈这件事。索罗是因为这个原因才沉默的吗？我的目光睃巡着掠过墙壁、天花板、地面。

"我没表，"我张嘴说道，"已经是晚上了，我想应该是傍晚。"

索罗撩开额头的头发："其他人都在哪儿？"

"在主屋里，米吉做了晚饭。他们觉得我是……"

我犹豫了一下，没有接着说下去。这里不一样，这个地方不一样，被观察的感觉不一样，规矩不一样，我们也不一样。忽然一下子，我希望是在另外一种情境之下认识的索罗。我转过身。

"嘿，"索罗的声音让我无法挪动一步，"等一下，别走。"

他伸出手，脸色变得温柔起来。此刻，我看见了他眼里的渴望。然而昨夜他目光里那种明亮闪烁的火焰却不见了，那里面只看得见灯光。我内心涌动的所有情绪都将我推向他，似乎只要向他的方向踏出一步，只要一步，一切就会好的。一切！

但是我并没有迈出这一步，我站在那里，像一棵小树，根牢牢扎在土壤里。

"嘿！"同一句话，同一个词，但是里面包含的却是另外一种现实。小丑站在屋里，手里拿着一支防风蜡烛。"阿尔法、米吉、达令和我要去夜游那个岩洞。如果拿着防风蜡烛，再带着点喝的，完全可以在那里开个小型派对。这肯定还挺有意思的，你们俩要一起来吗？"

我内心第一反应就是不情愿，索罗揉掉眼底最后一丝睡意，看起来似乎有点犹豫不决。他从床上坐起来。"现在吗？"他问，一丝怀疑的目光望向屋外，"在这么黑的夜色里夜游？那个岩洞可是非常……"

小丑咧嘴打断他："你这是害怕吗？那可完全没必要。你知道的，是有摄像头监控咱们的。要是咱们所有人都待在一起，然后手拉着手，"他斜了我一眼，"那杀手可就拿咱们没辙了。"

"闭上你的臭嘴！"我呵斥道，"我说了，不是我！"

"好好好，猫眼，你说了算。"小丑撞了一下我的肩示好，"不管怎样，我们一致决定，杀手今天休息，大家一起来创造一点好心情。咱们很需要这个，坦佩尔霍夫也没什么借口反对，是吧？毕竟只剩下两周时间，而我们应该好好享受一下，然后再玩玩玩完完完……"小丑掐住自己的喉咙，翻了个白眼，"说了这么多，你俩一起来吗？"

索罗耸耸肩，然后站起身，伸手去拿他的拨铃波琴。"好的，我去。"

我摇了摇头。

但是本来也打算不去的精灵显然更害怕跟我一个人单独待在屋里，所以唉声叹气加入了那个夜游队伍。

小丑肩上背了个背包，每个人手里都拿着一个防风蜡烛。索罗在门口又一次转过头来看我的时候，我也抬脚跟了上去。

# 第14章
# "这是我们的教堂"

　　他的神经就像是极细的玻璃丝线。他已经两夜没睡，眼睛通红，刺痛难忍，整个身体像是一个空壳，全无保护，和外部世界之间的一切关联似乎都消散了。米莉亚姆的照片被转了个方向，他忽然无法忍受去看她的脸，看她充满爱意的眼睛。周围的空间似乎像某种能够呼吸的生物，以一种荒谬无比的方式收缩、扩张，每一下都让他感到陌生和扭曲。他伸出手，挡在屏幕前。就连那台闪烁不定的屏幕似乎也不再是什么阻碍，他似乎变得流动起来，像是能飘进那块四方屏幕里，来到森林，随同他们一起进发，前往海岛另一端的那座岩洞。他们正穿行在丛林之中，手中紧紧握着防风蜡烛，在黑暗森林的笼罩之下，一个个明亮的光点摇曳不定。

　　他揉了揉灼痛的双眼，大口喝瓶子里的水，冲淡嘴巴里不新鲜的口气，然后继续一眨不眨地盯着屏幕。

　　上一班是摄影助理值的班，他看了几个片段，看见斯汶坐在屏幕前，喝啤酒、抽烟、挖鼻孔，让一团鼻屎在指尖上保持着平衡，还仔仔细细观察着，仿佛在审视一只罕见的昆虫。在监控室里也装上摄像头的想法简直有如神来之笔。这会儿斯汶应该正和月亮坐船返回大陆，然后他会待到明天晚上再返回小岛。月亮是自愿离开伊索拉岛的。等她画完所有画像，将它们贴在墙上之后，她就主动去找了杀手。他看见薇拉仔细打量着索罗画像的时候，呼吸几乎为之一滞。之后当他看见薇拉站在索罗床前的那一刻，也是同样无法呼吸。"嘿……"她几乎要向他走去，他能从她脸上明显读出她极度想要靠近索罗的愿望。不，不仅是从脸上能看出来，她整个身体都被索罗吸引，但是似乎又有什么阻止了她，这让她更加具有吸引力。

然后他们就出发了，一行七人，梅菲斯托紧紧跟随。这会儿，他们已经到达海岛后方的礁石海岸。达令和阿尔法领头，带领着其他人前往那片布满灰黑色沙砾的狭窄海湾。海湾像把镰刀一样静静躺在险峻的礁石之中。半个小时前，海水开始落潮，天空中满是繁星点点。海岸上红树遍布，树根从泥地里支棱出来，像无数只巨型蜘蛛的螯肢。岩洞入口在海湾左侧的山里，即便在夜色中也很容易被发现。接近一平方米见方的圆形洞口在山脚下大张着嘴，就像缺了牙齿的咽喉。

他们一个接一个消失在洞里，只有梅菲斯托还留在洞外。它汪汪叫起来，一共三声，像是一种警告，然后这只黑狗就在洞口前趴了下来。通道里的摄像头亮了起来。

好吧,他喝光瓶子里的水,吸气、呼气,绷紧了肩膀,睁大了双眼。好吧,好吧,好吧。他得保持清醒,绝对的清醒。

达令的笑声在洞口的墙壁上回荡。手里的防风蜡烛开始颤抖,模糊摇晃的阴影投向石壁,像是要攫住我一般。我们得弯下腰通行,狭窄的通道几乎不足一米高。空气腐败潮湿,闻起来是污泥、海藻还有千年过往的味道。走了三十五步之后(我真的是一步一步数过来的),几乎能半直起腰来。我走在这队人的倒数第二,身后是米吉,前面紧挨着索罗。脚下踩着的沙子又硬又湿,逐渐变成裸露的石头。压抑的地道又往岩石深处延伸出好一阵子,然后分了岔,出现两条岔路,一条消失在一片漆黑之中,第二条岔路里出现了索罗的身影。很显然,他是尾随在其他人身后走上的那条路。我尽可能紧紧跟着他,一步不离。这条通道同样也是极其狭窄,石壁依然被海水冲刷得无比光滑,上面满满登登全都是海藻。不过,没过多大一会儿通道就迅速变宽,并且缓缓朝上延伸而去。

我们排成一列纵队慢慢前行,很长一段时间里只能听见脚步的回音,只有偶尔脚底发出的轻微的响动才会打破那种有节奏的回音。空气越来越干燥,猜得出来我们现在是在海平面之上活动,但是大概百米之后,通道又向下弯去,延伸进一处直径足有五十平方米大小的圆形穹顶之下。我们分散着站在四处,手里的防风蜡烛只能勾勒出部分剪影,但是目力所及却令我不由得瞠目结舌。岩壁散发出一种泛着微红的棕色,部分地方是金闪闪的棕色,洞顶有多高不太清楚,上面悬挂着钟乳石。那是极其罕见的地质产物,一滴滴的水要经历数千年才得以形成一根钟乳石。有好几处地方,那里的钟乳石几近触及地面,在防风蜡烛的烛光里,微微闪烁出人类所能想象到的所有色彩,乳白色、赤铜色、沙石色、微红色、橘黄色、深灰色、淡粉色或者浅蓝色。钟乳石的造型五花八门,有的像倒垂的柱子,有的像臼齿,还有的像剑尖,有的让人联想到石化褪色的针叶林,还有一块正在滴水的石头让我不由得联想到一只巨大而弯曲的手指头。

岩洞的地面大部分光滑又干燥,我的目光只能看见后方有几块钟乳石,左边是一汪泛着微光的黑水。钟乳石倒映在水面,第一眼看上去还以为石头是从下面,从地底深处的魔法王国里长出来的。

然而,这个地下空间最令人印象深刻的是它的中心部分,那里基本上是一个完整的圆形,周边围绕着几块光滑的巨石,如同一整套座椅一般排列着。一共七块。我有点无语,真的是七块巨石。

"快看呀,"达令展开双臂欢呼道,"终于到这里了,你们觉得怎么样?"

"见鬼!"我听见身后的米吉咬牙切齿地开口道,"真见鬼,简直要疯了。"

此刻，所有人分散在一块块巨石周围。透过一支防风蜡烛我看见了精灵的脸，她的嘴巴大张着。突然，她开始哈哈大笑起来，声音响亮，如银铃一般。

"我不相信，"她脱口说道，"我不相信这是专为我们准备的。那么现在，该怎么办？"

"喝水呀！"这是小丑的声音。他在一块巨石上坐下，打开背包。他身上穿了一件直拖到地面的黑色轻薄外套，底下套着一件白色短袖，上面依稀能看见"不可能"和"舔腚"几个字样。小丑像打开玩偶盒变出小丑一样从背包里变出一只大酒瓶，看外形跟一个大水瓶没什么区别。小丑拧开盖子，将瓶子凑到嘴边，猛灌了一大口。"口渴的人有福了，"他边做鬼脸边大声道，"因为心满意足。下一个该轮到谁？"

阿尔法伸出手接过来，喝了一口，继续将瓶子递给下一个人。米吉犹豫着喝了一口，然后像是疼得脸都扭曲了。"圣母马利亚，"他喘着气说，"这是……"

"水，"小丑插话道，"纯粹、纯净的圣水，极其有助于健康，夜里能让人神清气爽。索罗？你是不是也口渴了？"

索罗就站在我对面，一半面孔发出金色、温暖的光芒，另一半面孔隐在防风蜡烛的背光处，黑暗而冰冷。他犹豫了一下，随后伸手拿过水瓶,猛灌了好几口,然后用手背擦了下嘴,将瓶子递给达令。达令在开喝之前,一直紧紧抓着索罗的手。

小丑从背包里抽出水烟斗,那是一支巨大的阿拉伯水烟斗。等到酒瓶轮完一圈,又回到小丑那里之后,他拧开水烟烟斗的盖子,将大酒瓶里的透明液体灌了点进去,在顶部的水烟头里塞上烟草,然后盖上金属滤网。他的动作很安静,几乎小心翼翼,像是在完成一种神圣的仪式。没有人说话。

精灵坐在米吉身边,靠在他的肩膀上,米吉于是伸出手,搂住她的腰。小丑在岩洞地面上点燃了一块水烟炭,将烧红的炭放在筛子上,然后不慌不忙地吸着烟嘴。烟瓶里的液体开始冒气泡,咕噜咕噜一阵响,烟开始向上蹿起,阴影向洞顶升去,中间变幻出各种图案和圆圈,直至在蜡烛摇曳的微光下慢慢消散不见。看到这个画面,我的脑海当中浮现出柏拉图的洞穴比喻来。

我们人像是在一个洞穴里度过自己的一生,在里面感知到的真实,实际上只是现实的影子。这就是柏拉图的比喻所表达的。为了迎接光明,抵达真实的世界,我们必须离开洞穴的安全保护,大地上的耀眼光辉起初只会让我们感到恐惧和痛苦。

但是我们几个并没有从洞穴里走出去,而是一头扎了进去,此刻正在坚决地打破坦佩尔霍夫为我们制定的规则。

小丑吸入一口酒精里浸泡过的烟雾,发出一声深沉的、拉长了声调的"啊啊啊啊啊",这声音在岩壁上居然撞出了回响。一时间寂静无声,就好像我们所有人都屏住了呼吸,静等着什么发生似的。可是,什么也没有发生。小丑又咧开嘴笑了,将水烟斗递给米吉,然后水烟斗就在大家手里轮番转了一圈:米吉传给精灵,精灵传给阿尔法,阿尔法传给达令,达令传给索罗,索罗又传给了我。

酒精在我体内径直渗透进了血液。我心里还清楚自己在念叨着摄像头,一想到这个山洞里也安装了摄像头我就想笑。甚至在这里,在这么原始的地方,坦佩尔霍夫都在瞧着我们。当然他也会知道,小丑瓶子里装着的透明液体绝不会是什么圣水。但是他也一万个明白,要是现在插手,就会搞砸自己的电影,这个他绝对不会允许发生的。他会静观其变,而且还会好奇接下来将发生什么。

接下来会发生什么?

我们凑得近了些,所有人都坐在岩洞地面上的那块圆形石头上。之后,水烟斗又在大家手里连转了三圈。

防风蜡烛在我们脚前摆成一圈,岩洞墙壁上的影子不断变换成各种新形象,能从里面看出龙、妖怪还有远古巨兽的模样。咪咪笑得越来越大声,我们用力将恐惧从身体里驱赶出去。以一种奇妙的方式我们所有人成了一体,我们所有七个人,至少我的感觉就是如此。

阿尔法将手搭在达令的腿上,她笑起来。达令穿着一件奶油色细吊带紧身连衣裙，左胸上方的领口处有一道细小的裂痕，看起来很显眼。

小丑讲了一个鬼故事，他的目光一直锁定在达令身上，像是要用目光将她缠绕住一般。精灵笑着竖起耳朵听着，往米吉怀里又靠得紧了些。索罗的目光碰到了我的，一次，许多次，我们两个之间的空气像是溅出了电的火花。某个拐角的水滴掉落在地面上，撞击声仿佛在我胸口震动。如遭电击一般，我全身颤抖，胸口火烫，感觉自己一下子轻又一下子重，仿佛一部分的自己飞了起来，另一部分的自己却要被拽入更深的地下。

阿尔法随身带着他的冲击波音箱，不知什么时候他打开了它，一首无信念乐队的歌震天响起来。这首歌名叫《上帝是位DJ》，阿尔法将它设置成无限循环播放，这样我们就能一遍遍听下去。声音实在是太吵了，电贝斯的声音被洞壁放大了一百倍又扔回给我们。与几天前海滩上的气氛相比，这是一种不同的气氛，全然不同。也许因为地点不同，因为黑暗，因为密闭在这个石窟里，没有星星、没有月亮、没有天空、没有海滩、没有海水、没有土地；也许是那种原始的感觉，让我的思想消散在其中；也许单单只是因为酒精的作用，也有可能是因为压抑已久的紧张情绪被释放了出来，就像被关了太久的动物，又饥饿、又贪婪。

小丑说过什么来着："杀手今天休息，大家一起来创造一点好心情。"是的,就是这样。

这段音乐混合了浩室音乐、神游舞曲和灵魂乐风,以一种古朴的侵略性方式占据了我们的头脑,歌手铿锵的声音有如在吟诵一场我们谁也逃脱不掉的布道。歌词恰如其分,仿佛就是为了我们和此时此地量身定做。我将永远忘不了这首歌,每一行歌词,每一个单词都深深印入我的心坎,如同一个声音文身。

> 这是我的教堂
>
> 这是我治愈伤痛的地方
>
> 这是大自然的恩惠
>
> 注视着年轻生命的塑造
>
> 在教堂的小调中
>
> 找到解决问题和补救的方法
>
> 敌人也会变成朋友
>
> 痛苦到此为止
>
> 这是我的教堂
>
> 这是我的教堂
>
> 这是我治愈伤痛的地方
>
> 在这个世界里
>
> 我在嘈杂声中

保持泰然自若

万事万物变化

因果有着诗意的正义

尊重热爱怜悯

这是我的教堂

这是我治愈伤痛的地方

就在今晚

上帝是位 DJ

上帝是位 DJ

这是我的教堂

是的,这个岩洞变成了我们的教堂,这首歌变成了对我们的布道。

小丑第一个站起来,像晚会主持人一样深鞠一躬,然后双手插兜,展开双臂,身上的那件黑色长外套有如蝙蝠翅膀一般蓬起来。他哈哈笑着,仰起脑袋开始跳舞,其他人也跟随着他一起摇摆起来。

我们跳个不停,仿佛明天永不会来临,扭动身体配合着压迫感十足的冰冷的低音,陷入一种越发过度的迷醉。汗如雨下,沿着我的脖子往下一直流到胸口,头发完全湿透了,跟冲了个澡没什么两样。我能感觉到汗滴落在胳膊裸露的皮肤上,咸涩的眼泪淌在脸颊上,如火焰一般炙热。与此同时,我控制不住自己,一直咯咯笑着,那是一种释放的声音,从地底直冲地表。在我睁开眼睛的几个瞬间,我看见索罗,闭着眼睛,手里抱着拨铃波琴,忘我地弹奏着。他上身赤裸,浑身的汗水熠熠发光。达令忽然一边舞动着一边向他靠近,手里还拿着小丑的大酒瓶,一头金发如白色的火焰一般在身体四周旋转。索罗伸手拿过酒瓶喝了一口,小丑从后面也向他俩靠过去,手猛的一下搭在达令的肩膀上。不过我又合上了眼睛,我什么都不想看,什么也不愿想,我只想忘乎所以,只想跳舞、跳舞、跳舞。

有人灭了防风蜡烛,这是我觉察到四周一片漆黑的时候才恍然发现的。实在是太黑了,没有词可以形容那种黑,那是一种无法形容的、可以吞噬一切的黑暗。震耳欲聋的声浪中,音乐依然还在播放。我突然停止了舞动,仿佛石化一般站在那里,但是我的心却依然狂跳不止,撒野似的在胸口擂鼓,我的整个身体都在发抖。然后,音乐一下子戛然而止。等到再度安静下来,已经过去很久,像是过去了极其漫长的一段时间。可是随后的寂静变得如同黑暗一样压倒一切,随之而来的是一种恐惧。从前和以后,我都从未像此时此刻如此强烈地感受到恐惧。那是一种毫无来由的心惊胆战,或许也正因为如此,恐惧更加显得深不见底。即便小丑开的那个过分的玩笑,曾引诱我们进入森林,那里也是黑魆魆的,但是那片黑暗是有呼吸的，是以一种神秘的方式活着的。但是这里，没有了烛光，就像是一座墓穴，正符合一个词的真正含义：死寂。

时间过去了多久？几秒钟？几分钟？几小时？我不知道，我已经失去了对时间和空间的把控。同时，我的各种感官，还有身体的每一根纤维，都紧绷到快要断了。我尖叫起来，有什么拂过我的手臂。第二声尖叫给了我答案，那是精灵。有人哧哧笑起来，随后是第三声尖叫，恍如玻璃破碎的声音。"赶快点上蜡烛，见鬼！"

又有人哧哧笑起来，随后又是一片寂静。喘息声，然后是呼吸不畅的挣扎声。是小丑吗？"见鬼，别装神弄鬼的，我害怕！"

寂静无声，脚步声、喘息声、挣扎声，然后一切又归于平静。

一声呜咽从我的嘴里传出，但是听起来却很陌生，无比陌生。其他人在哪里？我……在……哪里？一只手抓住我的手，小小的、胖胖的、热乎乎的，我听见精灵啜泣着说是她。她死死抓住我的手指，对我来说，竟十分欢迎这种疼痛的感觉，因为它让我感到自己还活着。我用鼻子嗅着这个洞穴，嗅着四下的黑暗。黑暗里到处充斥着汗水、恐惧和酒精的味道，像一件黑色的外套一样笼罩着我，压迫着我，无限扩张，撕扯着我。

"见鬼！能不能来个人马上点燃那该死的蜡烛！"有声音从后

方传来,听起来像是米吉的,不过也有可能是从左边或者右边传过来的。我闭上眼睛,紧接着又睁开眼,但是没什么区别。黑暗开始旋转起来。

"小丑说得没错,阿尔法。"这是达令的声音,听起来像是流动的蜂蜜,"你真的应该治疗一下你的口臭。"

一片宁静,紧接着是一阵急促错愕的喘息声:"你这个臭娘儿们,我……"

脚步声,哗啦啦一声响,然后又是一阵噼里啪啦的动静,就近在眼前。我迅速缩回脚,可能是脚踩进小水塘里了。水渗进我的鞋里,像条蛇一样用冰冷的舌头舔着我的脚指头。

"求你们了,求求你们了!我难受得要死!"精灵的声音听起来无比凄惨,像是快要窒息了。窸窸窣窣声、脚步声、痛殴声传入我的耳朵,十分用力,充满了痛苦。我开始移动,但是不知道该往哪里。我也毫无方向感,只能感觉到精灵的手,越来越紧地死死揪住我的手指头。

摄像头比人眼看见的更多……它们甚至能看见一片漆黑中发生的事情。

我努力让自己坚持这个想法。

"见鬼,真特么的见鬼了!"

"我太难受了,老天爷啊,我实在太难受了!"

然后，终于，一豆烛光亮了！

烛光的阴影后面是一个人的脸，那是米吉！他找到了一支防风蜡烛，可那脸色如同幽灵一样惨白，毡片一样的头发像海藻一样耷拉在肩膀上。

"我要从这里出去，快！快带我从这里出去！"精灵透不过气来，哽咽着，米吉一步来到她的身边。在背景某处我看见了索罗的影子，他正靠在一面石壁上，用双拳遮挡着双眼。我恍惚间听见了达令的声音，但是却没看见其他人。我们逃向外面，跌跌撞撞穿过无尽的通道，直到岩洞将我们吐出它的血盆大口，米吉、精灵，还有我。

梅菲斯托还等在入口前，它一跃而起，摇着尾巴站在那里，大声狂吠。精灵开始哭出声来，米吉温声细语地安抚她。海湾在高高挂在当空的月光下泛着银光，汹涌的浪花呼啸着拍向礁石。我望了一眼隔壁的小岛，但是能看见的只有一个淡淡的光点，在夜色中仿佛一颗即将坠落的星辰。

精灵踉跄得厉害，我们不得不架着她。我心里想，要是她现在晕过去，那么他就会来吧，坦佩尔霍夫就会来的吧。但是精灵并没有晕过去，她又哽咽了两次，然后带着浓浓的鼻音说，没事了。

于是我们仨步履蹒跚地穿过岩石和森林回到驻地，三个人一起在主屋的靠枕休息区躺下。我还能回想起，米吉的头发刺得我的脖子痒痒的，精灵散发出广藿香的味道，还有梅菲斯托躺在我的双脚上，那感觉沉重又让人倍感安慰。

我已经记不起我们是怎么睡着的了。

我只知道，我们醒来了，"甭——吃我"鸟鸣叫着，炙热的阳光穿过微微打开着的高大的玻璃窗透进来，有点漫不经心。

## 第15章
## 潮湿的污渍不是水，而是血

我们三个待在厨房，米吉刚刚煮好咖啡，阿尔法就回来了。他的衣服脏透了，脸色惨白，看起来憔悴不堪，还有点茫然不知所措。他打开冰箱，拿出一瓶可乐，几大口就喝了个底朝天，然后用手背抹了把嘴，靠在墙上。

"其他人呢？"米吉问道。

阿尔法耸了耸肩，脖子上又出现一团红晕。我突然发觉，自己是在根据他皮肤上的红斑寻找着各种图案，他的短袖上也有一块斑。忽然我意识到，那块污渍不大，但是看起来像是一块干涸的血迹。

"我一个人从洞里出来的，"阿尔法回答道，眼睛没看我们，"就在你们离开后不久，不过并没注意到其他人都在哪里。我还发现了一支防风蜡烛和火，但在森林里我绊了一跤，火灭了，没法继续前进。见鬼，真见鬼！我要离开这里！"

我们无助地互相望着。米吉绝望地啃着手指甲,精灵紧紧握着手里的咖啡杯。

"你们也没听见,是吧?"她犹豫了一下问道,"我的意思是……还没有雾笛声响起,对吧?"

"没有!"米吉的答案毫不犹豫,"什么也没有。也许其他人还在岩洞里,我们应该……"

"绝不!"精灵疯狂地摇着脑袋,"我不会再去那里了,我也不想待在这里……求你们了!"她目光中满含乞求地先看了看米吉,然后又看着我们,眼睛又红又肿。

我们坐在玻璃桌边,默不作声。精灵死死盯着自己的杯子,似乎难以下咽。所有人都没有吃东西的念头。我的天灵盖仿佛紧绷着一块薄如蝉翼的布,而疲倦却依然牢牢占据着我的脑袋。

"精灵,"米吉开口道,"我们……我们必须去找他们。"精灵呻吟了一声,下一刻梅菲斯托摇着尾巴利箭一般冲向门口。索罗走进屋里,看起来筋疲力尽,眼底的黑眼圈明显,脸颊上还有一道长长的血痕。他微笑着,但那却是绝望的、全无力气的微笑。从那微笑里,我还看见了恐惧。

"小丑和达令在哪儿?"他问。

米吉无助地咧了咧嘴:"我们还想问你呢。"

索罗进入厨房,拧开水龙头,却既没有喝水,也没有洗手,而是就那么定定看着水柱哗啦啦流下然后流走。

"麻烦你把龙头关了。"精灵呵斥道,"到底发生了什么事？整个时间你都在哪儿？"她将目光瞥向阿尔法,但是后者耸了耸肩。

索罗朝我们转过身来。"我在岩洞里,就只剩下我一个人。"他拧上水龙头,用一种怀疑的目光看向阿尔法,"至少我是这么认为的。烛光灭了的时候,我头晕得厉害,头痛难忍,几乎无法思考。我还知道有人把手放在我的手腕上,我以为……"索罗向我看来,黑色的眼睛像是在乞求原谅,"我一开始以为那是你。"

然后他摇了摇脑袋,仿佛要把经历过的东西全都从脑袋里驱逐出去,"我恶心得快要吐了,好像瘫倒在了地上,最后的印象是有人喊了一句'臭娘儿们',然后就是一阵天旋地转,不知道什么时候我就晕过去了。"

索罗撩开额头的黑发,轻轻咬着下嘴唇。天哪,他真是太帅了,即便是现在,或许也正因为是现在。

"我肯定是睡着了,"他继续说道,"等我醒过来,没有人回答我的呼叫声。真是见鬼了！"

索罗再次拧开水龙头,这次他凑上去喝了几口水,然后用潮湿的手指捋了捋头发,也来到桌边坐下。他身上穿的短袖已经脏透了,直到此刻我才注意到他牛仔裤的膝盖上全是破洞和裂痕,底下露出的皮肤上也满是血痕,看起来像是四脚着地从洞里爬出来的,或许他也真的这么干了。梅菲斯托蹲在他的脚前，试图用舌头去舔他的膝盖，但是索罗用一个愤怒的动作制止了它。"我在黑暗里迷路了，像是过完了一辈子才找到那个破出口。我以为自己要翘辫子了！"

最后一句话索罗是怒吼出来的，与此同时他的目光向上扫去，扫向墙壁，扫向天花板。很显然，这些话不是说给我们听的。

"其他人怎么样了？"米吉再一次问道，"小丑和达令，你再没见过他们？"

"我说得还不够清楚吗？"索罗拔高声调，一掌拍在桌子上，眼睛里火苗直蹿。我瑟缩了一下。愤怒跟他真的很不搭，不过或许他本就应该是这个样子？突然我又回想起在小教堂的那次会面，也想起那夜在海水里，他的眼睛里有火苗，这也是他的一部分。

"我说过了，醒来的时候我就是一个人。"他冲米吉发着火，"要是你们能设身处地想象一下的话，醒来的那一刻可真是糟糕透顶。"他咳嗽起来，用拳头抵着太阳穴，好像这一次的头痛发作比之前任何一次都要来得猛烈。

很久都没有人说话，随后索罗站起身来。"拨铃波琴，"他转身走向门口，"我的拨铃波琴落在洞里了。"他声音里的攻击性一下子消失不见了，取而代之的是筋疲力尽。但是对我而言，他这个样子比愤怒来得更糟糕。"我要取回我的琴，然后去找其他人，你们也一起来吗？"

我们跟他一起去了，我们当然会一起去。

主屋的架子上还有五支防风蜡烛，米吉拿了两个，其余每人各拿了一个。精灵一路走一路哭，等来到岩洞前，她已经哭得泣不成声。米吉提出建议，说可以跟她一起待在洞外等我们，但是精灵坚持要和我们待在一起。这一回，梅菲斯托也陪着我们一起进洞，一路呼哧呼哧走在前面，陪我们穿过黑暗的通道。此刻的我异常镇定，呼吸平稳，从胸口呼出的节奏轻柔、迅捷。回想起来，连我自己也不明白，我——实际上是我们所有人——之前为什么会那么担心害怕。有摄像头监控，怎么可能会发生糟糕的事情呢？可能小丑和达令只是藏在哪里亲热或者私下里偷偷干点别的什么，也有可能他俩其中一个已经抓住了另外那个人的手腕，并把他／她带去隐匿地点了。说不定人家这会儿正满岛兜圈子，好给坦佩尔霍夫的这个倒霉游戏增加点儿悬念。这无疑是有可能的，这么想也是完全有理由的，至少小丑这个人绝对会这么做。也许事实的真相就是这样，我绝望地想，是的，肯定如此，绝对如此。虽然不断给自己吃定心丸，内心剧烈波动却完全没有要停止的迹象。相反，随着时间一分钟一分钟地过去，担忧的心情却愈演愈烈。我能感觉到，其他人的心情也跟我的没什么区别。

喘着粗气，我们来到了洞穴的中央。

跟索罗的琴一样，阿尔法的冲击波音箱同样也没被带走，还在那一圈石头中央。地上的碎片显然来自小丑的水烟，烟嘴卷成一团，像条蛇一样盘旋在地上。几步之外，散落着那只大酒瓶，盖子打开着，前面积了一小摊水。空气中依然还飘浮着一丝酒精的余味，我心里一阵泛恶心。精灵异常安静，紧挨米吉站着，在烛光阴影的映衬下，米吉面如死灰。

这里看不见达令和小丑的人影。索罗前往后方的石壁，去取遗留在那里的拨铃波琴。水滴从一块钟乳石上滴下来，发出清亮的吧嗒声，之后一瞬间就融入了那一湾水塘当中。精灵口中发出一声呻吟，要求道："我想从这里出去。"

我们正想折回头，手中的烛光却照进岩壁的一个凹陷处。

那是一个小小的空间，岩壁在那里凹进去两三米深。我举着蜡烛往里照了照，看见地上有一块潮湿的深色污渍，旁边有什么东西亮闪闪的，那是一截衣料，还没有一块手帕大。但那并不是什么手帕，而是碎布，一块奶油色的碎布条。还没捡起那块碎布之前我就已经认出来了，那是达令裙子的布料。

地上潮湿的污渍并不是水，而是血。

## 第16章
# 小丑死了

"我们决不能干傻事!"

阿尔法闭上眼睛,一只手上拿着达令裙子上的那块奶油色碎布条,另一只手近乎粗暴地使劲揉搓着额头。一阵风吹过,布片动了起来,仿佛有一种更高的力量要扯走这片布料。

从岩洞里出来,我们坐在礁石海岸边,目光眺望着邻岛。此刻,又能看见坦佩尔霍夫在那座岛上的临时住所:一座黑色的高塔,如食指一般直指天空。海的尽头,一块乌云密布的天空落下雨来,倾斜的雨丝呈平行排列,看起来恍如一面透明的玻璃墙。黑色高塔闪烁着明亮的灯光,这唯一的信号表明那里确实是有人居住的,可是关于那座小岛的更多信息我们却全然无从得知。

这会儿正是午后稍晚时分,我们踏遍了整座岛寻找他们两个人。海岛的西侧,离我们住处不太远的地方十分荒芜陡峭,高高的岩石垂直插入海中。海岛的东侧,红树林海岸与海水无缝衔接,原始的树木肩并肩密密地在水中昂扬竖立,树根与枝条、藤蔓不分你我地纠缠在一起。

我们也仔细梳理了一遍森林,朝各个方向,高喊小丑和达令的名字。嗓子都快喊破了,却仍是没有得到一声回应。我们还去了小教堂,看了后面的那一小块墓地,之后再一次回到驻地,检查了主屋、两间卧室、浴室、厕所和更衣室。但是小丑和达令像是被大地吞噬了一般全无踪影。雾笛声没再响起,我们的情绪变得越来越歇斯底里。

天气也来凑热闹。

海风愈来愈烈,海水撞击着礁石激起滔天巨浪,根本没可能在海浪中行船。温度变冷了,身上穿的薄薄的短袖是在出发寻人之前随手从衣箱里抓出来的,此刻已经湿得透透的,胳膊上的汗毛根根直竖。但是看见那个碎布条的时候,我内心的颤抖更剧烈。此刻,那个布条被阿尔法果断装进了裤兜里。

"裙子破了意味着各种可能性。"他说,声音听起来丝毫没有一点自信,"很有可能达令被困住了,不知道自己在哪儿。索罗和我从岩洞里出来的时候,身上也都不干净。"

"没错。"米吉嘟嚷着,瞥了一眼索罗。他换了一件干净短袖,不过还穿着那件磨破的牛仔裤,"她在找出口或者找蜡烛的时候,裙子不知道在哪儿扯破了。阿尔法说得没错,这说明不了问题。"

索罗用手指拨了一下拨铃波琴弦，琴弦发出一声低低的、金属般的琴音，有如一声哀号。他一下又一下点着头，很轻，但是脸上的表情却让点头看起来跟摇头没什么分别。精灵又开始啜泣起来。她的眼睛肿得就只剩下条缝儿，眼底挂着重重的眼袋。她早就不涂黑色的唇膏了，被晒红的皮肤一比，唇色苍白，几乎毫无颜色。梅菲斯托趴在她身边，一边舔着她的手，一边发出呜咽声，不过精灵似乎完全没注意到这个。她的头发垂在肩上，湿成一绺绺的紫色，整个人都在发抖。

"那血迹又是什么？"她叫道，"天哪，那地上可是一摊血呀！要是达令真的躲在哪里，为什么到现在还不现身？她到底躲在哪儿？小丑呢？他也不知道在哪里被绊住了脚吗？"精灵一下子跳起来，一瞬间看起来又高又壮，"我受不了了，这一切一点都不好玩！我完全理解不了，这里肯定有什么不对劲。见鬼，要是这又是小丑搞的恶作剧，那请别带上我。我要——马上——离开——这里！"

她大声向风中嘶喊，米吉抓住她的肩膀，摇了摇她，但这却让事情变得更糟，精灵嘶喊得越发大声起来。阿尔法也从地上跳起，朝精灵的脸上挥了一巴掌，"住口！"他声音冰冷地呵斥道，"别再叨叨了，你快要把我们逼疯了！"

精灵捧着脸，死死盯住阿尔法，仿佛他是一只恶魔。血迹，我心里一动，偷偷看向阿尔法。早上出发前，他也换了新短袖，但是他身上的血迹我记得很清楚，那是一块已经干涸的圆形污渍。我感到一阵天旋地转。

"你……"精灵咬着牙喘着粗气，阿尔法在她脸上留下了一只暗红色的手印。"是你抽到了杀手卡片。达令之前说你有口臭，你骂她是'臭娘儿们'，然后……"精灵上气不接下气地说，"然后你就把她拖到了暗无天日的隐匿地点，就在岩洞里，对不对？我敢打赌，隐匿地点就在岩洞里，是你在黑暗中把达令拖到那里去的，然后你又对她图谋不轨，是你……"

阿尔法退后一大步，踉跄了一下，几乎摔下礁石。索罗伸手抓住了他，梅菲斯托大声狂吠起来。

"是我！"米吉突然抓住精灵的手腕，大喊道："杀手是我！我他妈的抽到了杀手卡片，你听到了吗？是我！"

精灵惊慌失措地喘着粗气，我们所有人都盯着米吉，我的内心有个声音在说：我就知道。米吉又坐回岩石上，用力将一截木头扔向海里，木头随着浪花上下颠簸。米吉将湿手在湿透的裤子上擦了擦，然后看向我们，一个接着一个。

"是我抽中了杀手卡片，"他轻声重复道，"我也可以给你们看那个隐匿地点。它不在洞里，其实就在屋子旁边，可笑的是还特别显眼。刚刚把信封投进邮筒里时，我立马就把尼安德带去那里了。

在海滩上点燃篝火那夜，我又逮住了珍珠，过程其实很简单。然后……"

米吉的眼泪流过面颊，他愤怒地用手背一把抹去，在脸上留下了几道黑印。他的脸早就不是牛奶肤色了，而是变成了棕红色，额头也晒脱了皮。那几道黑印抹在点点雀斑之上，让那张脸看起来像是被战斗油彩抹坏了一样。"然后小丑帮了我一把。"他声音压抑地继续说道，"第二天，你们姑娘们和月亮去森林里的时候，我在厨房突袭了他。当时阿尔法和龙在外面，索罗、小丑还有达令在我们的卧室里。中间某个时候小丑想拿点喝的，于是就来了厨房一趟。我握住了他的手腕，但是他却说服了我……"一道大浪打来，米吉的身子瑟缩了一下。

"说服你……什么？"阿尔法嘶声道。

"保护他。"米吉向旁边躲了躲。狂风呼啸，一声高似一声。岛的这一侧也开始下雨，硕大的雨点噼里啪啦落下来，可是我却一点都没觉察到。

"他悄悄跟我说，"米吉继续说道，"坦佩尔霍夫不可能中断这个项目。相反，要是他帮我，游戏的紧张程度不会减少，只会增加。他说会帮我转移大家的注意力，这样我就可以更容易抓住你们。"

米吉绝望地仰起脸，"我同意了。就在那晚，小丑就在森林里上演了他那出恶作剧，而我也因此逮住了克里丝。你们当时六神无主,根本什么也顾不上。那一夜,阿尔法和达令在主屋独处,而你……"米吉看了一眼索罗,"像个宝宝一样睡熟了。龙去上厕所,趁那个机会,我抓住了他的手腕。还有月亮……"米吉下巴抵住膝盖,两只胳膊环抱着双腿,仿佛要紧紧拥抱自己一样,"月亮是自愿走的,她从外面敲响了我床头的窗户,非常轻。我一踏脚出门,她就递上了手腕,几乎像是给我下达命令一般。那些画,在你们醒来之前我就已经挂好了。"

我觉得自己浑身冰冷。我的第六感是对的,月亮确实是心甘情愿离开伊索拉的。

"但是现在,"我低声问道,"小丑和达令究竟怎么样了?他们会在哪里?"

"为什么坦佩尔霍夫没来?"精灵的声音再次响起,高亢又刺耳。她疯了一样使劲朝邻岛挥手,狂风撕扯着她的头发飞向四面八方。"我要离开!我不玩了!"她走到米吉面前跪下,用力从手腕上扯下那几串玻璃珠手镯,色彩鲜艳的珠子随即向四面八方飞射而去。她将手腕递到米吉面前,湿漉漉的手掌攥成拳头。"给你!"她冲他吼道,"让你抓,你带我走吧,我就是下一个猎物。带我去隐匿地点,然后会有人把我从那里接走吧。来吧,带我离开这里!"

米吉无力地摇着头。空气越来越冷,天空越来越暗。我突然想起小丑,想到之前在山洞里跳舞时看到的那一幕。当时他慢慢靠近了达令，还拉扯过她的肩膀。

"会是小丑干的吗？"我小声道，"要是小丑对达令做了什么……"

索罗将手放在我的胳膊上安抚我，他站起身，梅菲斯托也跟着站起来。黑色拉布拉多摇着尾巴站在他身边，风刮过它的皮毛，狗舌头伸出嘴巴，耷拉在外面。

"一直有摄像头监控我们的，同学们。"索罗的声音非常坚定，"要是真有什么不受控制的事情发生，那我的……那坦佩尔霍夫肯定是要介入的好吧。"他定定看着我，"我们回去吧。"他的声音听起来很镇定，"走吧，回住的地方去。米吉，给我们看一下那个隐匿地点好吗？"

"好的。"米吉像是鼓足了全身的力气才能站起来。我们攀着礁石又折返回去，刚刚要从岩洞入口经过时，阿尔法突然吹了声口哨。

"第二条通道，"他开口说道，"你们还记得吗？昨天进岩洞的时候，那里还有另外一条通道，我们还没查看过那里。"

我们犹豫地你看着我，我看着你。夜色大踏步地袭来，但是与恐惧相比，征服未知的渴望更加强烈。这一次，甚至连精灵都点头表示同意。

梅菲斯托再次打头阵，等我们来到岔路口，进入第二条岔路时，血一下子涌上我的脑袋。湿衣服还贴在身上，可我却觉得燥热难当，要一刻不停地大口呼吸空气。这条通道相当高也相当宽，我们三个可以并排向前走。索罗不知什么时候牵住了我的手，这个动作让我觉得万分自然。对他行动成谜的怀疑刚刚还一直困扰着我，此刻一下子就全都释然了。牵着索罗的手，终于靠近他，这是现在一团糟的情况下唯一有意义的事情。但是我却无法享受这一时刻，因为我几乎被吓了个半死。

米吉和精灵紧跟在我们身后。海浪声越来越近，可以断定这条通道似乎是通往海岸的方向。通道的地势不断朝上，比之前去那座巨大岩洞走过的通道陡得多。某个瞬间，一束光线落在右前方的岩石上。我能闻见海水的味道，一种凉爽的、咸湿的味道，随后感觉到海风吹在了皮肤上。

通道里有道裂缝，看起来如同一个巨大的V字。一个V？忽然我想起来，就在月亮安葬她的乌龟的那一天，自己其实曾经看见过这个裂缝。当时我在小教堂旁边的小墓园里，曾经朝这个方向看过来。

"那个海湾。"索罗站在那个V形裂缝前，手扶着岩壁，嘴里喃喃道。他的身后蹲着梅菲斯托，正穿过主人双腿间的缝隙跟主人一同向外张望。"从这里也能看见那处礁石围成的海湾。"索罗转头看向我们，"你们想不想去看看？"

米吉惊恐地摇摇头，向后退了一大步。"我有恐高症，老天爷。

小心别掉下去!"

"我有兴趣想看看。"阿尔法说道,拽了下我的胳膊,可我已经先他一步走到索罗身边,从裂缝中探出身子往外张望。索罗紧紧抓住我的肩膀,我能听见身后梅菲斯托的喘息声。海风挟着雨水拍打在我的脸上,我一边贪婪地呼吸着咸湿的空气,一边俯瞰着那处礁石海岸。海岸就在我们脚下四米深的地方,那座镰刀形礁石林立的海湾此刻已经注满了涨起的潮水。从这里也能看见那座小教堂,和索罗的那场邂逅又浮现在我的脑海里,在我的感觉中,这似乎已经是极其久远的事了。索罗的双手更加用力地拥抱着我的肩膀。我在内心问自己,此刻他是不是跟我想的是同一件事。一只鸟发出一声尖厉的叫声,我迅速缩回脑袋。

阿尔法也探头向外望了望,然后我们继续往前走。一个向左的急转弯之后,通道突然一下子在眼前中断了。

"小心!"索罗一把将我拉回来。我能看见灰突突的天空就在眼前。在这里,岩石的开口变成一个巨大的椭圆形,如同隧道的尽头,约一人高,至少有两米宽。在这里,吹向我们的海风更加猛烈,脚下的怒涛声也越发响亮。我听见浪花撞击着海岸,汹涌澎湃,仿佛要将悬崖轰塌一般,梅菲斯托的声声狂吠也夹杂在其间。索罗拉着我,一起沿礁石向下摸索,我俩跪下来,手脚并用向前攀爬,直到最后,终于趴在深渊的面前。锋利的石头刺着我的胸膛,双掌下的礁石冰冷粗糙。阿尔法在我们旁边匍匐前进，米吉和精灵则带着梅菲斯托留在后面。

一望无际的海面海天同色，那是一种阴沉古怪的灰色，已经全然无法辨别出天际到底在哪里。我看见远处小岛上那座深色的高塔，此刻塔尖几乎跟我们在同一个高度。那里依然闪烁着灯光，如同一只圆溜溜的淡黄色眼睛。

"那里，"身边的阿尔法突然喊道，"那下面应该还有一个海湾，你们看到了吗？就在咱们的正下方。"他伸手指向深渊，我看向翻滚的白浪，不禁一阵头晕眼花。汹涌的大海恍若一个活物，表面下似乎有一个巨大无比的原始怪物，因为受到了惊吓，正在缓缓站起身来。阿尔法嘴里嚷了一句什么，但是我却没听清楚，风暴发出的响动实在是太吵了。目光沿着阿尔法手指的方向望去，这才看见他想让我看的东西。就在我们的正下方，海浪并没有撞向礁石，而是凭空消失不见了，仿佛被一个管道或是深藏在岩石里的洞口给吸了进去。海浪不断席卷而来，一次比一次愤怒，水花溅到我们身上，足有三四米之高。随后海浪退去，这次时间稍长，仿佛要停下来深吸口气。

就在这一瞬间，我看见了那艘船，船头有一根长长的缆绳，显然就是用它将船固定在某个地方的。索罗的尖叫声在我耳边响起，穿透力惊人，我血管里的血几乎要凝滞不动了。

然后，我看见了小丑。他就躺在小船前，脸埋在水里，仿佛是海水将他又冲回了陆地。他的身上依然还穿着那件黑色外套，胳膊张开，如同蝙蝠的翅膀。但是，他再也不能跳舞了。

毫无疑问。

小丑死了。

## 第17章
## 孤立无援

关上门,背靠着墙,他闭上眼睛。此刻双眼灼痛,如同得了结膜炎一般。脑袋突突直跳,肾上腺素不停在血管里横冲直撞,如电流一般,一波波发作。怎么会这样?这简直太荒谬了!他转过身,一拳拳擂向墙壁,直到皮开肉绽,然后才用尽全身力气呼吸起来。

吸气,呼气。

他舔掉手上的血,可真甜啊。得打起精神,保持镇定,现在一切成败都在自己身上,一切的一切。他也别无选择,他没法从这里离开,他得等,等着看会发生什么,然后再采取相应行动、改变策略、随机应变。要论这个,他可以算是大师级别的吧?游戏已经奏效了!只是稍微有那么一点点失控,偏偏又是这个小丑打乱了他的整个计划……

他深吸一口气。这并非他的本意,他不该自怨自艾,现在还不是时候!已经发生的事情没法让时光倒转,但是可以掉转船头。他要做的，就是这个。

是的，要做的就只有这个。他是不会放弃的，毕竟为了这个该死的岛上的这摊事儿他已经付出了所有的努力，唯一还需要做的就是等待正确的时间点来临。是的，那个时间点一定会来临。拉开门，他迈着坚定的步伐走了出去。

"我们不能就把他扔在那里不管，要是他还活着呢？"

这句话精灵到底说了多少遍？一遍？两遍？一百遍？我们是走回来的，还是一路狂奔回来的？我已经完全记不清了。我只知道索罗没有放开我，从头到尾都握紧我的手。有那么一刻，我甚至有一种感觉，自己似乎要和他合为一体了。

但是小丑没了。就算发现的时候他还活着，那么现在也已经死了。这一点毫无疑义，其实就连精灵也心知肚明。几个小时过去了，那可真是无比缓慢又痛苦的几个小时，我们每一个人都以自己的方式在地狱里走了一遭，并且此刻依然备受折磨。我们坐在主屋的靠枕休息区里，外面暴风雨肆虐。什么都没法为小丑做，什么都做不了。他如今躺着的位置我们根本无法抵达，最早要等到退潮，等到风暴平息，我们才能前往那里。在此之前，我们毫无办法。

这会儿还不行。

达令在哪儿？

坦佩尔霍夫或者他的助理,他们在哪儿?

他们有没有看见发生的一切?肯定看见了吧……或者没看见?

那条船是从哪儿来的?

坦佩尔霍夫在这里吗,在岛上吗?不可能,他不可能在这儿,要不然肯定就来找我们了。坦佩尔霍夫,这位知名大导演,就像他自己说的,哪怕只是犯最小的错误,那也是拿他的声誉当儿戏。之前他跟我们保证过,不管我们在哪儿,不管是白天还是黑夜,他都能看见我们,听见我们。一旦发生什么不可预见的事情,他会立即出现或是派人过来。

现在,不可预见的事情已经发生。现在,一个错误已经出现。老天爷啊,这并不是随便什么错误。坦佩尔霍夫的游戏出现了猎物,一位真正的猎物。一个人真的死了,小丑,团队中的一员,我们大家的一分子,他死了。还有达令,我们只发现了一块破布条,旁边还有一摊血。现在,我们大家坐在这里,茫然无措、孤立无援,害怕得要死。为什么坦佩尔霍夫要让我们独自面对?难道整件事……

我们提出一个个问题,轮到最后一个时,我听到身边的索罗像是要喘不过气来。我把脑袋埋进膝盖,用一只圆形黄色靠枕紧紧捂着脸,直到透不过气来。可是脑子里的念头却没法挥之即去,它们上气不接下气地在我的脑袋里你追我赶,疯狂地转着圈,越来越快、越来越快,却抵达不了任何一个合乎逻辑的点。

直到现在,索罗还没说过一个字,他只是好几次张开嘴,一脸痛苦扭曲的表情,仿佛要将令他无比折磨的什么话倾倒出来。但是他却做不到,除了我,没有人注意到他正跟自己进行一场无声的较量。

"那个隐匿地点,"阿尔法开口,声音很大,几乎有些刺耳。他用手使劲捶了一下米吉坐着的那个靠垫,"那个讨厌的隐匿地点,你得指给我们看看! 在把这破岛过筛子一样过一遍之前,我们早就应该先去搜一下那里!"

像是被人按下某个按键的机器人,米吉站起身,机械地走出主屋,我们也同样机械地跟着他走出主屋。

隐匿地点就在邮筒里,更准确地说,是在邮筒下面。带有"伊索拉"字样的正面是入口。米吉按了下那儿,动作很轻,仿佛只是用手背碰了碰,如同叹息一般的咔嗒声清脆响起,邮筒突然大大敞开。一条狭窄的楼梯向下延伸,楼梯极窄。我不由得暗暗寻思,米吉究竟是怎么把人高马大的尼安德硬塞进去的? 十九级石头台阶直通地底的一间斗室,里面陈设简陋,只有一张木板床、一箱水、几个杯子、一盏灯,还有隔板隔出来的一间小厕所。木板床上放着一床棕灰色的羊毛毯和一只深蓝色的枕头,在枕头旁边我们发现了一个纸条，一张白纸上写着保重，月亮几个字。当时，肯定也有摄像头在盯着她。

游戏中的猎物曾经就坐在这里，尼安德、珍珠、克里丝、龙，还有月亮，他们都在这里等着被接走。想到这个，我的后背一阵发凉。

"米吉，"我开口问道，发出的却是一种奇怪的声音，"你把他们带到这里之后究竟发生了什么？这个你并不知道，是吗？"

在我身边走着的米吉毫无预兆地停下来，阿尔法没防备，一头撞在他的身上。"不，"他答道，"不，我不知道，我以为……"

他闭上嘴。不管我们怎么想，这都不重要。所有人都以为是在玩一场游戏，没人发现从什么时候起它变得严肃起来。我又想起那个游戏规则，想起米吉大声读给大家听的那个时刻。"猎物可以在岛上自由行动，直到被杀手逮住。"

究竟是谁逮住了小丑？寄希望于这只是一场事故，无异于紧紧抓住一根细若游丝的线，却改变不了小丑已经丧命的事实。

紧挨着床有一道门，门是锁着的，但是经不住阿尔法和索罗肩膀用力一撞，木头分崩离析，一条通道出现在我们眼前。这条通道与岩洞里的那条截然不同，人工挖凿而成，或许从前是为监控小岛的目的而建造的。通道上方固定着各种管道，有几处正在滴着水，发出低沉的噼里啪啦声，刺痛了我的耳朵。通道里居然还有电，开关随处可见。冷冷的霓虹灯照亮着面前的通道，几百米后又是第二道门，门没锁。打开门，黑暗夜色中空气扑面而来，咆哮的海水撞击着礁石。一块块礁石如同陡峭的堡垒一样朝天矗立，礁石中开辟出来一级级台阶，向下延伸直至海岸。显然，只能从海上才能到达岸边。我们猜测，此刻我们正身处小岛左侧，下午的时候我们曾从上面俯视过这里。

但是达令并不在这里。

没人在这里。

我们再次围坐在主屋的玻璃桌周围。桌上还残留着一些食物，味道闻起来像是冰冷的蔬菜汤，我又开始不舒服起来。梅菲斯托趴在桌下睡着了，能听见它打着呼噜，时不时还呜咽一声。我盯着墙上月亮画的肖像，目光停留在小丑的脸上，他那高挑的眉毛，恶魔般的微笑，还有月亮给他嘴角勾画出来的那种隐隐约约柔软的表情。脆弱的敏感，一刹那，我突然觉得这就是小丑最突出的特点。画像在眼前模糊起来，我的双手忽然变得异常冰冷。小丑，他真正的名字叫什么？他多大年龄？上岛之前过着怎样的生活，住在哪座城市，身边有怎样的家人？一想到他的父母压根还不知道自己的儿子已经命丧黄泉，我就浑身僵硬，从脚趾一直到发根全都僵硬无比。我的内心绷得越来越紧，膝盖不住地打架，颤抖得越来越厉害，完全停不下来。

在桌子中间，那份游戏规则正嵌在玻璃凹槽中，周围满是散落的面包屑和一摊黏稠的果汁。我注意到索罗正死死盯着那个长着绿松石眼睛的黑盒子，仿佛正在跟那只眼睛进行一场沉默的战斗。他坐在我对面，达令画像的正下方。这一次他张开嘴，终于说出之前一直在折磨他的一句话。

"他是我爸爸。"

这几个字从嘴里蹦出来之后，索罗如同要窒息一般。

没有人有反应，没有人发出一丝声音。索罗站起身，拿起那只黑盒子，高举过头，用力将它砸向玻璃桌。但是桌子并没有破碎坍塌，只有桌上的盘子震了几震，一个叉子掉在了地上，叮当作响。

索罗再次坐下，将脸埋在双手里，肩膀开始颤抖起来。

"谁是……什么？"阿尔法吓了一跳，好像现在才开始理解索罗那句话的意思，"你在说什么，见鬼！谁是你爸爸？**坦佩尔霍夫导演？**"

索罗的头依然埋在两手之间，却上下动了动。一上，一下。

"我现在终于明白了。"精灵一下子活过来，她跳起身，用力拉扯索罗的胳膊，直到他露出脸来。"还在飞机上的时候，我就觉得你看起来没那么面生。"她喘口气，紧盯着他，"现在我终于明白，为什么你的脸给我一种熟悉的感觉。是报纸！我在报纸上见过你。我读过一篇有关你和你爸爸的文章，当时你就站在他身旁。所以，所以我认得你。"

精灵突然哈哈大笑起来,声音听起来像是在飞机上遇到的那个嘴巴永远不带停的精灵的回音。然后她又骤然停下来,瘫坐在椅子上。"那么,你是因为这个才加入我们的吗?"

索罗再次点了下头。一个简单的是,回答一个简单的问题。

"你知道些什么?"米吉的声音像女人的声音一样尖厉,"你对这个见鬼的项目知道多少?"

"一无所知。"索罗回答问题的时候声音毫无起伏,"至少不比你们知道得多,也不比你们知道得少。我只知道这座岛被监控,知道我们要在这里待三周,知道我们一行十二个人要飞到这里,知道要用这里上演的素材制作出一部电影,还知道我爸爸和斯汶一起在那边的小岛上观察着监视器屏幕。更多的我就不知道了,我知道的其实就是大家都知道的那些。我爸爸告诉我的,跟他告诉你们的没什么区别。"

"在哪儿?"阿尔法像吐出玻璃碎片一样从牙缝里吐出这句话,"你那王八蛋爸爸现在在哪儿?"

索罗漆黑的眼睛望着阿尔法,非常镇静,甚至可以说得上是无比冷静。他开口说道:"这一点,我跟你们一样也想知道。"


外面还是狂风暴雨,精灵和米吉再次爬进靠枕休息区。我和索罗还留在桌边，听着那两个人窃窃私语。米吉说起他的父母，他们两个都是老师。精灵又问起他的兄弟姊妹，得知他有四个姐姐，以前还用小姑娘的裙子打扮过他。精灵忍不住笑出声来，随后又再次哭泣起来。阿尔法在屋里跑来跑去，上蹿下跳，犹如一只困兽。他从克里丝的衣箱里取出那包香烟，点燃了一根。屋里烟雾缭绕，但是因为外面狂风大作，窗子没法打开，阿尔法便跟壁纸较上了劲。开始的时候他用手指抠，后来又用上了厨房里的叉子，最后祭出了他的那把莱泽曼多功能刀，拉开了里面的那把剃刀。他又急又怒，割开一处处壁纸，用力从墙上扯下长长的一条，一条接着一条，嘴里一直喘着粗气。

"住手！"索罗大喊一声，从桌边站起身，"别再折腾这个了，这又能管什么用？"

"我……"阿尔法说道，"至少想看看这里面是不是真的有摄像头，我想……"他突然停住话音，手也一下子顿住了。

米吉和精灵瞬间跳起身来，站到阿尔法的身后，索罗和我也随即走了过去。那是一个微小的镜头，还没有一个硬币大。阿尔法放下剃刀，我们几个站在那里，一动不动地盯着那个闪烁着蓝光的玻璃眼好几分钟。索罗低低呻吟了一声，按住太阳穴，这次是用拳头。阿尔法狠狠踹了一脚那面墙，转身冲回玻璃桌边，弄翻了两把椅子，又抓起第三把摔在墙上。只听见哗啦一声，黑漆木椅的一条腿折了。

"你那该死的爸爸,"阿尔法叫道,"你那王八蛋爹,他在这里跟我们玩什么游戏?"他冲索罗怒吼着,手里依然高举着那把椅子。

索罗转身离开了屋子。

"嘿,"米吉抓住阿尔法的肩膀,"嘿,你得镇静点儿。咱们现在阵脚大乱,根本就于事无补。得保持镇静,明白吗? 咱们得……"

阿尔法放下椅子,站在那里,双手捂住脸。我实在无法忍受继续待在这里。

心里考虑是否跟在索罗身后也出去,但是身体却一动没动,我已经不知道自己是什么感觉,又是怎么想的,还应该相信什么。相反,我回到卧室,坐在床上,从床头柜上拿起埃斯佩兰卡的照片,静静地看着,目光偶尔望向之前在海滩上发现的那枚海螺壳。想想那个时候,也不过就是游戏开始前的几个小时。

"打扰你吗?"

索罗站在我的床前。我摇了摇头,突然觉得他站在这里令我松了口气。索罗在我的身边坐下。

"头疼好点了吗?"我问。

他疲惫地微笑着:"好多了,谢谢。"

"你这头疼有多久了?"

"很久了,感觉从我十二三岁的时候就经常头疼。我爸拖我去看各种各样的医生,据说跟神经有关,但是具体病因也没人能说得出来。"

我想起曾经在索罗的床头柜上看见过一些药片，跟艾瑞卡偏头痛发作时服的那种药一模一样。每次她都是在感觉特别糟糕的时候才服用那种药，我还记得伯恩哈特有一次气得跳脚，因为艾瑞卡是用酒送服的药。"你疯了吗？"他骂道，"你明不明白这样会产生什么样的副作用？"

"你喝下的药片药效很厉害的。"我喃喃道。

"我知道，"索罗叹了口气，"但是它们有用。"他合拢指尖，双手搭成一个帐篷的样子，然后将食指贴近自己的鼻子，两眼越过指尖，盯着前方的一片虚无。"达令诱惑过我，"他像是在喃喃自语，"就在你们走后，在岩洞里。她……她想吻我。我吼了她，说我感觉很糟糕，让她离我远点儿，但是她不听我的，然后……"索罗的脑袋摇得越来越快。

我屏住呼吸，"……然后呢？"

索罗垂下手，望着我。"然后我就人事不知了。等我再醒过来，达令也不知道去了哪儿。或许，她也……掉进海里……跟小丑一样。"索罗脸上的表情变得越来越绝望，"你相信小丑是掉下去的吗？你相信这是一场意外吗？"

我无助地耸了耸肩，轻声道："我跟你一样一无所知。"

再次看了眼手里的照片，我合上双眼，眼前浮现出小丑的模样，依然穿着那件黑色的外套在水面上随波逐流。心中一阵刺痛，我睁开双眼，但是什么都没有改变。我觉得自己浑身创伤，整个身体由内而外痛得不行，但是我却一点都哭不出来，只是沉默安静得像个木偶，就跟当年艾瑞卡和伯恩哈特在里约那座小教堂前发现我们的时候一模一样。

"这是谁？"索罗指着埃斯佩兰卡的照片，接着问道，"这个小姑娘是谁？她很漂亮，跟你……很像。"

我点点头。是的，月亮也曾这么说过。就在那夜，她爬上床头，躺在我的身边，当时她也说过这么一句话。

"她是我姐姐。"我听见自己的声音说道，"之前在里约，咱们曾经穿过一座高山脚下的地下通道，那座山就是两兄弟山。我就出生在山上的贫民窟里，是的，就是那片棚户区。不过要是赶上爸妈吸嗨了毒品或者家里没吃的了，埃斯佩兰卡就会经常带着我们下山。真是太疯狂了，我还一直记得这些，可是自从来到这里，我总是不断看到一些画面：递给我一个杧果的老人，哭闹着的小弟弟们，还有地板上的注射针头。或许我爸妈是有毒瘾吧，我后来读到过，毒品是贫民窟的必需品。我已经想不起来爸爸妈妈的样子了，没留下什么印象，不知道长什么样，闻起来什么味道，摸起来什么感觉。我也不知道弟弟们叫什么名字。"

手依然紧握埃斯佩兰卡的照片，我却忍不住颤抖起来。"但是大姐一直陪着我，她……"我深吸一口气，将手放在肚子上。忽然间，眼前闪现出过去几天凌乱闯入我脑海中的所有画面，此刻它们串了起来，串成了一条逻辑线。一直以来，我的愿望就是跟索罗讲讲自己的故事，在这个最黑暗的状况下，这个愿望终于实现了。所有的一切从我嘴里迫不及待地向外倾泻，我说呀说呀，以一种前所未有的方式。

"埃斯佩兰卡就在这里，"我继续说道，更加用力将手按在肚子上，"就在这里，仿佛伴随我一起成长。一直以来，她都照顾着我们，照顾着我和弟弟们。她经常带着我们出去乞讨，我还能记得我们在里约的街头逡巡，弟弟们太小，还都不会跑，姐姐就用一辆手推车推着他们走。有一天夜里，我们又待在山脚下，城市的某个角落。我们经常这么做，因为天太黑，而回家的路又太远。这一晚我们躺在一座小教堂前面，一同待在那里的还有其他几个流浪儿，五个还是六个吧。埃斯佩兰卡似乎认识他们，几个人正在使劲闻着糨糊味儿，我还记得那玩意儿有多恶臭，记得埃斯佩兰卡和他们互相对骂。我的肚子疼得厉害，像疯了一样大喊大叫。埃斯佩兰卡没办法让我安静下来，就给我哼唱了一首不知道什么名字的歌。唱着唱着，忽然她就哭了起来，之后我好像就睡着了。再然后，我突然惊醒过来，是被一阵脚步声吵醒的。埃斯佩兰卡陷入极度慌乱当中，慌忙摇醒睡梦中的弟弟们，揪着我的脖领，拉着扯着我们躲在小教堂的后面。

她将我的脑袋按在她的膝盖上,我只听见沉闷的撞击声,其他孩子的叫喊声,随后蓦然响起两下枪声,之后一切又恢复了平静。"

我话音一顿,努力控制自己的双腿不再颤抖,可是膝盖却疼得要死,喉咙渴得冒烟。

"谁?"索罗小声问道,"是谁开的枪……"

"是警察。"我打断他,声音毫无波澜起伏,"关于这个,之后我读了大量的报道,我在汉堡的舞蹈老师萨比亚也跟我讲过很多。他自己就是一个贫民窟男孩,按照他的说法,巴西警察接受的培训很糟糕,甚至可以说是非常糟糕。他们对待自己的工作的方式简直堪比战争里的士兵,原因或许也出在居高不下的犯罪率上。我不清楚什么会让一个人变成这样,但是这些人极其危险,特别是对流浪儿来说。他们的薪水极其微薄,按照萨比亚的看法,巴西的许多警察只会恃强凌弱。事实上,时至今日,每天还是会有四五个流浪儿被杀死。"

我干巴巴笑了一声:"或者如同街上的垃圾一般,被清理掉。"

伸手拿过床头柜上放在海螺和蜡烛之间的那杯水,我一饮而尽。

"已经不记得那一夜是怎么过去的了,"我继续说道,"我只知道,我们几个蹲在小教堂的后面,弟弟们不晓得什么时候睡着了,我一直趴在埃斯佩兰卡的膝盖上。我们一动没动,几个小时都一动不动。等到又有脚步声响起,埃斯佩兰卡才开始抽泣起来。但是这一次并不是警察,而是两个白人,一位男士和一位女士。日后我才了解,在小教堂后面发现我们,对他们而言,纯粹只是偶然。在餐馆用完晚餐后他们正走在回酒店的路上,那位女士打算看一下小教堂,因为它看起来十分的祥和。但他们却发现了三具尸体,还有四个惶惶不安的小孩子。那位女士膝盖着地跪在我们面前,看着我,抚摸着我的头发、我的脸,然后埃斯佩兰卡就开始试图说服这两个人。"

我的喉头紧了紧,没法继续说下去。我能感觉到索罗在向我靠近,但是我的身体僵了一下,索罗似乎明白了,并没有触碰我。

"你姐姐说了什么?"他低声问道。

我将埃斯佩兰卡的照片举到面前,距离近到我们能够互相看着对方的眼睛。我看着她的微笑、她的额头、她眼中闪烁的光芒,听见了她声音里的抑扬顿挫:"请照顾她,照顾好我的妹妹,她不属于这里。"

我闭上眼睛。"'请照顾她',"我喃喃自语,"'照顾好我的妹妹,她不属于这里。'这就是她说的话,她一直重复说的话。她还告诉他们,我们来自哪个贫民窟,那位女士最终点了头。于是埃斯佩兰卡立马站起来,伸手拎起弟弟们,带着他们跑远了。我听见了她的痛哭声,到今天这哭声还萦绕在我耳边。她号啕大哭,我想要追上她,但是身体却一动都动不了。那位女士紧紧抱住我,将我的头贴向她的胸膛。她戴着一根项链，硌着了我的额头，很疼，但是我却一动不动。"

我缓缓将头转向窗户，望向外面浓重的夜色。没有月亮，没有星星，只有嘶吼的风暴。我不由得想起燕莎，坎特伯雷教的神，我一直感到自己被她深深吸引。在这个宗教教派里，人们在众神面前跳舞，以他们的特征起舞：奥顺——美丽，耶玛妮亚——母亲，桑戈——火的统治者……他们吸引着我，每个人以自己的方式。但是既是风暴的主宰，同时也是逝者的主人的燕莎，对于我来说一直是所有神祇当中最有力量的。

"之后发生的事情，我已经记不清楚了。"我继续往下说道，"我所知道的，都是别人告诉我的。那两位白人就是艾瑞卡和伯恩哈特，他们带走了我，先去了酒店，然后回到德国。他们俩收养了我，为了这事伯恩哈特还得四处奔走多方争取，不过当时他就已经是医生，有一些过硬的关系，所以最后这事终于还是办成了。他找到那片贫民窟，获得了我父母的同意，拿到了当局的领养许可。这都是他之后告诉我的，也许他给了我父母一笔钱，我不清楚。总而言之，他去过我家，帮我从家里拿出来很少几样东西，其中一件就是姐姐的照片。从那以后，我自己再没去过那里。伯恩哈特和艾瑞卡给我起了个新名字，乔伊·莱歇特。这就是我现在的名字，或者也可以说，在德国我就叫这个。从那以后，我再也没见过埃斯佩兰卡。"

我再也说不下去，嗓子紧了又紧，几乎无法呼吸。

"乔伊，"索罗从嘴里吐出我的名字，仿佛在问一个问题，"乔伊的意思是快乐。"

我点点头，心里在琢磨薇拉这个名字的意义。薇拉，真诚。我深吸一口气，胸口似乎有什么松动起来。我终于能哭出来了。索罗依然没有拥抱我，但却站得离我很近，将手放在我的背上，放在两个肩胛之间，直到我慢慢镇静下来。

"艾瑞卡和伯恩哈特是最棒的父母。"我眼泪汪汪地低声道，"他们是最棒的父母，可我总想回去，我想回家。我在网上发现埃斯佩兰卡在一个人权机构负责流浪儿的保护，可是却一直鼓不起勇气给她打电话。我甚至都不会说葡萄牙语了，就只会几个简单到不能再简单的句子。"

我将埃斯佩兰卡的照片翻转过来，看着从网上抄下来的那个电话号码。"坦佩尔……，我的意思是说，你爸爸，他在汉堡看过我的一场舞蹈演出，之后就来找我加入这个项目。当时我就在想，这是命运的安排，这个机会可以让我回家。我以为只要来到这里，事情就会更容易一些。可是现在……我的天哪，再有五天我就十八岁了，再有五天我就成年了。"

我将埃斯佩兰卡的照片又放回床头柜上，再次深吸一口气，转头看向索罗，"那你呢？"我开口问道，"那个护身符？是谁留给你的？"

索罗的目光与我擦肩而过，向窗外望去。此刻他的手摊开放在大腿上，手心向上。"那是我妈妈的，"他回答道，"生我的时候她就死了。我爸爸说，我长得跟她很像。我是他独自抚养大的。"

"他没再结婚？你没有兄弟姐妹？"

索罗摇了摇头："只有我们两个人相依为命，只有我们两个，还有他的电影。父亲曾经说过，更多的他也不需要。跟电影相关的，他非常极端。跟我相关的，其实也没什么两样。他占有欲强、激情四射、肆无忌惮，基本上会不遗余力地全部付出。一旦开始做一件事，就会坚持到底，无论发生什么。"

我努力在脑海中回想着坦佩尔霍夫的那张脸：灰色的头发、扎起的辫子、锐利的目光，浑身带着光环，还有那双两种颜色的昂贵皮鞋。我从没想过他有个儿子，也从没想过他的儿子就是索罗……

"你的真名叫什么？"我轻声问。

"拉斐尔，"索罗微笑道，"拉斐尔·坦佩尔霍夫·利伯曼。利伯曼这个姓遗传自我妈妈，我爸爸想让我保留它。"

我心里琢磨着索罗的护身符，那个私人的纪念品，还有看见过的那张照片，"拉斐尔，天使拉斐尔？"

索罗点了点头："是的，名字是我妈妈起的。在我出生之前，她就知道自己怀的是一个儿子。我爸爸跟我说，我妈妈非常虔诚。你知道拉斐尔的故事吗？"

我摇摇头："你呢？"

他点点头，却没继续说下去。

"为什么给自己起名叫索罗？"

"因为我爸爸的缘故。"拉斐尔说道，漂亮的面庞因为痛苦而变得阴沉，"当我还是一个小男孩的时候，我爸爸就一直叫我索罗。我自己也挺喜欢这个名字，有点儿独奏者的含义在里面，但是也有点孤单的意味。"

他再次定定看着我，很久都没移开视线。我再一次感觉到他的目光直直穿透我的内心，与抵达里约那天一般无二，只不过那一次是在贫民窟脚下，两兄弟山前。我回忆起我俩在海湾的礁石后共同度过的那个夜晚，那一夜的他如此不同，我也如此不同。

"他肯定在这里。"索罗喃喃自语道，"他是我爸爸，不可能把我们……抛下不管。"

我沉默着，还能说什么呢？

索罗的爸爸已经这么干了，是他让我们孤立无援。

# 第18章
# 显示屏启动

孤立无援。他的视线从屏幕上移开,盯着手心里一块小小的圆形伤疤,那是烫伤后留下的,形状仿佛一个花朵,中间的圆代表花朵,周围的五个圆代表叶子。这是孤儿院里年长的男孩们送给他的友好问候,当时保育员们恰好不在,都在露台上吸烟,享受片刻的休息时光。

他在心里回想着当时在孤儿院里跟他同住一间屋子的小男孩。安东,是的,那是他的名字。几乎每一夜,他都会被惊醒。安东在梦里一直喊着爸爸、爸爸……叫声刺耳绝望。时至今日,只要一闭上眼,他还依然能听见安东的叫声。在一次车祸中,安东的父母双双丧命。

自己的情况跟他的截然不同,父亲还活着。这是照顾他的保育员们告诉他的,只不过他们不能告诉他父亲到底在哪里。至于为什么那个人会将他留在孤儿院里让别人来照顾,他们也说不出个所以然来，至少不清楚究竟什么是真正的原因。所以，他就必须自己来找出个子丑寅卯来。

父亲是个秘密特工，得拯救全世界，要是让坏人知道他还有个儿子，坏人就会杀了他。所以他不得不将儿子藏在孤儿院里，目的只是为了保护他。所以他也不能随意谈及自己的父亲，跟谁也不能，特别是不能跟那些岁数大点儿的男孩们泄露这个秘密。

不过，一旦爸爸收拾完了坏人，就会接他出去。从那以后，就会只有他们两个人，只有他们两个人，来对抗全世界。他一直笃信这个事实，在所有那些个孤独蔓延几乎将他杀死的一个个夜晚，还有那些个成对夫妻来孤儿院收养孩子的一个个白天。孩子们一个个被领走了，就像安东，就像其他许许多多的孩子们。

隔壁那张床隔多久会空一次？这个早已经数不清了。他也不明白，为什么那些夫妻从来都不会对他感兴趣。事实上，他们从来没有感知到他的存在。他不矮、不瘦，身体也不弱，可就总是……没被他们看到。看到他的只有那些岁数大的男孩，只要逮住机会，他们就会折磨他。

孤立无援。

等到九岁的时候，无意间他发现了那份报纸。他不理解，但还是一直等待着。在他的想象中，父亲正在跟更加巨大的危险抗争，这让他没办法来找他。他的父亲，是一位超级英雄，总有一天会来接他。

他等啊等啊，一直等到十二岁，然后就不再等了。

用手轻抚着米莉亚姆的照片，他仔细倾听着隔壁那个房间的动静。此刻，那边寂然无声。

外面的天渐渐亮了。

过去的四天里，他大概一共就只睡了五个小时。


醒来的时候，明亮的日光洒进屋里，床头趴着梅菲斯托，脑袋搭在我的胳膊上，一动不动。一发现我醒了，它就立刻跳起身来，疯狂地摇着尾巴，整个身子都晃个不停。它叫了两声，伸出舌头舔着我的胳膊，然后跑向门口，又叫了两声，转回头看我，好像在说："快跟来呀！"我心里涌出一个问号，猜测可能是索罗派它过来的，于是不由得笑起来。

到底睡了多久，到底又是怎么就睡着的？我一点都记不起来了，也不清楚索罗是什么时候离开房间的。身体就像是从昏迷状态下清醒过来的一样，当我站起来的时候，浑身关节都泛着疼。屋里的空气压抑、沉重。精灵的床上，衣服扔得乱七八糟，到处都是，衣箱敞开着，箱盖上挂着一条湿浴巾。之前，那条浴巾肯定不在那个位置上。这么说来，她应该也来过屋里，还冲了个澡。

其他几张床还是老样子，达令床上的那条床单依然不见踪影。

想到达令,我心里一阵刺痛,随之而来的,是昨天发生的一切又全都重新回到了我的记忆中。我们发现了小丑,一想到小丑死了,我就倍感折磨。可是突然之间,更加折磨我的却是对达令可能遭遇到的境况全然无知:她在哪儿? 还活着吗? 受没受伤? 害不害怕? 她是逃走了吗? 还是跟坦佩尔霍夫在一起? 可是坦佩尔霍夫又在哪里? 我绝望地叹了口气。梅菲斯托又开始叫起来,于是我打开门,放它出去。

我洗了个长长的热水澡,刷了牙,之后前往主屋。

精灵正在收拾桌子。墙上的壁纸还是那么一片狼藉地挂着,我努力控制自己不去看昨天阿尔法发现摄像头的那个小洞。外面的风暴已经停歇,巨大的玻璃窗后,天空依然还是阴沉沉的,不过云层已经变成白色,有几处地方的云都已经散开了。

这片地方看起来一片混乱。大大小小的枝条散落在地,椰子和各种水果,还有几只巨大的波罗蜜从树上掉了下来,精灵的吊床像只湿透的麻袋一样,挂在两棵棕榈树之间。花园尽头,一株扶桑花树丛里缠着什么东西,像是肉色的,一大块布或者……我眯起眼睛,待认出那是什么之后,嗓子里不由得发出一声令人窒息的尖叫。扶桑花树丛里挂着的是小丑那只瘪了的充气娃娃,肯定是小丑将它扔进垃圾箱,而大风又将它给卷飞出去,最终落在了这里。

我跌跌撞撞走进厨房,想给自己倒杯水喝。一想到吃东西,我就觉得难以忍受。但是我的胃就像是一个裂开的洞,无论如何得填点吃的进去。我切了一块奶酪,强迫自己咽了下去。

"其他人呢?"我问精灵。

"都走了,"她说,"去礁石海岸那边了。"她的头发还湿着,编成一根细细的辫子,脸庞看起来比之前清瘦了些,眼睛深陷在眼眶里,显得嘴巴大得更加突出。她的嘴唇又涂成了黑色,只不过这会儿看来感觉很糟糕,有点像葬礼面具。"你睡得像是个 …… 像块石头一样一动不动。索罗让梅菲斯托去你屋里陪你,他也请我留下,直到你醒来。不过我其实并不乐意,薇拉,我 ……"

精灵跌坐在椅子上,手捂着脸,"我受不了发生的一切。我妈邀请我寒假去看她,她住在澳大利亚,我十一岁的时候她就离开我们,因为一位潜水教练的缘故。现在他们生活在一起,有了一个女儿,六岁大了,我只是从照片上才认识我那同母异父的小妹妹。本来我已经要飞过去找他们了,但是却收到了电影通知,说可以来这岛上。我当然立马决定要来这里,昨天晚上我突然想到 …… 我想到 …… 我 ……"

精灵摇摇欲坠,仿佛要从椅子上掉下去一般。

我跑到她的身边,牢牢抱住她。

"我想到,要是再也见不到他们该怎么办。"我听见她喃喃自语道,"最后一次通电话的时候,我对我妈太冷酷了。我跟她说,我不需要她,让她别理我。薇拉,要是没法从这里离开该怎么办?要是这一切不是游戏,我的意思是说,要是一直以来这都不是一场游戏呢? 要是……我的天哪! 你有想过吗? 这一切要是一场预谋呢? 是有这种电影的,你知道吗? 是有……"

精灵沉默下来,屋里一片寂静。我听见鸟儿再次鸣叫起来,仿佛来自远方,那叫声穿透敞开的窗户飘进来:

"甭——吃我""甭——吃我"……

"这不可能,"我用坚定的声音回答道,"这完全不可能。假如昆特·坦佩尔霍夫真的是索罗的爸爸,他没来肯定是因为出了什么事。或许他是想求援,或许……"我不知道该怎么继续说下去。

"还是等男孩们回来之后再说吧。"最后,我开口说道,"也许可以过去,到旁边那个小岛上看看,然后再考虑怎么办。"

几个小时之后,那三个人回来了,裤子一直湿到大腿根,脸上全是汗,以及满满的疲倦。梅菲斯托如离弦的箭一般冲他们飞奔而去,精灵哽咽着问小丑到底怎么样了。

"他不在原来那个地方。"阿尔法伸手从桌上抓过一瓶水,急急喝起来。

"不在那儿了?"有那么一刻,我傻乎乎地努力想让自己相信,这一切也许只是做了一场梦罢了。

"我猜，是洪水把他带走了。"索罗低声道，"小丑的一只鞋子还落在水里，但是人却不在了。至于达令……"索罗苦闷地摇了摇脑袋，"还是没有一丝踪迹。"

米吉挠着胳膊，他的皮肤上布满了一片红色或白色的鳞状皮疹。

"别，"精灵喊道，"别挠，越挠就只会越严重。"米吉点了下头，可还是忍不住又挠起来。

"我们想过去看看，"阿尔法接着说，"海浪看起来还算平稳，而且我们还撬开了那条船。"他举起那只莱泽曼工具钳，"来之前我设想了一堆用它能在岛上干的事儿，但是做梦也没想到居然用它来干这个。这个是不是……"他看向被撕得七零八落的壁纸，"这个是不是也被录下了？"

所有人的目光都转向索罗，只见他向后倒退一步，然后举起了双手。他的裤腿还向下滴着水，脚边已经汇成一小摊水。"你们想听我说什么？"他问，"你们到底想听我说什么？我不知道。见鬼，我一点都不知道，这话还得告诉你们多少次？"

阿尔法发出一声类似不满的咕哝声，梅菲斯托回之以猛烈的狂吠。阿尔法的目光意味明显，那就是我不相信你，我一个字都不相信你。

精灵走向门口。"我们去那边吧。"她说。

海面是灰色的，天空又再次布满乌云，可是空气却如同凝滞了一般一动不动,潮水开始从狭窄海湾的礁石海岸缓缓退去。天气闷热,潮湿的空气让呼吸越发沉重,我能感到汗水从脊背上直向下流。很难想象,这里昨天才刚刚肆虐完一场风暴。可是我总感觉今天的气氛比起昨天更加危险,这是一种压抑的、令人胆战心惊的平静,乌云密布的天空仿佛一座大钟一般笼罩着我们。跟在索罗身后爬上那些礁石,我感觉自己的身体都要麻木了。每一步都需要付出极大的力量,眼睛后面的血液随着脉搏突突直跳。海滩一片灰蒙蒙的,漂满了海藻,绿色淤泥一般令人生厌。左侧的那座山拔地而起,微微发着光,仿佛之前的那场雨给它罩上了第二层皮肤。一看见那处圆形洞口,我不由自主地瑟缩了一下。开个小派对,营造好心情,抱着这个意图昨天晚上我们大家来到这里。那是小丑的主意。当时就看见他站在我的面前,哈哈大笑着,双手插兜,脑袋仰着,浑身都是能量。可是不久之后他就躺在海里,胳膊大张,毫无生气。用尽全身力气,我努力将尸体的画面从脑海里驱赶出去,却无论如何也无法做到。

几个男孩将船从嶙峋的礁石那里拖进狭窄的海湾,一开始的那个疑问又开始困扰着我,到底它是怎么来到这里的呢? 是用这艘船将游戏的猎物从岛上运走的吗? 尼安德、珍珠、克里丝、龙、月亮,或许还有达令?

"嗨!"索罗朝我走来,眼底的阴影泛着深紫色的光,疲惫深深刻在他的面容上。他的脸消瘦得厉害,却似乎依然想用微笑来给我打气。他拥我入怀,在我耳边低声说道:"我们会做到的,会找到答案,从这里出去。我向你保证,好吗?"

我将脑袋靠在他的肩膀上,用力闻着他皮肤散发出来的气味,闻见了咸味、沙子、海水还有恐惧的味道。

"一起来吗?"阿尔法的声音将我拉回现实,他和米吉已经将小船拖进了水里。

这是一艘大约两米长的敞口摩托艇,本来仅有四个座位,不过我们所有人都挤上了船,精灵让我坐在她的膝头,米吉将梅菲斯托夹在两腿之间。索罗发动马达,几只鸟儿扑棱棱从礁石飞向天空,伴随着鸟儿的喧闹声,小船突突响着开动起来。

开往毗邻的那座小岛总共只花了不足一刻钟的时间,但这短短的一刻钟,对我来说却仿佛是永无尽头。一路上我都在回望我们住的那座小岛,它一点点变得越小,卡在喉咙里的那一团东西就越大。

到了邻岛,我们在礁石脚下一条狭窄的木头栈道边靠了岸,那里还停泊着另外一艘个头更小一些的摩托艇。梅菲斯托一马当先冲上栈道,摇着尾巴,兴奋地汪汪直叫。

隔壁这座小岛面积很小,直径还比不上灯塔的高度。到底在期望什么?我心里没有答案。今天若是回想起这个地方,眼前浮现的永远只是这一幅画面:一片圆形空地,上面支棱着一根指向天空的细瘦的手指头。这座岛并不平坦，同样也是礁石林立，又陡又险，数不胜数的贝壳和螃蟹紧紧粘在礁石上。但是除了一棵苍白弯曲的树干如同一具疲惫的身躯横亘在海面上，这里看不见一丁点的植被。下方是看守的门房，屋顶上竖着灯塔。跟小屋的材质一样，灯塔也是用深灰色的石头建造而成，塔座上开了几扇拱形窗户，塔尖是玻璃质地，最上面是个小小的金属圆顶，像一盏红色交通灯一样闪耀着光芒。一条窄窄的石头台阶伸向门房的入口，旁边立着一个一人高的木箱，里面露出两个喇叭状的物件。

"这是雾笛。"阿尔法喊出声。

梅菲斯托此刻就站在门口，爪子抓着木门，吠声越来越大。门没锁，索罗按下门把手，吱扭一声门开了，梅菲斯托纵身一跃，消失在门里。

一个紧挨一个，我们站在小屋的圆形走廊里。昏暗的光线朦朦胧胧地从布满泥土的窗户上透进来，空气污浊，混杂了啤酒、咖啡、香烟和冰冷的萨拉米肠的味道。石头地面上铺着一块蓝绿花纹的拼色地毯，屋里摆放着一张衣橱，一个原木制成的小柜子，还有一把椅子，上面搭着一件夹克。门口放着两只橡胶靴，一只红色，另一只黑色。

走廊里三扇门关着，两扇开着。左手边，一架黑色木梯沿着顺时针方向旋转而上。

"有人吗?"索罗大声喊道,声音被石墙又撞了回来,"昆特?……爸爸?……你在吗?"

寂静无声。

厨房在右手边,房间极小,几乎没有家具,从那里可以远远眺望到公海。碗柜上堆着啤酒瓶,盘子里还有吃剩下的比萨。还有一只大塑料碗,里面装着香草冰淇淋,化成只剩下一摊乳白色的浑浊液体。水槽里的脏盘子脏碗堆得满满当当,燃气灶上墩着一口米饭锅,一个小架子上摆放着各式各样的调料和罐头食品。冰箱里塞满了食物,很多水果、西红柿、奶酪和切片面包。咖啡机还亮着,旁边放着只杯子,只是半满,里面的咖啡已经冷了。

阿尔法跟米吉去查看旁边那间浴室,我和精灵去其他的屋子看看。没别的,全都是卧室,一间很小,里面有张折叠沙发床,还有一个窄窄的金属衣柜。除此之外,还有一大摞衣服堆在地上,闻起来全是臭袜子的味道。沙发床上摞着一摞杂志,《焦点周刊》《嘉豪》《滚石》,还有《花花公子》。

"可真是五花八门。"精灵做了个厌恶的鬼脸。

另外一间卧室比这间大一些。一进屋,一股须后水的味道直冲鼻尖。我看见索罗坐在一张宽大的木床上,脚下趴着梅菲斯托。大狗将嘴埋在一件白衬衫底下,黑色的尾巴拍打着地面,发出短促的捶打声。索罗用双手环抱着一个天蓝色的枕头。

"让我一个人静静。"他的声调毫无波澜起伏。

这座灯塔一共有三层,看起来几乎都没用过。第二层摆了张桌子,两把椅子。第三层的墙边堆满空架子,一扇窗户前叠放着三张床垫。

我和精灵走进另外一间屋子,里面各种高科技装备齐全,墙壁涂成深色,窗户被黑色百叶窗遮得严严实实,一丝日光都别想从外面透进来。但是灯却亮着,数十盏小型聚光灯照亮了窗前的一大片屏幕。屏幕呈半圆形延伸,是十三个较小的屏幕围绕着一个超级巨大的。屏幕前面的工作台同样呈半圆形,我看见上面放着两只咖啡杯、一袋小熊糖,还有一包开封了的法国吉卜赛女郎牌香烟。能看见一个控制面板,上面有无数的按钮和按键。除了这些,就是若干个遥控器、一台电脑,还有两只巨大的音箱。

屏幕是黑的。

这间屋里又能闻见须后水的味道,比起底下卧室,味道还要更浓烈一些。我甚至能猜出这种须后水的品牌,是大卫杜夫的"美好生活",伯恩哈特用的也是这种须后水。

"现在呢?"精灵抓住我的手,"现在我们干什么?"

"看看那些电影吧。"

阿尔法跟米吉一起出现在楼梯口。阿尔法走近屏幕,在工作台前的两把转椅中挑了一把坐下,嘴里吹出一声口哨,然后双手叉腰,转身面向我们。

"有人知道怎么摆弄这些玩意儿吗?"

此刻,就连索罗也走上楼来,看起来摇摇欲坠,几乎站不稳。他的下嘴唇裂开了,还微微颤抖着。只要一咬下嘴唇,嘴唇就开始流血。

"你,"阿尔法说道,"你应该知道怎么用。"

索罗摇摇头:"我不知道。"

阿尔法不置可否地哼了一声,然后就开始像疯了一样敲击按键。

"让我来试试。"米吉凑到阿尔法身边,"我曾经实习过,中学的时候在一档节目里做过实习生。"米吉干巴巴笑了两声,"如果你们还想知道具体是哪一档节目的话,就是那个隐藏摄像机节目《开得起玩笑吗?》。虽然不知道忘没忘光,但是至少可以试一下。"

米吉在转椅上坐下,在控制面板上一通操作。

不知道什么东西咯咯作响,几秒钟之后我才醒悟过来,原来是我的上下牙在打架。

米吉按下几个按键,什么也没发生。于是他又接着按了一下,一阵嗡嗡声响起。

"这是系统,"米吉低声道,"系统正在加载,也许得等个几分钟……"嗡嗡声继续作响,只听见一声轻响,第一台显示屏启动了。伊索拉,黑色屏幕上只有这个单词在闪着光。一个个屏幕,从左到右、从上到下，以一种极其从容不迫的速度缓缓亮起来。第二个屏幕亮了，第三个也亮了，第四个、第五个……

过了许久，所有的显示屏都启动完成。十四张屏幕上全都设置了同一个开机页面，只见"伊索拉"字样缓慢地在漆黑一片的背景上飘来荡去。

"随便按几下，"阿尔法喊道，"见鬼，赶快敲键盘呀，老天爷呀！"

米吉敲了几下按键。

随后，第一个显示屏上的"伊索拉"字样消失不见了，取而代之的是出现了一幅画面。

第 19 章

# 好戏上演了

所有人都在眼前的画面里，所有五个人都在。米吉坐在控制台边的转椅里，阿尔法紧挨着他，薇拉和精灵站在他俩身后几步之遥的地方，索罗始终站在楼梯口一动不动。但是，他们的目光都冲着同一个方向：显示屏。他猛吸一口气，回过头看了看。"那就这样吧。"嘴里说着，他干巴巴笑起来，内心却有什么抽搐了一下。他的感情并不打算对刚才的笑声加以回应，他甚至愿意付出点什么，只要能够不再感受得到这种折磨人的痛苦。这痛苦在大声质问他到底在干什么，究竟在对索罗做什么，又在对自己做什么。

"那就这样吧，"几乎挑衅一般再次重复了一遍这句话，他伸手按下第一个按钮，"好戏上演了！"

屏幕上的画面是伊索拉岛的海湾，视角向着大海。太阳低垂在地平线上，像一团血红的火球。大海熠熠发光，仿佛有人在它上面抛撒钻石,颜色无比绚烂。甚至能听见各种动静,树叶沙沙作响,海浪哗哗冲刷着海岸,摩托艇突突驶向海湾,慢慢靠岸。

那是我们乘坐的小艇。看着面前的显示屏,我们看着自己乘着小艇到达了伊索拉岛。

大家正在下船,达令第一个从船上下来,向空中抛去一个飞吻。紧跟着是小丑,咧嘴做了个鬼脸,在这层伪装之下他却透出一丝不自信。看见他,我的心揪成一团。已经过去九天了,我们大家来到这里已经是九天前的事情了。小丑之后,龙轻松一跃就跳上了岸,下一个是克里丝……

"继续!"阿尔法喘着粗气说,"我不想看咱们是怎么到岛上的,我想看那个岩洞!快进吧,老天爷!"

"我不知道怎么快进!"米吉回答,再次埋头冲着控制台上的键一通乱按,"我得先找到……"

第二个显示屏亮了,画面显示的是女孩们的卧室。我看见了精灵和我自己,背景是珍珠。她正坐在床上,周围全都是她从衣箱里扒拉出来的衣服,各种非洲风格的面料颜色鲜艳明亮,还有那件黄色连衣裙,她穿起来特别好看。这是我头一回走进女生卧室的那个瞬间。从屏幕上可以清楚无误地看出,当时的我是多么忧虑重重,完全是一副浑身是刺、拒人于千里之外的姿态。精灵手里拿着一件紫色泳衣,兴高采烈的声音从音箱里传了出来:"你的床在我的旁边,希望你睡觉不打呼噜。"她的皮肤还有些苍白,手腕上的彩色玻璃珠叮当作响,看起来要比现在的样子年轻好几岁。精灵哧哧笑着,随即环视了卧室一圈,然后目光直盯着摄像头:"天哪,老天爷呀,这感觉也太奇怪了,不是吗?不会他也能听见我们咬耳朵吧?"

是的,听见了,这句悄悄话似乎填满了整间屋子。

"关掉这个画面,米吉!"精灵死死捏着我的手,我不由得闷哼了一声,"求你了,米吉,关掉这个画面!"

米吉敲了下一个按键,第三个显示屏亮了。

"凯特姊姊喜欢吃水果。"

那是我们到达伊索拉之后的第一个晚上,那个时候小丑刚刚将他的充气娃娃吹起来。这是一个全景画面,所有人都在里面,离镜头最近的地方坐着达令,旁边是小丑,正将充气娃娃放在一把黑漆座椅上,往它嘴里塞一根香蕉。几秒之后,大家的狂笑声从音箱里传了出来。

在第四个启动的显示屏上,我们大家又围坐在玻璃桌边。这次是早晨,画面是从另外一个视角,从斜上方向下拍摄的。玻璃桌上,吐司面包边上有一只黑色盒子,蓝眼睛倒映在玻璃桌面上。精灵手里拿着那份写着游戏规则的折页,"其中一人会成为杀手,那个家伙到底是怎么想的?"

"啥也没想，"小丑向空气中冷笑了一声，"看到我们坐在这里，他只会笑笑罢了。要是把我换做他，我也肯定会这么做。我想，我要改变我的未来计划了。要是能牵线，为什么要做个被牵线的木偶呢？坦佩尔霍夫先生，您肯定还需要再添一位助手吧？"

想到小丑再也没有未来，我不由得闭上了眼睛。假如某部电影对于一个人来说太过刺激，他可以关了不看，但是这里上演的是我们的故事，这里的主角，是我们自己。

音箱里传来龙的声音，听起来很是客观冷静，"从人性角度来看，坦佩尔霍夫真是一个混蛋。我看过一个报道，写的是他是怎么对待自己的下属的。据说是在整个剧组面前训斥一名导演助理，很随意，声音也不大，但是那个可怜的家伙哭了个泪流满面。"

我微微颤动着睁开双眼。镜头拉起，又一次看见我们所有人。大多数人紧绷着脸，一脸的紧张似乎触手可及。只有龙镇静自若，还有小丑挑衅般将双手交叉在脑后，"哎呀，现在我很好奇，这一段会留在电影剧本里呢，还是会被剪掉。不过，有一点很肯定，你的小游戏已经开始了。是吧，坦佩尔霍夫？"

"继续！"索罗依然还站在监控室门口的楼梯那里，紧紧攥着拳头，像是马上就要爆炸开来。

米吉又敲击了一下按键，这次并没有新的显示屏亮起，而是画面快进了一段，然后突然停住了。

画面中龙清了下嗓子，脖子上戴着的那只银色龙形吊坠闪着光。"那要是我们不玩的话？"

"……项目就会终止。"达令的声音听起来有些紧张。

"别紧张，"这是米吉的声音，"说到底这也就只是一场游戏，这里不会有人被捅死或者打死的。"

"可我觉得这个游戏棒极了。"阿尔法冲摄像头咧开嘴笑了，下一个画面小丑从地上扶起他的充气娃娃。"这一切听起来跟儿童游戏《黑暗里的谋杀》有点类似，或者也有点像《无人生还》。你们知道阿加莎·克里丝蒂的那部老片子吧？ 也是一群人在一个荒岛上，到最后……无人生还。你怎么看我们的游戏呢，凯特姐姐？"镜头拉近，只照着小丑那只充气娃娃的脑袋。橡胶娃娃的头发是灰色的大波浪，眼睛是淡蓝色的，微红的脸庞看起来似乎有点惊讶，音箱里传出小丑捏着嗓子说话的声音："哎哟，这一定会特别好玩儿！"

镜头又拉远，此刻只有精灵和达令在画面里。"你说的好玩儿，跟我想的可不是一回事。我能想到的是被一个杀手在孤岛上撵着追，我觉得这样的游戏太卑劣了。"

"你又怎么知道，你不是那个杀手呢？"达令那意味不明的微笑充斥着屏幕，背景处能听见精灵在小声嘀咕着："那我肯定知道，第一个找谁下手。"

"不！"一声很大的"不"在我的耳朵里嗡嗡作响，过了好一会儿才缓过劲儿明白过来,原来那个声音并不是从音箱里传出来的,而是从站在我身边、死命抓住我手的精灵嘴里发出来的。"不!我办不到,我没办法再看下去了!"

但是她还是继续看了,我们所有人都接着往下看。

第五个显示屏上出现的是那只黑色的邮筒。天色已经几乎全黑透了,我们所有人都来到邮筒前,站在那里,像被冻住了一般。直到小丑扯着嘴角笑着,眉毛挑得老高,嘴里发出"砰!"的一声怪响,狠狠吓了珍珠一跳。画面继续向前滚动,信封全都投进了邮筒,只有米吉和尼安德两人最后留在黑色邮筒前。米吉的眼神向左瞟了一眼,向右瞟了一眼,又快速瞥了一眼身后,随后深吸一口气,伸出手抓住尼安德的手腕,按了一下邮筒的门,只听见一声轻响,门弹开了。尼安德发出一声呻吟,垂下了头。

"为杀手鼓掌!"第六个显示屏上,小丑的眉毛一阵乱舞。他站在主屋的一把椅子上,居高临下挑衅地审视着我们,"有人要鞠躬致意吗?"

第七块屏幕上,太阳照耀着海湾。"要是有人给一位金发美女的背上涂防晒霜,你猜她会怎么说?"达令一边向小丑发问,一边微笑着看向摄像头。一小块红色比基尼紧绷着她的巨乳,小丑紧张地揪着自己的山羊胡子。

第八块屏幕上是那座小教堂。精灵、月亮、克里丝站在门框里,后面是一片黑暗。

"薇拉?"我听见精灵的叫声,"你在吗? 天马上要黑了,我们得回去了。你能听见吗?……能听见我说话吗? 你还在里面吗?我们在这儿,薇拉?"

随后,我就看见自己跌跌撞撞从小教堂里出来,站在精灵、月亮和克里丝面前,脸色绯红。

"有人在里面吗?"精灵在画面里问道,屏幕上的我默不作声地摇摇头。我转头去看索罗,心跳如擂鼓,但他的脸上却毫无表情。他就只是一动不动地站在那里,手抓着楼梯栏杆,目光直愣愣望向屏幕。

"你个混蛋!"阿尔法的声音从音箱里吼出来,"你他妈的王八蛋,你脑子有毛病吧?"

"又骂人。"小丑说道,一脸愉悦地在第九块屏幕里瞅着我们,"不过,有没有人偷偷告诉过你,嘴对嘴人工呼吸并不需要伸舌头?"

第十块显示屏上,达令从开得很低的领口处拔出龙的那把匕首;第十一块显示屏上,达令和阿尔法正在靠枕休息区里亲热。他们的身体被遮挡着,看不出进行到何种地步,但是动静听起来却十分清楚。身旁的地板上躺着一盒避孕套,镜头拉近,盒子的包装还没拆掉。

"关掉它！"阿尔法使劲摇着米吉的肩膀，米吉手指如飞，对着按键一通操作。

"现在吗？"索罗在第十二块屏幕上问道。他坐在床上，我能看见床头柜上的那个幸运符，再旁边是索罗的药片。"在这么黑的夜色里夜游？"

小丑咧着嘴再一次出现在屏幕中。"你这是害怕吗？那可完全没必要。你知道的，是有摄像头监控咱们的。要是咱们所有人都待在一起，然后手拉着手，"小丑斜了我一眼，"那杀手可就拿咱们没辙了。"

但是我们大家并没有待在一起，我们也没有手拉着手。

第十三块屏幕上出现了那个岩洞，派对正处在气氛最高潮的时刻。电贝斯的声音在音箱里轰鸣，歌手的声音让我的血液凝固在了血管里：

  这是我的教堂

  这是我治愈伤痛的地方

  这是大自然的恩惠

  注视着年轻生命的塑造

  在教堂的小调中

  找到解决和补救的方法

敌人也会变成朋友

痛苦到此为止

这是我的教堂

……

能看见一切，曾经发生的一切。这些场景似乎已经完成混剪，所以能从各个角度看见我们，从上面、侧面、斜下方，都能看见跳舞的我们，像是用尽了生命的力量，汗流浃背，沉醉其中，双目紧闭，手臂用力在空中挥舞。在所有人当中，穿着蝙蝠袖外套的小丑舞动得最狂野。他一边跳，一边从后面靠近达令。与此同时，达令却舞动着向索罗靠近，随手递给他那个装着透明液体的大酒瓶。索罗伸手接过，仰头喝了一口。我看见屏幕上自己的脸，直勾勾地看向他，随后又合上眼睛继续跳舞。小丑的手猛的一下子搭在达令的肩膀上，突然间，他变得浑身充满攻击性。他将她拽到身前，吻她，达令也回应着他的吻，但是当他的手变得急切起来时，她却哈哈大笑起来。她这是在嘲笑他。看见她又跳着舞从身边离开，小丑愤怒地朝地上啐了一口。

索罗又从瓶子里灌了一口酒，达令开始熄灭那些防风蜡烛，一支接着一支。岩洞里渐渐暗下来，逐渐变成漆黑一片，依然还能辨认得出我们的身影，只不过是以一种可怕的光学镜头效果。明亮的色彩消失了，取而代之的是一层模糊的绿色笼罩着整个画面。我们每个人看起来都如同妖魔鬼怪一般，个个眼睛漆黑，动作奇怪扭曲，这让我们之间越来越不受控制的混乱局面看起来越发的诡异。达令的阴影俯身在冲击波音箱上，震耳欲聋的贝斯低音戛然而止。岩洞里一下子安静下来，死一般的寂静，随后只能听见我们的声音，急促的喘息声，以及无限的绝望。索罗背靠一处岩壁，用力大口呼吸，拳头摁在太阳穴上。阿尔法一把抓住达令，然后又把她拉向自己，寻找着她的嘴唇，找到后就一下子贴了上去。对此，达令又将之前小丑说过的阿尔法有口气的那句话重复了一遍。阿尔法倒吸一口气，愤怒之下，开口咒骂她是个荡妇。

精灵站在一圈石头中间，开始呜咽着哭泣起来。随后，面无血色的米吉脸前点亮了一支防风蜡烛。再然后，我们仨从岩洞里逃了出去，但是摄像头还在那里运转。

此刻我只有一种感觉，那就是再也没法站在这里。我的手依然被精灵的手指像老虎钳一般死死攥着，感觉已经麻木了。我想逃走，但是屏幕却牢牢吸引着我的目光。

此刻，岩洞里还有索罗、阿尔法、小丑和达令。一点如豆的光亮起，不是防风蜡烛，而是一只打火机的火苗。打火机在达令的手里，她站的地方距离依然还靠着岩壁的索罗不足一米。她朝他走去，一只手将打火机举在脸前，另外一只手握住了索罗的手腕。索罗睁开眼，眼里满是怀疑的惊讶，然后张开嘴，似乎想要喊什么，不过却立刻打住了。他很冷静。达令的脸在火苗的映射下泛着金色的光，看起来异常紧张。岩洞的背景处，紧挨着出口的地方，我看见了阿尔法。他也发现了一支防风蜡烛，那是他用脚摸索着踢到的。只见阿尔法手抖着从裤兜里掏出火柴，点燃了防风蜡烛，拔脚向外逃去。

然后看见了小丑，他就站在钟乳石边上。阿尔法点燃那支防风蜡烛的同时，他也踢到了那圈石头旁的另外一支蜡烛。绝望地在兜里一通翻找，小丑终于发现了火柴，想要用它点燃烛芯，结果却是徒劳。

又是一片黑暗，只有达令手中打火机的火苗荧荧亮着。最后，小丑终于点着了那支防风蜡烛，一转眼却再看不见达令和索罗的身影。跌跌撞撞在岩洞里搜寻了一大圈，很久之后小丑才找到出口，随后人影就消失不见了。

达令微笑着，屏幕上是她的特写。"现在只剩下我们两个人了，索罗。"

她膝盖着地跪下去，一只手依然紧握着索罗的手腕，只见她伸出另一只手，又够着一支蜡烛，点燃，烛光如同一个发光的圆环笼罩着她。

达令将防风蜡烛放在地面的岩石上，手抚着索罗的脸颊，将他的头转向自己，开始亲吻他。索罗抗拒着，嘴里含混不清地说着什么，跟他告诉我的一样，但声音听起来十分危险，仿佛突然充满了恐惧。"别……不要……我……很难受，我的头……别动我，我没办法……"

"控制自己？"这是精灵，站在身边的她嘴里突然蹦出这几个字，而我只是目光炯炯地盯着显示器，心里掠过一阵阵的惊恐，仿佛呆住了一般。索罗似乎要疯了，但是达令却不撒手，然后画面忽然就中断了。一片漆黑。只是过去了极短的一瞬，阿尔法刚想把米吉推向一边并取而代之，屏幕再次亮了起来。

这一次，画面打在所有十四张屏幕上。

一共十三块小屏幕围绕着旁边，还有中间的一块大屏幕，在所有这些屏幕上，都看见达令躺在岩洞的地面上。

"索罗，不要……"她喘着气，"求你了，住手，很抱歉，我并不是要……"

但是索罗并没有停手，相反，他将膝盖顶在达令的胳膊肘上。忽然，我看见他身旁的地面上有把小刀在闪着光，是龙的那把刀？乳白色的裙子紧紧裹着达令的双乳，丝绸般光滑。达令的喘息声从音箱里传出来，"你弄痛我了。求你了，索罗，你弄痛我了。我很抱歉！"

索罗笑了，那是一种陌生的笑容，笑声听起来带着几许凶残的意味。他的眼睛疯狂地抽搐，一张面孔恍如一个扭曲的面具。"你抱歉什么？来引诱我吗？你这个臭婊子！我警告过你的，但是你不想听，你想找乐子玩一玩儿，不是吗？你想试试到底跟我能玩到什么地步，不是吗？那你可要听好了，达令！我会让你看看，可以跟我玩到什么程度。现在，好戏上演了！"

我闭上眼睛，只觉得天旋地转，身边精灵的声音响起，"不，"她呜咽着，声音越来越低，"不，不，不……"等我再度睁开眼睛，索罗的手里正握着那把刀，达令的裙子被撕扯开来，地上还有一摊血。达令的尖叫声从音箱里传出来，她挣脱出一只胳膊，一下子拍掉索罗手里握着的刀，嘴里大声呼喊着救命。身旁的精灵尖叫起来，现在她终于松开了我的手。

屏幕上，索罗的双手卡在达令的脖子上，使劲掐着，越来越用力。镜头放大，对准了达令。听起来，她的叫声像是要马上窒息一般，整个身体也开始抽搐起来。她使劲蹬着腿，胳膊一个劲儿地拍打，双手用力想要挣脱索罗的控制，却只是无望的徒劳。索罗俯在她的身上，身子越来越低。我听见他的喘息声，然后看见达令脱了力，几乎像慢动作一样缴械投降，身体的抽搐也越来越弱，上半身像做最后的努力一样猛地抬了起来，下一刻，又倒在索罗的手下，一动不动。

索罗将双手从她的脖子上松开。

"游戏结束。"他的声音从音箱里传来。

然后,显示器的光黯淡下来。

完全的黑暗。

所有的屏幕都是漆黑一片。

有人叫出声来。

是我。

我叫啊叫啊叫啊。

阿尔法极其缓慢地转过身来,一脸的恐慌和无助。

我也不由自主地转过身,虽然脑子里一片空白,但双眼也同样看向楼梯台阶。之前,索罗就站在那里。

他还站在那里,目光死死盯着我。

然后,只见他一转身,跑下楼梯,就好像有魔鬼在后面追赶着他。

## 第20章
## 乌云笼罩伊索拉岛

米吉将灯塔二楼的床垫一个挨一个铺在地上。他和精灵坐在其中一个床垫上，阿尔法和我每个人单独拥有一块。梅菲斯托趴在我的脚边，嘴搭在我的膝盖上。我一下下捋着它的脑袋，狗嘴里发出打呼噜一样的细微声音。外面，暮色降临。过去几个小时，太阳应该又在云层后面奋力抗争来着。此刻，上半部分的天空呈现出一种深蓝色，几乎有点接近黑蓝色，与夕阳散发出的道道红霞混杂在一起。接近地平线的下半部分天空光芒万丈，是一种明亮、火红的金色。地平线上仿佛着了火，眼看着马上就要被厚重的黑蓝色云层一点点缓慢地覆盖。海水被染成铜锈色，伊索拉岛像一条大鱼的黑色鱼鳍一般凸显出来。小岛的正上方，天边火光的中央，飘浮着一朵云，形状如同神话中的一只鸟，晦暗扭曲，长喙阔摆。

索罗已经走得不见人影。

阿尔法紧跟着他跑出去，但是索罗的动作实在太快，径直登上那艘小摩托艇，轰鸣而去。我从窗户望着他直奔伊索拉岛而去，而身边的米吉和精灵正向阿尔法保证，一定会留在这里，不会随他回去。

监控室的屏幕依然还是黑色的，米吉一通疯狂操作，但是那些画面并没有再次出现。谋杀达令，是我们看见的最后画面。

没有外援，无法联系。我们孤立无助，被切断了与外部世界的所有联系。后来，我们来到楼下，几个人谁也不吭声。米吉从厨房里拿起一瓶"伟图"天然矿泉水喝起来。胳膊上的皮疹已经开始长水疱了，鳞状的皮肤上凸起一个又一个的水疱，但他似乎并没有觉察到。阿尔法抽着烟，旁边是那包法国吉卜赛女郎香烟，面前的地面上已经丢下好几根烟头。精灵双手抱着膝盖，一下前、一下后慢慢晃动着身体。

大家沉默着，只有阿尔法一个人在说话。我身体的一部分努力想要跟上他说的话，身体的另一部分却极力想否定他综合种种迹象得出的逻辑：

坦佩尔霍夫应该已经看到达令是怎么被掐死的，而且还是他亲生儿子下的手。他会做什么？又能做什么？已经无法帮助达令起死回生了，但至少可以帮索罗一把，因为除了坦佩尔霍夫没有别人目睹这场谋杀。所以说，他驾船前往小岛，为了和他的儿子一起同舟共济——在被人发现之前，把达令的尸体从岩洞里搬出来，然后处理掉。但是，小丑看见了他们的一举一动，所以必须得死。他们俩用小艇运走了两具尸体，将他们沉入海底。后来，小丑的尸体被冲刷回陆地，之后又被潮水带走了。

"就是这样，"阿尔法总结了一下他的想法，"事情肯定就是这个样子的。"

"那么现在坦佩尔霍夫到底在哪里？"米吉放下水瓶，将手放在精灵的背上，但是精灵还是一直摇晃着身体，一前一后，一前一后。

"我的意思是，这有什么意义？"米吉疑惑地问，"这件事前后的逻辑不通啊。那位摄影助理在哪里，那个……那个家伙叫斯汶是吧？好吧，也许在路上。我能想到的是，他之前是在大陆那边，因为要把月亮带离小岛的缘故，或者因为其他什么原因。但是，为什么他没回来呢？"米吉摇摇头，"最要紧的一点，要是坦佩尔霍夫帮助索罗，把小丑和达令抛尸大海，为什么之后不干脆带着儿子跑路呢？为什么索罗还回来找咱们，而且全然一副对此一无所知的模样？为什么还要跟着咱们进岩洞去找他俩，还一起进入第二条岔路去找？要是事情果真如你所预料的那样，那么坦佩尔霍夫绝对不会允许事情就这么发生的！而且，索罗不可能伪装成现在这个反应。看见小丑漂在水里的时候，他像是被谁扎了一刀一样，叫得恐怖极了。这一切不可能是他演出来的。阿尔法，你好好想想！"

"你以为我一直都在干什么？"阿尔法又抽出一根香烟，续在抽完了的那根烟屁股上。他吸了一口，咳得快喘不过气来，紧接着又猛吸了一口，"也许小丑真的遇到什么事儿，结果从裂缝那儿给掉下去了，可是谁知道呢？我只相信自己在那些该死的屏幕上亲眼看见的。大家全都看见了，是索罗掐死的达令，摄像头全都拍下来了，而且现在他也畏罪潜逃了。"

阿尔法瞅了我一眼，仿佛觉得此事跟我有关。"看见那些药片了没？就是索罗一直都在服的那种？"他开口问道，然后又轻咳一声，"我们在岩洞里全都酩酊大醉，个个都喝得酒精上头，烛光熄灭的时候，大家全都喝高了。要是索罗还喝了药，那他可能根本就不知道自己干了什么。也就是说，他失忆了，发生的事情成了记忆空白，导火索断了。也许是真的一点都想不起来了；也许在掐死达令之后，真的在漆黑的岩洞里迷失了方向；也许在索罗离开后，是坦佩尔霍夫来到岛上，一个人……打扫了现场；也许坦佩尔霍夫随便找了个地方掩埋了达令的尸体，而就在那个时候被小丑撞见了也说不定？真见鬼，这事有一万种可能。确定无疑的只有两件事：第一，我们亲眼看见小丑死在大海里，但是不知道他是怎么到那里去的。第二，不知道达令的尸体在哪里，但是我们亲眼看见索罗掐死了她，在十四块屏幕上看见的，不是吗？"

阿尔法的问题似乎是冲着我问的，他脸上的表情一半憎恶，一半恐惧。我咽了口口水,避开他的目光。是的,看见了,我们大家全都目睹了索罗干的坏事。

笼罩在伊索拉岛上的那朵阴暗的鸟形云朵终于散去,地平线上那道明亮的光芒也已经变成深红色。太阳缓缓落下,海平面如同流动的血液一般闪闪发光。

"我们得找人帮忙。"米吉低声道,"得给警察打电话。"

"这想法可真是太棒了!"阿尔法一脚将地上的烟头蹭灭,眼含嘲讽地望着米吉,"可是拜托,用什么打?之前咱们有没有错过什么电话机没瞧见,或者是不是还错过了哪个电话亭?"

"但是坦佩尔霍夫总得……"米吉手里的水瓶突然从手中滑落,掉在床垫上,瓶里的水一下子洒了出来。精灵伸出食指捅了捅条纹织物上漫开的水汪,一下一下使劲捅着,看到蓝白条纹上留下一个浅凹,于是开心地咯咯笑起来。

"……总得有某种办法能跟大陆联系吧?"米吉低声道。

"那是当然,用手机呗!但是你晓得为什么人家要叫那玩意儿移动电话吗?因为可以随身带着。我觉得坦佩尔霍夫很有可能就是这么干的,你认为呢?"

阿尔法望着米吉,就好像跟一个小朋友在说话。梅菲斯托在睡梦中呜咽了一声,不过我刚摸了一下它的背,它就十分惬意地咕哝一声,又将脑袋抬得高了些,直接放到了我的大腿上。一丝细细的涎水悬挂在上唇处，它睁开一只眼睛，似乎还在梦中，心不在焉地伸出舌头舔了下嘴巴，深深叹了口气，之后又睡了过去。

"那就找人来帮忙。"米吉说道，"我们有摩托艇，可以自己想办法去大陆。"

我望向外面，海水此刻也是黑色的，所有的一切都是黑色的。

阿尔法哼了一声。"祝你旅途愉快！"他说，"这肯定会是一次有趣的夜间航行。"他站起身，额头抵着窗户，"不，各位，想逃最早也得等到明天，今晚我们无论如何都得待在这里。"

"待在这里，"精灵的声音听起来又陌生、又高亢，像是来自于外星球。她又再次咯咯笑起来，"我们得待在这里。你们看过虐杀电影吗？"

"虐杀电影？"米吉疑惑地摇摇头，阿尔法皱起眉，我轻轻发出一声呻吟。是的，我曾经听说过。我想起身，但是梅菲斯托的脑袋沉重地压在腿上，让我寸步难行。

"'虐杀'来自英语，"精灵解释道，语调听起来就像是在念词典里的一个词条，"意思是：干掉某人。虐杀电影是用镜头记录下一场谋杀，目的是为了娱乐，带有商业意图。谋杀的目的本身是为了拍摄记录。一场真正的谋杀，在镜头前直播。"她又咯咯笑出声来，声调却又拔高了一个八度，"我的记性还不错，是吧？中学时坐在我旁边的一个家伙，克劳斯·汉森，曾经就这个主题做过一个报告。

我压根不能理解，老师怎么能通过这个选题，但是克劳斯小朋友当时得了一个干净漂亮的最高分。"精灵哈哈大笑起来，"另外，就是在这个瞬间，我做了一个决定，坚决不上电影学校，而是去上一所戏剧学校。"

"精灵，"米吉无助地看了我一眼，"你得保持镇定，我们……我们所有人都得……"米吉开始哭起来，他真的被这个故事震撼到了，哭到不能自已。这也将精灵从亢奋的状态中唤醒回来，她将米吉拉到身边，抚摸着他打结的头发，越过他的脑袋看向我。

"你怎么想，薇拉？你那个小脑袋瓜里是怎么打算的？"

我紧抿着嘴。梅菲斯托的毛里有一个肿块，很小的一个东西，就黏在它的耳朵后面。我用大拇指和食指将它捏出来，那是一只死掉了的昆虫，小小的、灰灰的，上面是极小的红点。

"我不知道，"我小声说，"或许……"我说不下去。我害怕去想，也害怕闭上眼睛，因为只要这样眼前总是会出现索罗的样子。在小教堂那里，他冲我走来的样子，身体里隐藏着狂野和火热。在大海里，礁石后，那个吻，还有他的拥抱。我感觉到他对我有一种不可思议的深深吸引，仿佛我不再是我，但这却又是我的一部分。

我用双手捂住脸。一个杀手，我吻了一个杀手，我……爱上了一个杀手。这不可能，这绝对不可能！

但是，事实确实如此。

假如事实并非如此呢？

夜已经深了，其他三个人还依然在床垫上坐着。我站起来，走下楼，来到坦佩尔霍夫的房间。梅菲斯托跟着我，像一团黑色的阴影。床上放着一只天蓝色的枕头，地板上丢着一件白衬衣，梅菲斯托曾经还把嘴巴埋在那件衬衫里。床头柜上摆着几本书。

席莉·胡思薇的《我爱过的》，约翰·欧文的《为欧文·米尼祈祷》，还有保罗·奥斯特的《幻影书》，大约最后三分之一处夹着一个书签。我抽出书签，那是一张照片，一个女人的黑白照片。浅黄色的头发，脸型瘦削，鼻子笔直，颧骨高耸，但是，表情却很温柔，甚至有一点悲伤。又大又黑的眼睛，宽眉毛，眼里散发出深邃的光芒。

她的模样几乎就是索罗的翻版。

"想逃最早也得等到明天，今晚我们无论如何都得待在这里。"阿尔法的话在我耳边回荡。

"不。"我听见自己说。

"不！"

不是什么想法，不是什么揣测，什么也不是，无法用理智来解释。

就是一种感觉。

我追随着这种感觉，像小偷一般悄悄从灯塔的门房溜了出去，迈着坚定的步伐向小艇走去，发动马达，朝着伊索拉岛的方向驶去。梅菲斯托一直跟着我，紧紧伴随在我的身侧。

返回伊索拉岛。

# 第21章
# "你不是他!"

当时是我怎么做到这一点的？即便是今天再问我这个问题，我也无法回答。怎么可能就这样把其他人留在那里，没有小艇，毫无逃生的机会，而且最重要的是，对于那座小岛上迎接我的是什么，我完全一无所知。可能会将自己置身于生命危险当中，而且不仅仅是我自己，还有阿尔法、米吉和精灵，当时的我是疯了吗？

并非如此，这答案自然而然，我只是做了情感指挥我做的事。什么都不能阻止我！我不会因为自己从没驾驶过小船而担忧，也不会因为是大半夜航行在一望无际的海面上而害怕。或许在某些时刻，人就会这样。理智跑去了爪哇国，另外一部分却占了上风。而我的心就追随着这另外一部分。一阵微风轻拂海面，我就这么顺风顺水地返回了伊索拉。梅菲斯托就卧在我的脚边，尾巴每隔几秒拍打一下舱底，发出有节奏的声响，跟发动机的突突声混在一起，让我有一种感觉，我并非一个人。

驾船绕岛转了半圈,最后停靠在离住处不远的海滩上。我将小艇拖上岸,心跳如擂鼓一般穿过棕榈树丛,来到我们的住处。四下里,所有东西都是黑魆魆的,只有天空中那轮几近满月的明月洒着清辉,将自然的光线投向大地。但是,森林里还是会一片漆黑,而我若想再去岩洞,就必须穿过森林。那座岩洞,从一开始就是我的目的地。

在主屋里,我找到两支防风蜡烛,于是带着它们上了路。每一丝微小的声音都会吓我一跳,森林里瞬间充满了咔嚓声、沙沙声,还有窃窃私语声。树木也似乎向我伸出低垂的枝条,仿佛要将我变成它们的一部分。我努力让自己专注于梅菲斯托的喘息声和它轻快的脚步声。它仿佛知道要去哪里,每走几米,我就会停下脚步,将鼻子埋在这只黑色拉布拉多柔软的皮毛里。空气潮湿,拂过树梢的风闻起来又有雨的味道。无数群蚊子在森林里游荡,这次我是它们的美味佳肴。蚊子将我的胳膊叮得鲜血淋淋,饥渴的嗡嗡声扎得我耳朵疼,一下下钻进我脆弱的神经,等到到达那个布满礁石的地方时,我已经像是从汗水里拎出来的一般,大口喘着粗气,站在岩洞的入口处,挠着被叮得满身是包的胳膊。梅菲斯托呜咽一声,夹紧了尾巴,好像也被传染了我的恐惧,不敢踏入岩石的入口。但是随后它就领头朝前跑去,跟在它的身后,每向前走一步,勇气就降一分。我的身体越来越沉,脑袋却越来越轻飘飘的,形成一种怪诞的不平衡,仿佛下面灌的是铅,上面充的却是空气。头顶响起扑棱棱一声,我不由得发出一声轻喊。下一刻,一只小鸟迎面从我身边飞过,直奔出口。转回去吧,我的理智呐喊着。转回去,回去,回去。但是我还继续向前走着,一步、一步,又一步。

洞里有光。

索罗正蹲在岩壁的凹处前。就在那里,我们在一小摊血旁边发现了达令连衣裙的碎片。这个地方,是事发地。梅菲斯托向他冲去,汪汪的叫声在岩壁里回荡。索罗一跃而起,我一下子愣住了,所有的力量瞬间全部从我身上溜走了。防风蜡烛从手里掉在地上,在石头地面上摔了个支离破碎,忽地一下熄灭了,只剩下索罗站的地方还亮着。我想说点什么,但是嗓子里却发不出声音来。突然间,冰冷的恐惧更加猛烈地袭入心头。我是掉进一个陷阱了吗?这是我为自己的不理智付出的代价吗?

索罗朝我走近一步,这加剧了我的恐慌。我想逃避,却一动都不能动。冰冷,我只觉得浑身冰冷。

索罗刚刚举起手,此刻又放下来,身体似乎也瑟缩了一下。他退后几步,靠在岩壁上,望向地面。

"我都干了些什么?"他开口问道,然后像是慢动作一样抬起头,看着我,再一次喊出这个问题,带着其他时刻我从他身上感受到的同样的狂野,"我究竟都干了些什么?"

"我不知道。"我听见自己喃喃道。

梅菲斯托不知所措地望望他又望望我,再次叫起来,舔着索罗的手。

"还能记起来吗?"沉默良久,我出声问道。

索罗只是一个劲地摇头,肩膀颤抖着。他看起来瘦得厉害,似乎一阵风就能将他刮跑。我努力镇定了好一会儿,终于可以说出话来。

"小教堂,"我说,"海里的礁石。"

索罗没有反应,仿佛想要跟岩壁融为一体。

"什么意思?"我抬高音量质问他,"我们之间到底算怎么一回事?"

索罗望着我,这一刻,他似乎完全茫然不知所谓。忽然一下子,我全身无法抑制地刺痒难耐。刚开始是手指尖,然后从那里蔓延开来,直到最后,我感觉自己没法再继续稳稳地站在地面。然后不知怎的,突然又有了力量,我朝索罗走去,将手放在他的肩上。

"吻我。"我说。

索罗缩了一下,仿佛我是朝他脸上打了一拳似的。

"什么?"

"吻我。"我坚定地又重复一遍,深深地望着他的眼睛。

索罗张开嘴,想要说什么,但却没吐出一个字来。看起来,他似乎努力想要别过脸去，却好像没有攒起这么做的力量。他的目光遇见了我的，无助、悲哀、绝望、温柔，所有这些感觉混杂在一起。然后，极其缓慢地，他低下头，双手捧起我的脸，触碰里满都是无尽的羞怯。他的脸靠得越来越近，一绺头发拂过我的脸颊。我们的双唇终于触碰在一起，我合上眼睛，依偎在他身边，身体里刺痒的感觉变得无法忍受。我微微张开嘴，他的吻依然很羞怯，不过很快却变了，变得越来越强烈，从索罗的胸口冒出一声深沉绝望的叹息。

我紧紧拥抱着他，双手环在他的后背，感觉到身体里涌进一股暖流。这是一种深沉而温柔的温暖，随之而来的是一份确定无疑。

我不需要伸手去摸他的锁骨上方。那一晚，在海里，我的手指曾划过那道细细的疤痕。我也明白，自己不会在他那里发现那道疤痕。月亮画过一幅索罗的画像，我曾经看见它挂在墙上。当时的感觉是画面上少了点什么，现在，我知道那是什么了。

跟索罗分开的时候，我的心再次剧烈跳动起来。内心如风暴来袭，竟无法将那种感觉用正确的顺序表达出来，我只说出一句话：

**"你不是他！"**

## 第22章
## 一个手机

锁骨的疤是在少年监狱里被人捅了一刀留下的,之后他跟那个仇家交了朋友。那家伙是个十六岁的黑客少年,黑了德国电信旗下的网络公司"电信在线"的安全系统,借助于特洛伊木马解锁了这家公司六百多位客户的密码,准备等到刑期结束之后用在其他项目上,特别是DVD市场。他从黑客少年那里学了一手,甚至可以算得上是他最棒的学生。学会入侵别人电脑,练过几次手之后,他开始一步步着手自己的项目,他的大师之作。各种失败的可能性他都已经算计到了。岩洞里的那场谋杀极其顺利地投射在四四方方的屏幕之上,这样的结果几乎完美得有点过分。在屏幕上亲眼看见坦佩尔霍夫当时的反应,那真的是一种令人难以置信的感觉,有如大获全胜。他看得完全移不开眼,完全沉溺在解读坦佩尔霍夫脸上表情的兴奋当中。索罗,我最至爱的儿子,我唯一的儿子,是个杀手。

是的,直到这一刻他的计划都完美无缺,一切都在他的掌控之下。唯一没有料到的，只有小丑这件事。虽然在那样的情况下他依然还保持着冷静，多多少少吧，但是此刻空气一下子变得稀薄，呼吸变得不畅起来。不仅仅因为那该死的手机，直到现在，他还都没能找到它。

看见薇拉拥吻索罗的时候，他感到浑身一阵冰凉。身体的变化极其缓慢，一点一点地发生，温度仿佛从他身体的每一根纤维里被抽走。他瘫坐在那里，直到身后传来一声呻吟，这才回过神来。要是这两个家伙此刻逃走的话，对他来说可没什么好处，因为没有手机他自己也没办法离开这里。警察很可能会仔细搜查整个小破岛，若是发现了那个手机，那么顺藤摸瓜找出手机属于谁的，对他们来说简直就是小事一桩，更何况上面的信息清楚明白，足够他死上一回的了。他得采取行动，得做点什么阻止他们，而且得尽快。

"离开这里！得离开这里！"这是我的脑袋里奋力冒出的下一个念头。声音在岩壁间回响，但是当我伸手去拿防风蜡烛，想要逃出岩洞的时候，索罗紧紧抓住了我的肩膀。

"等一下！"他喊道，"等等，我不明白！什么意思，什么叫我不是他？我不是谁？你到底什么意思，薇拉？"

索罗的目光非常困惑，同时又十分坦诚。胃一下子难受起来，然后有如双重曝光的效果一般，另外一个人影叠加在索罗的面前。

在同样的双眼里，我曾经感受过滚烫的热情，第一次是在小教堂里，之后的那次是夜晚在海水里。这热情让我感到不安和困惑，但同时又以一种令人激动的方式牢牢吸引着我。而且，我想要的更多，我更加渴望那具身体，那具将我拽到岩石背后，潜入水里，充满力量却微微颤抖的身体。

突然一下子，我觉得自己要吐了。

我想尽快离开这里，但是索罗仍然紧紧抓住我的肩膀，等待我的回答。

"在小教堂里，"我开口说道，"有个人。那里有个人，长得跟你一模一样。他说要我去海湾，在夜里，悄无人声的时候。我照他的话做了。我们亲吻了对方，我以为那是你。但是，那并不是你。"

"一个男人，长得跟我一样？"索罗一错不错地盯着我，就好像我疯了一样，"薇拉，这也太荒谬了！那个人究竟是谁？"

我绝望地摇着头，我自己也不知道。刚刚我真的说了一个男人吗？是的，我说了。要是这个男人就是掐死达令的那个人，那我真的吻了一个杀手。而且这个杀手，以一种残忍的方式骗了我，骗了我们所有人。而且，这个欺骗了索罗的杀手，很有可能现在依然还在这里。

岩壁开始天旋地转起来。"求你了，"我开口乞求，伸手握住索罗的手腕，"求你了，我们赶快离开这座岛吧！"

"薇拉，我……"索罗深吸一口气，"我得搞清楚我爸爸怎么样了，我得留在这里，把他……"

"不！"我冲索罗大喊道，"我们不能留在这里，你怎么就不明白呢？现在很危险，也许有生命危险！假如你爸爸确实还在这里，要么他没办法帮助咱们，要么……"

第二种可能性我没敢说出口。坦佩尔霍夫是索罗的爸爸，可对我而言，我所认识的这位导演只是一位令人难以捉摸的男人，脚上穿着不同颜色的鞋子，目光令我感到畏惧。"求你了。"我最后一次恳求他。我能感觉到自己的恐慌越来越浓烈，浓烈到已经无法压制。

我一转身，迈步就跑。

索罗紧跟着我。

在岩洞入口，他转身向北，看来是打算去往停泊着小艇的礁石海岸。不过，我摇头表示反对："我们去另外那处海湾，那里停着那艘大船，大船的速度更快。"

我们一言不发，带着梅菲斯托疾行在阴暗的森林里。此刻，森林又增添了一层危险。索罗手中的防风蜡烛投下可怕的阴影，杂音忽然从四面八方，从这个荒芜之地的每个树梢、每个角落，冒了出来。在这个时候，每一个沙沙声，每一个咔嚓声后，都有可能还隐藏着其他什么东西。不，不是东西，是人。

我们头顶的一根树枝断了，断裂声令人毛骨悚然，紧随其后的是重物落地发出的一声闷响，离我们不足一米。风号叫着，我们快速越过依然灯光明亮的驻地，索罗忽然抓住我的胳膊："等一下，得赶紧拿几样东西。随时都可能开始下雨，要是防风蜡烛燃尽，咱们就完全没办法了。我知道，尼安德的衣箱里有支手电筒。"

我急急忙忙看了下四周。梅菲斯托很安静，没叫，也没有摇尾巴，而是自然而然跑进屋里。这里似乎没人，走进明亮的主屋，我第一次怀疑，在漆黑如墨的夜晚驾船驶向宽阔的海洋，到底是不是一个明智的决定。

我们俩仿佛在这个可怕的黑夜里短暂地喘了一口气——那抚慰人心的灯光，家一般的温暖，还有那种一切似乎从未发生的错觉。

索罗消失在男孩们的卧室里，而我来到女孩们的卧室。打火机已经带在身边，埃斯佩兰卡的照片还躺在枕头上。我紧紧按住自己的胸口片刻，然后拿起海边捡来的那只海螺壳，还有那支白色蜡烛。我将海螺壳塞进一个裤兜，照片放进另一个裤兜，蜡烛拿在手里。

抬脚返回主屋时经过精灵睡的那张床，我的目光落在了她的那本童话书上。书是翻开的，那幅已经褪色的插画一眼能认出来是童话《睡美人》。几天前，为了驱赶脑子里的黑暗念头，我刚刚读过

这一篇。我的目光停留在其中一句话上:

> 在他的王国里一共有十三位女巫师,因为他只有十二个金盘子,所以她们中的其中一位就得留在家里。

十二个金盘子,十二位少男少女在一个荒岛上。

谁是第十三位?

谁是那个掐死达令之前,将我诱惑至礁石后海水里的陌生人?更重要的是,现在他在哪里?

刹那间,温暖、灯光、安全感营造出来的肥皂泡在我周遭碎得四分五裂,待在岛上的念头变得比之前更加让人难以忍受。不,我们得离开这里。

背后传来什么动静,我尖叫起来。

"你准备好了吗?"索罗站在门里,肩膀上挎着拨铃波琴,一只手上拎着背包,另一只手上拿着尼安德的手电筒。

我将蜡烛塞进背包,我们两个一起朝海湾跑去。

眼前的沙滩静静躺在那里,几个瞬间之后,我们就已经坐在了船上。梅菲斯托不知道待在棕榈树丛的哪里,索罗打了声口哨呼唤它,等到梅菲斯托终于跳上船,我才敢呼出一口气。

可是随即只见索罗伸手向下一捞,下一刻我听见他咬牙切齿地发出一声惊叫。"油门线,"他喘着气说道,"有人割断了油门线。"

我吓呆了,一个字都说不出来。

索罗一个大跨步又跃回海岸。"得回到礁石海岸那边!见鬼,得抢到那艘小船,这是逃生的唯一机会。"

我晕晕乎乎深一脚浅一脚地跟在索罗后面。在森林里,我们开始狂奔一气。满心的惊恐麻痹了我的思维,与此同时,其他感官却变得无比敏锐,我觉得自己是一只动物……一只野兽,正在被猎人追得夺命狂逃。风呼啸而过,雨随之而来。

雨点噼里啪啦穿过树梢落下,打湿了衣服,拍打在脸颊和胳膊上,钻进了脖子。但是,我却完全无暇顾及。我一个劲儿地跑,喘着粗气,流着汗,摔倒了,爬起来,继续跑,根本不管手上的擦伤。

另一艘船停在岸边的礁石丛里,只需要看一眼索罗其实就明白,我们也不可能靠这艘船逃离伊索拉岛。

有人在阻止我们逃离,我们是条搁浅的鱼。

此前在岩洞里还犹豫不决的索罗,此刻比我更惊慌失措。看起来,他似乎要冲进海里靠游泳逃走。

我紧张地环顾了一下四周。没有人,周围没有一个人,只有大海、礁石,还有梅菲斯托。高亢的狗吠声突然穿过狂风骤雨传到我们这里。在手电筒的光束里,我们发现了那只狗,它正蹲在海岸附近的一块礁石上,狼一般的嗥吠声叫得我毛骨悚然。

"见鬼,到底怎么了?"我们跌跌撞撞朝着梅菲斯托冲过去,索罗冲它吼着,扯着它的项圈,但是梅菲斯托完全不挪窝,只是高举着前爪。我嘴里发出一声呻吟。

梅菲斯托踩中了一只海胆。

它的叫声更加可怜巴巴起来,看到索罗想用蛮力将它带走,于是发出威胁的呼噜声。

"见鬼,"索罗一个劲儿地咒骂,"见鬼,见鬼,见鬼!"

他一把将手电筒塞进我手里,打算至少将梅菲斯托从那团刺中解救出来,可我的手被雨水浇得潮湿僵硬,一直抖个不停,结果手电筒一下子从指尖滑落下去,掉进两块岩石之间的缝隙里。幸好手电筒还亮着,那道缝隙也够宽,足够索罗伸胳膊进去把它够出来。索罗身子用力前倾,几秒钟之后却皱起眉头一脸疑惑,指尖握着的东西像是另有其物。他再次将手伸进缝隙里,这次掏出了那支手电筒。光束照向一个小巧的银色物体,上面覆盖着一层薄薄的透明保护膜。

"一个手机,"他开口叫道,"天哪,一个手机。"

我死死盯着索罗手里的那个小东西,仿佛那玩意儿是从外星飞船上掉下来的。梅菲斯托愤怒地呜咽了一声,缩回那只受伤的前爪,但是我俩根本就没空注意它。

"还能用吗？"我屏住呼吸问道，回头张望，左看看，右看看。

没有人，没有人在这里。

索罗翻开手机盖，一道蓝光立刻闪烁起来。他紧盯着显示屏。

"怎么样？"我催促道，撩开额头湿漉漉的头发，"看见什么了？"

索罗并没有作答，而是用手擦了擦手机保护膜上的雨水，将显示屏递到我眼前。

## 第23章

# 谁在这里跟我们玩游戏？

事后我问自己，为什么没有立即打电话，警察、紧急电话，随便打给谁。当然，第一件事，我们必须首先记住正确的电话号码。如果打110，在一座巴西小岛上可能没人会接这个热线电话。但是我们压根没有给谁打电话的念头，反正在这一刻完全没有。这个手机是谁的？里面有没有更多的信息？或者姓名、号码、通话、消息？当时就只有这些问题困扰着我们。

**收到一条信息。**

这是手机窄小的显示屏上显示的消息。

索罗毫不犹豫按下黑色按键，消息框忽地跳了出来。**见鬼，你在哪儿？赶快回信！！！**

我用双手紧紧握住手电筒，索罗开始快速翻看手机。地址簿是空的，上面只有唯一的一个号码，标注的名字是托比亚斯。

"托比亚斯。"索罗和我交换了一个紧张的眼神，看到我摇头，手指犹豫不决地悬在通话按钮上一动不动,然后又重新返回手机信息栏。

信息编辑那一栏也是空的,同样空空如也的还有已发信息,但是收件箱里却满满当当,而且一直都是同一个发件人的名字。托比亚斯。

索罗点击了一下最下方的那条消息,然后从那里开始,按照时间顺序依次打开信息。我蹲在他身旁,目光专注在显示屏上。索罗一边用手电筒照着屏幕,一边不时擦去落在上面的雨滴。身上的衣服全湿透了,连一丝干燥的地方都没有,但是此刻,我对外界全无感知,就连梅菲斯托的呜咽声也远远退至背景当中,我所有的注意力都在那些消息上。

**欢迎来到伊索拉。**

这是第一条短消息,发送于2007年12月1日18:43:11。

**最好在厕所!** 这是第二条消息,发送于2007年12月2日6:13:44。

**第一个猎物一被送走我就联系你,到时候就会知道谁是杀手。** 发送于2007年12月2日12:41:23。

**是米吉!** 发送于2007年12月2日18:12:54。

**你可真烦人!** 发送于2007年12月3日22:53:03。

**小丑在帮米吉!现在打起双倍精神来!** 发送于2007年12月4日

12:23:19。

克里丝走了,所有人都在睡觉,摄像头关了,一刻钟后过来。发送于2007年12月5日4:12:27。

不,在小教堂!机会来了,抓紧!发送于2007年12月5日4:42:31。

完美!不能比这个再真实了!向你致敬!发送于2007年12月5日6:42:31。

森林里的摄像头关了,礁石海岸的也关了。赶紧过来,能多快就多快,然后我会指给你看。发送于2007年12月6日1:14:01。

我需要睡几个小时。保持警醒,要是发生什么,赶快告诉我!发送于2007年12月6日5:50:09。

不,还不用。月亮让我有点担心,我们得等等。发送于2007年12月6日11:14:06。

好的!不过要是他们能发现那个岩洞,那就更好了!发送于2007年12月7日8:35:11。

他服了两片药,应该足够了。你们有酒吗?发送于2007年12月7日19:35:11。

谋杀已经显示在屏幕上了,他过来了,船马上就到!待在通道里,这样就能看见我们。发送于2007年12月8日00:01:17。

见鬼!就留小丑在那儿吧,把小船藏好!得把他弄走,一有机会

**我就过去，坚持住！** 发送于2007年12月8日00:01:39。

**见鬼，你在哪儿？赶快回信！！！** 发送于2007年12月8日00:12:13。

这是最后一条信息。

我们俩坐在那里，一动不动。梅菲斯托躺在我们脚下，舔着受伤的那只爪子。岩洞入口前，雨如瓢泼一般从天空中倾泻而下，除此之外，一切都很安静。

"**谋杀已经显示在屏幕上了，**"时间似乎过去良久，索罗低声开口道，"**他过来了，船马上就到！** 这肯定指的是我爸爸。但是，消息究竟是谁发的？又是发给谁？见鬼，薇拉，这一切肯定是盘算好的。可到底是谁呢？谁在这里跟我们玩游戏？是谁想出来的这一切？"

我用手捂住嘴巴。对此，我，一无所知。

**助理离开了**。这也是一条信息。那位摄影助理不在现场，显然这也是计划的一部分。

"是我们当中的某个人，"我听见自己空洞的声音响起，"肯定是我们当中的某个人，那个人一定是同谋。可会是谁呢？而且这个人怎么可能藏着一只手机？我的意思是说，这肯定……"我想到了珍珠，当时她也想把手机带到岛上的，不过坦佩尔霍夫的助理让她交出来了。淡淡的青绿色,珍珠的手机是浅青绿色,不是银色,而且也没贴膜。

"要是有人偷偷藏了只手机带过来,"我继续说道,"那你爸爸肯定能看见,我们可是从头到尾都被摄像头监控的。"

"厕所里并没有。"索罗轻声提醒我。

**最好在厕所**……我无力地点了点头。我已经无法再继续思考下去,我……全然无法再做任何事。

索罗将滴水的头发从额头上撩开,又重新查看了一遍信息。"阿尔法? 米吉?"他自顾自地嘟哝着,随即又摇摇头,"或者是月亮?这条信息:**月亮让我有点担心**。这是什么意思?"

"或许她知道点什么?"我小声说道,"又或者,她只是感觉到事情有点不对劲儿。"这件事真的有可能在她身上发生,她是个极其特别的光头女孩,长着一对异色瞳孔,拥有一只死去的乌龟。不,我不相信她跟这件事有关。但是不管这条信息是发给谁的,这个人从托比亚斯那里得知米吉就是游戏杀手,而且这个人也知道,去岩洞之前不久索罗刚刚服下两片药,不光知道药片和酒混在一起喝会很危险,还知道达令之后不久会在镜头前被谋杀。**谋杀已经显示在屏幕上了,他过来了,船马上就到! 待在通道里,这样就能看见我们。**

通道? 我不由自主地往山上望去。天上看不见月亮,也没有星星,但是大雨让夜色变得苍白,那座山如同黑色的巨人一般矗立在那里。

"当然,"我开口说道,"就在岩洞的第二个岔道,也就在岩石上开了个洞的那个地方,从那里可以俯瞰海湾。你爸爸赶过来了,就在这里停的船。这就意味着,有人看见坦佩尔霍夫和你……"我顿了一下,"我的意思是,看见坦佩尔霍夫和那个长得像你的男人说话来着。从那一刻起,一定发生了什么糟糕的事情。"

**就留小丑在那儿吧,把小船藏好!**

一股冰冷的金属味漫上舌尖,那种被人观察的感觉再次如芒在背,毫不留情地沿着脊椎慢慢向上蜿蜒。但是,有什么是不一样的。这一次,不是那些连后脖颈子都能感觉到的摄像头。那些屏幕是在旁边的小岛上,但是他,托比亚斯,却也能看见我们。他毁了那些船,所以他肯定知道我们的动向。但是他到底在哪里? 山上吗? 是从那个裂缝俯瞰着我们吗? 难道他也在岩洞里? 这一刻恐惧无处不在,在肚子里,在胸口,在我的四肢百骸。

我紧闭双眼,直到眼前冒出耀眼的光斑,跟星星没什么两样。埃斯佩兰卡。我咳嗽起来,然后开始大笑。埃斯佩兰卡! 我不知道急救电话是多少,不知道从巴西怎么给德国打电话,但是我有姐姐的照片,而且背面有她的电话号码。

我用膝盖夹着手电筒,从裤兜里掏出埃斯佩兰卡的照片,按照照片背面的号码一个个按下按键。一种几乎可以算得上愉悦的轻松涌上我的心头。我不知道该怎么说，但是我也还没走到那一步，因为按下最后一个数字之后，我的手突然颤抖得厉害。

不，不是我的手，是手机在振动，它就在我的手里振动，一下、两下、三下……

我盯着它看，仿佛那是一条蛇。

一共需要几秒，一个人才能将手机从手上移到耳朵边？需要几秒钟？三秒？五秒？

我终于动了，将手机放到耳边，按下按键，听见自己以一种空洞、陌生的声音说道："你好。"

沙哑的声音在另一端响起，如同一位旧相识，"你好，薇拉。或者，应该叫你乔伊？随便什么名字吧。你不用东瞧西瞧，我能看见你，无论你看向哪个方向。你呢？你也想见见我吗？"

我一言不发，嘴里发不出一个音来。一阵轻笑从话筒的另一端传来，"怎么，你说不出话了。很好，那就把电话给索罗吧，或者……等一下，不用给他，我想最好还是面对面跟他认识一下。我就在附近，在小教堂那里。那里很显眼，你们不会错过的。这里挺干燥的，我给大家煮一杯咖啡好了。"那个声音听起来很轻快，但我确信自己在那个故作轻松的声调里听到了一丝颤抖。"哦，对了，这里还有个人，一位慈爱的父亲。要是索罗还打算见他的话，我会建议你们不要给任何人打电话。过来就对了,我们想邀请你们。"又是一阵笑声传来,"这么说吧,邀请你们来参加一个小小的家庭聚会?我开始煮咖啡了,那就,一会儿见吧!"

电话挂断了。

"是谁?"索罗冲我大喊大叫:"那是谁?他都跟你说了些什么?"

我咽了下口水,得很努力才能说出话来。

"他说,让我们去找他。"

# 第24章
# 父亲与双胞胎兄弟

正如电话里所说的那样,那个门很容易找到。它就在小教堂的后部,圣母马利亚画像的下面。门开着,这是一扇钢制的门,大约有一平方米大小,后面是一个生铁打造的门闩。梅菲斯托兴奋地叫起来,不带丝毫犹豫,沿着楼梯台阶一跃而下。索罗转头看向我,我点点头。冰冷的寒意攫住了我,那是一种内心的冰冷,似乎从骨头里渗出来,潮湿、僵硬,但是我深吸了一口气,坚定地不让恐慌再次占据上风。我们别无选择,只能踏上这条路。

台阶通向一条石头铺就、霓虹灯闪烁的走廊,若干个钢制房门一左一右地分布在走廊两边。这是一座防空洞,比邮筒下面的空间要大出很多,但是同样布满巨大的线束、电缆和管道。远处某个地方,一台发动机发出嗡嗡的轰鸣声。我们俩闪烁的身影无声地投在墙壁上,总比自己先行一步。索罗试着想打开墙壁上的一些门,但都是徒劳,门都是锁着的。只有一扇,通道的尽头,开着一条缝。

梅菲斯托的影子早已经看不见了，索罗伸手将门推开，只听得吱扭一声，那扇门发出一声叹息。我们走进一间大约十五平方米见方的屋子，天花板上亮着一只光秃秃的白炽灯泡。这间房子里也有家具，不过很简朴。我的目光落在放在金属架上的床垫，床垫上有一根电脑线，还有几张CD壳。地上放着瓶子，几只杯子，一把椅子上搭着几条运动短裤，一个开着门的木头柜子里还能看见几件衣服。空气不新鲜，不过柜子后面传来一缕微风，透露出屋子的另一端其实还隐藏着另一扇门。索罗拉着我继续往前走，等我跟在他身后进入第二间屋子时，第一眼只看见一片蓝光。这是一个笔记本电脑发出的蓝光。咖啡的气味飘浮在屋里，但是底下还隐藏着点什么。我闻见了汗味，听见了喘息声，压抑而绝望。

然后，一个人影从黑暗里走出来。灯亮了，索罗的喉咙里发出一声有如窒息一般的闷哼。房间的角落里坐着昆特·坦佩尔霍夫，身前站着另一个索罗。

他们两人无比相似，几乎到了魔幻的地步，就好像同一个人复制粘贴出另一个分身。索罗似乎受到极度的惊吓，甚至没顾上理会自己的父亲。看见索罗，那个陌生人也无法再保持镇定，手在牛仔裤腿上一搓再搓。那条褪色牛仔裤，索罗也穿着同样的一条。陌生人的脸上露出一丝微笑，那是一种可怜巴巴的强颜欢笑。从他故作放松的声音里我捕捉到了一丝无意识的颤抖，比之前的感觉更加明显。"外面可不怎么舒服,不是吗? 你们俩可是从头湿到脚了。不过之前答应你们的咖啡已经煮好了,要加奶和糖吗?"陌生人注视着屋外,笑容似乎越来越扭曲,冲着笔记本电脑飞快地点了下头。"还问你们干吗,我都知道的呀。"电脑旁边放着一只水瓶,里面插着一朵枯萎的兰花。"要是没记错的话,薇拉只加奶不加糖,索罗只加糖,四块,对吧?"

陌生人转身朝餐具柜走过去,坦佩尔霍夫蓦地举起双手,随后却又无力地垂下去。与此同时,索罗朝屋里大声喊道:"该死,这里到底发生了什么?"

正挨着坦佩尔霍夫的梅菲斯托夹紧了尾巴。我不由得问自己,这只狗在它的一生中究竟有没有袭击过什么人,或者对"上!"这个词有过反应。它的样子看起来不像是会这么干。

"永远记得保持镇静。"陌生人说道。我咽了下口水,为什么我有种感觉,好像这句话不只是说给我们听的? 为什么给我一种感觉,仿佛他才是努力想要打消绝望的紧张感的那个人? 手里端着两个冒着热气的杯子,陌生人再次转身冲着我们:"还没介绍我自己呢吧? 我叫托比亚斯,托比亚斯·坦佩尔霍夫·利伯曼。你的弟弟,比你晚二十七分钟来到这个世界。"

一瞬间,屋里鸦雀无声。每一个动静都凝固了,仿佛有人将一幅画面给定了格:导演坐在椅子上,梅菲斯托趴在他的脚前,索罗张着嘴，另一个索罗手里端着两杯冒着热气的咖啡，浓郁的香气直直飘向我的鼻间。随后，索罗的分身轻咳一声，挺直肩膀，面向索罗跨出一步。索罗一挥手，两个杯子登时从那人手里被打掉，热咖啡洒向空中，杯子当啷一声掉在地上，一个碎了，另一个完好无损，只是在地上滚出去一段，然后停在导演的椅子边上不动了。

"我没有弟弟，"索罗喊道，"你什么意思，你究竟是谁？你把我爸怎么样了？你在这里干什么……这里他妈的到底发生了什么？"

坦佩尔霍夫依然一动不动地坐在椅子里，胸口剧烈地起伏着，可是却一言不发，连手指尖都分毫不动。在那个瞬间，我满心狐疑，难道他被人绑住了手脚？可我却觉得似乎根本不需要，他像是泥塑一般一动不动。

索罗也朝那个自称是他弟弟的人面前迈出一步。那家伙毫不犹豫将手伸进裤兜，快速掏出一把折叠刀。索罗惊恐地向后缩了一缩。

索罗弟弟的脸也同样皱了一下，如同镜面反射一般。

"你想知道这里发生了什么是吗？"他撩开遮挡住额头的一缕头发。天哪，他跟索罗长得真像，都是黑头发、瘦削脸、高额头，只是他眼中的光芒不同，而且周身散发出来的气质也不一样。我不知道该怎么形容，那是一种能量，或许因为行动更灵活，或者因为身体似乎经历得更多。

托比亚斯的目光掠过我，只逗留了极短的一瞬，然后又重新落在索罗身上。"你会知道这里发生了什么的，"他低声说道，"所以我们才会在这里见面。"

他转身面向坦佩尔霍夫。导演此刻全然没有一丝闪闪发光的样子，皮肤苍白，胡楂凌乱，灰白的头发一绺一绺垂在额头，疲倦和绝望深深刻在他的脸上，眼睛既不明亮也不锐利，充满了恐惧。

我记得，当时我还以为他是在为索罗担心害怕，但事实并非如此。昆特·坦佩尔霍夫所恐惧的，是索罗即将了解的真相。

索罗的双胞胎弟弟指了指电脑桌前的两把椅子，说道："坐吧。"隐约之中我有种感觉，他似乎背熟了一些话，一些只有他才了然于心的剧本里的话。是的，他似乎一辈子都在准备这一幕，然而当此刻来临，他却发现，原来自己做不到自然而然。他清了下嗓子。

"这是一个比较长的故事，原本我想用为什么我会在这里来做开场白。我的动机，电影里都是这么说的，对吧？"托比亚斯的左手在牛仔裤上抹了一把，右手依然握着那把刀。索罗和我一动不动。我紧靠房门，梅菲斯托夹着尾巴在我们中间看来看去。托比亚斯快速瞄了一眼那只狗。"最好能请它在外面待着，"他冲索罗说道,"虽然直到现在它表现得还算忠心耿耿,但是既然叫了这么个魔鬼名字①,那还真不好说。"

梅菲斯托身上的毛竖了起来,嘴里发出哀哀的呜咽声,最终却没精打采地慢慢走向屋外。托比亚斯冲索罗比画了一个手势,让他关门,然后又向他摊开手来。"锁上门,然后把钥匙给我。"

索罗向前挺了一下身体,然后又打住,一把将钥匙扔在地上。托比亚斯弯腰捡起钥匙,脸上一直还保持着微笑。他的目光再次从我身上飘过,脸却又皱起来,像是在忍受痛苦似的。

然后他站在坦佩尔霍夫身后,将空着的那只手放在他的肩膀上。"那么,"他轻声说道,"我建议,你来讲,我们听着,孩子们都爱听故事。从以前开始讲起吧,我的意思是,从最开始,故事一开始的时候。讲讲吧,索罗和我是如何来到这个世界上的。要是你忘了什么,我来补充。这个故事我了解,我是从你自己的电脑上读到的,话说信任一台机器真的管用吗?"

直到很久以后我才意识到,此时此刻,托比亚斯没有以任何形式对我们的身体造成伤害。他手上是有那把刀,这没错,但他却没用。他不需要。索罗没有攻击他,我们任何人都没有这么做。

我看到导演的喉结快速向前滑动了一下。坦佩尔霍夫咽下口水,

---

① 梅菲斯托,德国著名诗人、作家歌德(1749—1832)诗剧《浮士德》中的魔鬼。

与此同时,索罗的身体摇晃着,绝望地想要伸手抓住什么。但是此刻他站在屋子的正中间,那里什么都没有,根本无从倚靠。"发生了什么?"他开口问道,这次不是冲着托比亚斯,而是冲着自己的爸爸,"你来说吧,这一切都是什么意思?"

"我……"坦佩尔霍夫张开嘴说道,"索罗,我把你……"托比亚斯的手依然还放在坦佩尔霍夫的肩膀上,但是看起来并不像是想要给导演加油打气的意思。

坦佩尔霍夫闭上眼睛,很长很长时间,等他再次睁眼,看起来像是老了好几岁。

"你妈妈,"他再次开口,声音虚弱,几乎如同耳语,"是难产死的,但是事实并不像之前我告诉你的那样。你先出来的,一切都无比顺利,你妈搂着你,笑得很幸福。然后,阵痛又来了,我们当然不知道会生下双胞胎,可是你弟弟……"

托比亚斯又清了下嗓子,这次更大声,更不耐烦,"你就不能大点声吗?"他的话听起来不像是个问句,也不像是请求,而是命令,"打起精神来,你平时可没这么羞羞答答的。我是说,电视里你可一点也不是这个样子。"

坦佩尔霍夫深吸一口气,等他再度开口,声音虽然变得大声了些,音调也同样拔高了一个八度。"半个小时之后,阵痛再次发作,这次出了状况,好像是胎位不正,但是医生发现的时候,托比亚斯的脑袋已经出来了。然后就是大出血，你妈流了好多血，很多很多血，然后一切就急转直下。我留在你身边，接生的医生照顾你妈，之后动了手术……然后……然后……"

坦佩尔霍夫再也说不下去，看起来每吐出一个字对他来说都是一场残酷的战斗。

"然后呢？我的天，你这故事讲得可真是扣人心弦！"托比亚斯在坦佩尔霍夫的背上拍了一巴掌，手势轻快，看上去却非常不开心。

索罗缩了一下，不过看起来他似乎已经扎根在地里了。托比亚斯眼神向下，望着自己的父亲："继续吧，已经差不多要讲完了。"他命令道。

"等到医生在候诊室找到我的时候，"坦佩尔霍夫继续讲述着，并没有直起身子，"托比亚斯已经生出来了，但是你妈妈却死了，死于产后并发症。"

坦佩尔霍夫身体向前倾倒，看起来在椅子上坐得摇摇欲坠。

索罗依然还是一动不动，托比亚斯攥紧了拳头："死于产后并发症，这听起来可压根不像你在电脑日记里写的那样。来吧，父亲，跟你儿子索罗讲讲，你在日记里到底是怎么写的。讲啊！告诉他！"最后几句话托比亚斯说得锋利无比。

"托比亚斯杀死了她，"坦佩尔霍夫低声道，"托比亚斯杀死了我的妻子。要是没有他，米莉亚姆就不会死。"

索罗发出一声闷哼，托比亚斯注视着他，然后转身看向我："没错，昆特·坦佩尔霍夫在他的日记里就是这么写我的。你吻了一个杀手，薇拉，一个杀死自己母亲的杀手。我出生还不满一天就杀死了自己的母亲。"托比亚斯猛吸一口气，又长又深的一口气，"杀手是要受到惩罚的，不是吗？"他闭上眼睛，猛烈而短促地摇了摇头，然后倏地一下睁开眼。

"总而言之，我受到了惩罚。现在，该到故事的第二部分了。"他朝坦佩尔霍夫示意，"继续！接着讲。"

"第二天，我接你出院，"坦佩尔霍夫迅速瞥了索罗一眼，随即又垂下头，"但是我不能……不能把托比亚斯也带回家，所以我就把他留在了医院里。"

一片死寂充斥着整间屋子。

"然后呢？"我听见索罗小声问道："发生了什么？"

托比亚斯大笑起来，声音狠厉却无比干涩，"然后就到了故事的第三部分。要我来讲吗？我会长话短说的。"他用手指着索罗，"你去了我们的父亲家里，而我去了孤儿院。你在他的呵护下长大，我就谈不上什么呵护了。从来没有人领养我，不过其实这也是有可能发生的，比如倒霉运气差，交了坏朋友什么的。"托比亚斯抬起手，给我们看手上那一块被火灼烧过的圆形疤痕。"我就不说细节了,免得你们觉得无聊,还是继续讲正题吧。母亲死了这件事有人告诉过我,父亲还活着这件事,也有人告诉过我,只不过他们不想告诉我他到底在哪儿。我以为……"托比亚斯蓦然顿住。此刻他在想什么,我们无从得知,他似乎跳过了无法言说、极其痛苦的一处。

"直到九岁的时候,"他继续讲述道,"我才第一次看见父亲的照片。那纯粹是个偶然,文章是登在一份报纸上的,保育员把它忘在院子里的长凳上了。我当然认不出来自己的父亲,但是你也在那张照片上。"托比亚斯冲索罗点了点头,"有那么一刹那,我以为那是我自己,但是只有你才能笑得如此灿烂。不需要惊讶,在这一点上,你拥有更多的机会。"

托比亚斯一边说,索罗一边喘着粗气,越喘越快,越喘越急促,越来越上气不接下气。

"还有一篇文章,不仅褒奖他作为导演是大有作为的后起之秀,还夸他是一位无与伦比的好父亲。我来原样照搬一下文章里的话:作为单亲父亲,头几年,他一门心思全扑在独生儿子身上。"

托比亚斯顿住了,紧紧咬着下嘴唇,一瞬间,他看起来极其失落。

"十二岁的时候我去拜访了他。"他继续说道,"那是一个傍晚,发现你们住在哪里之后,我从孤儿院里溜了出来。你们的地址,当时可以在电话簿上找到。接着,"托比亚斯拍了坦佩尔霍夫的肩膀一下,"现在又轮到你了,快跟你唯一的儿子讲一讲,当我站在你们门口的那一晚到底发生了什么?"

索罗在一把椅子上坐下来,肚子顶着椅背。我只能看见他的后背,他的整个身体都绷得紧紧的,即便从我这里也能看得出来。

"什么?"他低声问道,"发生了什么?"

坦佩尔霍夫的眼睛飞快地连续颤抖了几下,然后狠狠倒吸一口凉气,"我给了他一笔钱,让他别来打扰我们。"

"让他……什么?"

索罗从椅子上一下子站起身来,看着我们,像是要冲向他父亲的样子,不过随即他又停下脚步,一双拳头攥了起来。"我看见他了,"他喊道,"我看见……看见你们两个了。那是个晚上,夜很深,我已经上床睡觉了,但是中间又醒了。我站在窗边,看见一个男孩从花园大门里进来。我问过你,那是谁,你跟我说,我是在做梦。在做梦!一个星期之后,我们就搬去了另外一座城市!"

坦佩尔霍夫点了下头,他似乎已经筋疲力尽了。

看到自己兄弟的情绪变得无法控制,托比亚斯的脸上浮现出某种奇怪的表情。他似乎并没有料到是这种状况,那种费尽全力才戴上的面具碎裂得更加厉害。似乎他在绝望地等待一个外部指令,等待有人告诉他,下一步该做什么。

但是随即他又猛的一下回过神来,脸上的表情再次变得冷酷起来。"两万马克,"他的声音丝毫没有起伏,"这就是我从咱们的父亲那里得到的。一笔不错的零花钱,不过当然我也得为此付出承诺。不要去打扰你们,他就是这么跟我说的,别让他再看见我这个人。"

托比亚斯用手背蹭了下额头:"我说到做到。那天晚上,警察在街上找到我,把我带回孤儿院。但是那笔钱我留下了,靠它实现了一个特殊的愿望。我买了一台电脑,还有几个黑客工具。我有足够的时间等待。然后时机终于到来了。那笔钱还足够来一趟巴西,偷偷参加一场游戏,换句话说,参加一部游戏电影,当然是由昆特·坦佩尔霍夫执导。他做足了准备,一切都写在电脑里呢。我可以最大程度地按图索骥,我手里掌握着所有的信息以及全部的邮件往来。而且,我许下诺言,不让他看见我这个人,这一点也差不多完美地执行到最后。除了这台电脑,我不需要其他任何东西。"托比亚斯走向他的笔记本电脑,按下一个键,屏幕上于是出现了十四个小尺寸的显示屏。

"一切尽在我的掌控之中。"托比亚斯的声音里带着一丝苦涩的骄傲,"人们常说,有其父必有其子,对吧?跟老爹昆特·坦佩尔霍夫的打算一样,我也把目光投向了你们。"托比亚斯望向索罗,"但是我会的更多,因为咱们的父亲没发现我可以登入他的电脑系统。我可以定格画面,循环播放,或者关掉摄像头,完全可以随心所欲。要是你睡着了,我甚至可以出去走走,扮演一下索罗这个角色。"

说最后这句话的时候他的声音嘶哑。托比亚斯转头看向我,这次目光定在了我身上。他深深注视着我的眼睛,里面饱含的意味猝不及防地击中了我,我不由得呼吸急促起来。

海里的那个吻,我心里掠过一个念头,就像打动了我一样,那个吻也同样打动了他。我闭上眼睛,无法承受再和他继续目光交流。等我再次睁开眼,托比亚斯的目光已经移开了。

他轻咳了几下,才继续开口,但是声音却似乎不那么听使唤。"这就是全部,"他开口说道,"这就是故事的全部,还有问题吗?"

索罗沉默着。我为自己几乎摇摇欲坠感到恼怒。

是的,我有问题,很多问题。他是怎么精准无误地策划了达令的谋杀?小丑的死究竟又是怎么一回事?我和索罗读到满屏信息的那只手机是谁的?坦佩尔霍夫是怎么上的岛,他又是怎么遇见自己小儿子的?托比亚斯准备拿他怎么办,是打算勒索他吗?他又准备怎么对待我和索罗……我还有无数个想不明白的问题没有答案,但却说不出一个字来,只是站在那里,看着托比亚斯。我在心里痛恨自己,因为我心头居然涌出一股温暖的感觉,随即那一丝温暖又被一阵恐惧的冰冷浪潮淹没了。

我的手揣在裤兜里,手心紧紧攥着那只手机,一直攥着。手机恨不能在我手中融化掉，但我却没办法用它。我担心得要命，万一托比亚斯在我给某个人打电话之前就没收了手机，那可就为时已晚了。

此刻托比亚斯正注视着索罗走向坦佩尔霍夫，看着他在他面前扑通一声跪下，一边挥拳打他，一边冲他吼着，说他曾经做过这样的梦，说他一直就有某种感觉，觉得事情哪里有点不对劲儿……但是，我没再继续听下去，而是慢慢从裤兜里掏出手机，慢慢地、一厘米一厘米地向外掏，目光时刻紧盯着托比亚斯。在这一刻，托比亚斯全部的注意力都集中在父亲和哥哥身上。我的身体泛过一种难以描述的冷静自持。九天以来，每时每刻我都处在隐形摄像机的镜头之下。而此刻，我和一个杀手正同处一室。要是他觉察到我的意图，大概率也不会对我手下留情。可即便如此，我也依然觉得比起之前在这里要来得更安全些。我从没看见过摄像头，它们是隐形的，但是我却能看见托比亚斯。他这种危险我能判断得出来，相反，他却似乎不再能感知到我的存在，他的眼里心里只关注着索罗和他的父亲。我翻开手机，迅速偷瞄一眼显示屏，点开电话簿，扫了一眼托比亚斯，又瞄回显示屏，摁下已拨号码，之前摁下的那一串号码跳了出来。我又瞥了一眼托比亚斯，摁下右下角绿色的拨号键，等待着，将握着手机的手放在脖子后面，放下头发，脑袋微微侧着，仔细倾听，听见轻轻的铃声响起。我努力不去注意索罗的喊声，只是全神贯注在手里那丝动静之上。我听见一个声音传来,很轻,轻到几乎无法辨认。我压低声音,用英语轻声嘟哝道:"我叫薇拉,薇拉·玛孔德斯,和昆特·坦佩尔霍夫在一起,德国导演,巴西的电影项目。伊索拉,安格拉-杜斯雷斯附近的一座小岛。紧急呼救!救命!"

我慌乱地住了口,因为托比亚斯正朝我看过来,额头紧皱,不过他又再一次转头看向还在冲着坦佩尔霍夫嘶喊的索罗。我听见手机里传来低低的说话声,却一个字也听不懂,随后那声音安静下来,于是我用葡萄牙语继续说道:"请照顾她,照顾好我的妹妹,她不属于这里。"

这是我姐姐在十四年前乞求我养父母时说过的话。我不知道,此刻话筒的那一头是谁,也不知道,她/他是否听见了这句话,我所说的话所做的事简直疯狂,但是我别无他法。随后我合上手机,让手机从脖子后面的领口滑落进身上穿着的T恤衫里。我看见托比亚斯再次紧皱眉头朝我走来,手里刀光一闪。

"手机给我。"他开口说道,声音依然嘶哑,但是底下却隐藏着一丝锋利,"手机在哪儿?"

我一言不发。手机在我背后振动着,跳跃的节奏就像是一颗赤裸裸的心脏撞击着我的脊椎,我用力将后背抵着墙,直到振动停歇下来。但若此时托比亚斯打开手机,那这就只是徒劳的挣扎。他一定会发现我曾给某人打过电话,而那个人还给我拨回来了。

我透不过气来。

托比亚斯握刀对准我的胸口,指节紧攥着刀柄,泛出白色。"手机给我,"他再次开口,"我无所畏惧,薇拉,把——手机——给我。"

我伸手从背后捞出手机,房间在我眼前开始天旋地转起来。

索罗和他爸爸变得安静下来,他俩朝我们看过来,索罗困惑地摇了下头,朝我的方向迈出一步。但是,托比亚斯立刻冲他嚷道:"再动一下,立马会多一具死尸!"

他向我伸出手来,我深吸一口气,将手机放进他手里,然后紧闭双眼。

"怎么回事,"过了片刻,托比亚斯开口道,"没电了,可真倒霉哈,看来我根本用不着为此大惊小怪。尽管如此,由我来保存它,你不会反对吧?"

我睁开眼,血液一下子涌上头。"不反对。"我说。

"很好。"托比亚斯将手机揣进兜里,走到桌边,拿起笔记本电脑旁的一条麻绳,朝坦佩尔霍夫警告性地瞥了一眼,然后以头示意屋子中间的那两把椅子。

"坐下,"他命令索罗和我,"双手背后,别动,否则……"他晃了晃手里的匕首,忽然显得比片刻之前要果决得多。

他动作很快,剪断绳子,先捆住索罗,然后是坦佩尔霍夫,最后将我也绑在椅子上,然后从桌上拿起笔记本电脑,朝门口走去。

"离开你们之前,我还要解决几件事情。但是我想,你们肯定不会无聊的。"

托比亚斯用两根手指敲了敲额头,离开房间,转动钥匙锁上了门。

只留下我们。

## 第25章
# 导演就是一凩包

在隔壁房间，他的冷汗一下子就冒了出来。他将笔记本电脑放在木板床边上，步履沉重地走进走廊里，每一步都付出巨大而痛苦的努力。敲响走廊里的第一道门，三声短、两声长，他感觉自己似乎每一秒钟都有可能要呕吐出来。她打开门，闪身让到一边，让他进去。地上有一张灰色人造革沙发椅，上面东西堆得满满当当。椅子旁边趴着梅菲斯托，见他进来，无精打采地抬起头，摇了摇尾巴，然后重新又将鼻子埋在两只爪子中间，继续打着盹。

她指了指沙发椅，他却倒在房间另一角的床垫上。那是一张满是破洞的旧物件，上面堆着一个折起来的睡袋，闻起来一股樟脑丸的味儿。他背靠墙，擦拭着额头上的汗水，声音干巴巴地跟她讲着刚刚发生的事，只讲最紧要的，最真实的细节，其他都省略掉了。每个字都要耗费力气，可他已经没有了。

他已经筋疲力尽。

他知道，自己现在没办法做到事无巨细地汇报。他知道，自己得保持清醒的头脑，得采取行动。但是他不知道怎么做，也不知道该如何继续。

而她却一直保持着镇静，轻松惬意地伸手拿过手机，连上电源，开机。在删掉手机信息之前，她告诉他，薇拉曾经给人打过电话，已拨电话里有同一个电话号码拨过两次，而且通话还得到了回应，短短几秒钟之后就有人回拨了过来。

"什么？"他喃喃道，"那我们现在该怎么办？"

"我们？"她的声音听起来一如既往地冷静，"说什么我们？我已经做了我该做的。我杀了小丑，为了我们，为了我们的计划，你难道忘了吗？"

他看着她，意识到她完全不理解状况，没搞清楚她的计划早就误入歧途了，就在小丑发现她的那一刻。他闭上眼睛，心里回想着当时和父亲站在海湾里的情景，回想起背后那一声可怕的巨响，他这辈子都无法从记忆里将其抹去。他没看见小丑，但是却听见了他的死亡。他只看见她，站在上方的裂缝那里，月光洒在她的脸上，惨白得面无人色，一副无比惊惧的模样。在那一刻，他心里一片了然，这就是一切结束的开端。

再睁开眼，眼前她的面孔一如往常那样处变不惊。"我觉得现在该你上场了，"她说，"你明白接下来该做什么。"

"不！"他攥紧拳头，双手抖得厉害。不，他不明白，他也不想明白，他只想离开这里。

她变得失去了耐心："听好了，这很简单。薇拉刚刚打过电话，妄图求得帮助。要是这个帮手来了，那么留在伊索拉岛上的幸存者很快就可以讲故事了，一个令人难以置信的故事，很多问号，而且是两个不同的版本。"

她竖起大拇指开始分析："第一个版本。应该是旁边那座岛上的目击者眼里的版本。他们的说法相对简单：海里有具尸体，他们不知道他是什么时候怎么死的。岩洞里也有具尸体，那场谋杀甚至是现场直播。"她接着伸出食指，"第二个版本，是索罗、他父亲还有薇拉的版本。这个版本复杂些，因为这一版里疯狂的杀手据说是他那个可恶的孪生兄弟，那家伙偷偷溜上伊索拉岛，暗中插了一手搞事情。"她在沙发椅扶手上坐下，蹙着眉头，似乎在费力思考，"唔，人们会怎么想这个版本？首先得让他们认为，你从表面上并没有真正离开德国。要是删除了你父亲电脑上的日记，那我们甚至可以模糊你的动机。手机里的短信也已经删掉了，因为是一个预充值手机号码，所以虽然可以通过薇拉打的电话追查到手机号码，但还是查不出来手机是谁的。这样的话，要是说索罗神秘的双胞胎弟弟在这群人里还有个帮凶，这说法同样也没有证据可以证明。让我们看看，这么一个荒谬的故事人们会相信谁？索罗？那位导演？"她歪头看着他,"应该不会相信吧,你说呢?我是说,这两个人明显当作杀手和帮凶吧。不过那样的话,还有……"

她巧妙地停顿了一下,他随后嘶哑着将这句话补充完整。

"薇拉。"

"没错!"她打了个响指,"还有薇拉。她既不会被当作杀手,也不属于被逮住的那群'猎物'。很明显,她会被当作证人的,不是吗?"

没等他回答,她径直点头道:"是的,所以你得做点什么来改变这一点。要我告诉你该怎么做吗?"

他无力地摇摇头,她却继续说了下去,几乎是以一种聊天的口吻,仿佛在计划一次周末郊游:"你去隔壁,带薇拉去岩洞。要是你下不了决心用刀或者用手,那就带她去通道,把她推下礁石。那个非常容易,只要轻轻一推,她就会飞起来。小丑也是那么完蛋的。"

"那其他人呢?"他挤出一句话,"其他人会怎么想?"

她盘起双腿:"其他人怎么想?你今天真的脑细胞欠发达。对其他人来说,她的死因一目了然。朋友们知道的事实是,薇拉从邻岛上离开是为了跟那个甜甜的小可爱索罗肩并肩同仇敌忾。薇拉小可怜是真的相信他是无辜的,不过这么做就等于是给自己挖好了墓。索罗不是无辜的,因为薇拉实在是太蠢,一直跟着他,所以他也得下狠手杀掉她。"

托比亚斯盯着她:"要是这样,我哥哥就是三重杀人犯。"他满心震惊,话说得结结巴巴。

她点点头:"是的。我们会继承你父亲的百万财产,然后你就自由了。我也能过上好日子,毕竟参与这整件事,不过也就是为了钱。而你,现在最好控制一下你的多愁善感。要是你下不了手,结果就是薇拉上堂作证,咱们俩此后余生将都被警察撵着屁股跑。这难道是你想要的结局?"

他心里想着是,嘴里却说着不,随后身子一阵痉挛似的抽搐,往前一欠身,在石头地板上吐了一地。

她走向他,一只手拍了拍他的肩膀:"现在去吧,"她镇定地说,"你能做到的。好好准备一下,因为这一幕的悲伤结局只有一次机会经历。不过也别太拖沓,我们没有太多时间。"

他机械地点头,随后站起身来,走回到隔壁那间放着他东西的屋子,最后一次打开笔记本电脑。他还不清楚自己的打算会产生什么后果,但是他想做完一件事,或许这会赋予他迫切需要的力量。


桌子上的水瓶旁边放着一张照片,电脑打印而成,皱巴巴的,像是有人曾无数次在手里握过它。照片上的那张脸和我在坦佩尔霍夫书里看见的那张是同一个人，瘦削脸、高额头、深色的眼睛。米莉亚姆·利伯曼，索罗和托比亚斯的母亲。我一直盯着照片，就连告诉索罗和他父亲刚才我打了个电话的时候，我也一直看着那张照片。

"什么？"索罗的声音听起来有点不知所措，我点了点头。困住我手腕的绳子让血液不能顺畅流动，这会儿我已经觉得手指头处于半麻木的状态。

"我刚才给我姐姐打了个电话。"我重复道，"我并不知道她能不能听懂我说的话，也不知道电话号码是不是正确。不过，我听见电话另一端有声音，而且在你弟弟没收手机之前，我还收到过一个回电。"

"我弟弟？"索罗还是一副震惊的模样，转头看向耷拉着脑袋坐在椅子上的坦佩尔霍夫。

"发生了什么事？"索罗问道，"我的意思是说，你在看见达令被谋杀之后都做了些什么？你来这个岛了？"

导演点点头："是的，驾船来的，直接来的礁石海岸。托比亚斯在那里迎的我，天太黑了，我也太惊慌失措，所以没认出他来。"

坦佩尔霍夫呻吟了一声："我冲着他大喊大叫，我以为是你干的。我看见你们在岩洞里，当然我也明白小丑的水瓶里不可能真装的是水。我看见你服了药，以为你把药和酒混着喝失去控制了，所以冲着他的脸一通怒吼,然后……"

索罗的父亲合上双眼,"……然后小丑几乎就掉在我俩的脚边。他像一只黑色的大鸟一样,从天空直冲而下,重重跌落在石头上。他应该是从那个岩石裂缝里摔下来的。你弟弟尖叫出声,就在那一刻我认出原来是他。我吓蒙了,他却马上又控制住自己,没费多大力气就制服了我,把我带到这里,于是我就知道了一切。他敲诈我,这是他原本的计划。他让我给他用电脑转一百万欧元,威胁我要将素材公布给媒体,这就是他的打算。要是我不照他说的话去做,到时候全世界都会在电视上有目共睹,不光是屡遭质疑的小岛电影项目完全脱离我的掌控,而且我自己的儿子还在这里变成了杀人凶手。"

我看着坦佩尔霍夫,头脑里唯一的想法就是,我突然发现这男人就是一个孬包。

"托比亚斯强迫我给助理打电话,"坦佩尔霍夫继续说道,"让我告诉他已经中断了这个项目,说我会和你们一起待在这个小岛上,让他等我的消息。"

我蹙起眉头:"他就这么相信你说的话了?"

坦佩尔霍夫微微点了下头:"是的。一般要是我给出一个指令,他们是会遵守的。从那会儿之后,我就在这里了。"他环视着屋子。

"托比亚斯又开启了摄像头,我们又可以在电脑上看见你们。

甚至旁边的那座小岛,那里的机房同样也被监控了。那一幕一幕,都是托比亚斯控制电脑让你们看的。哦,我的老天爷,索罗,我……"

"闭嘴!"索罗喝止住自己父亲的话头,"我想知道,是谁一直在帮托比亚斯?那只手机是谁的?托比亚斯那一大堆短信息都是发给谁的?"

坦佩尔霍夫摇了摇头:"我不知道。你们在礁石缝隙当中发现手机的时候,托比亚斯紧张极了,马上就想给你们打电话,不过显然并没有马上做到。我们能看见你们点开每条信息。"坦佩尔霍夫冲我点点头,"还有你,你在礁石那里想打电话求救的时候,托比亚斯刚好连上信号。他逮到了最正确的时刻,阻止住了你们。"坦佩尔霍夫在椅子上扭动了一下身体,看起来似乎疼得厉害,"那只手机肯定是你们一群人里谁的,"他说,"但是,究竟是谁呢?"

是呀,我也在暗暗思忖,会是谁呢?

我脑海里又过了一遍那些信息。不管是谁,那个人直到谋杀那一夜都一直在,而且很有可能也参与了发生的一切。照这个逻辑,坦佩尔霍夫游戏的猎物都可以排除在外。达令和小丑也不在考虑范围之内,因为他俩已经死了。剩下的就只有索罗、阿尔法、米吉、精灵和我。不可能是索罗,也不会是米吉,因为其中一条信息里提到过他。

这样的话就只剩下阿尔法和精灵了,到这儿我的思绪就一个劲儿地原地打圈。

"我不知道。"我小声说道,"我也不清楚继续思考这个问题还有什么用。如今我们怎么办?托比亚斯准备怎么处置我们?要是他有机会给手机充电的话,肯定会发现我打了求救电话,那么……"

我再也说不下去。

门开了,托比亚斯走进屋里,胳膊下夹着那个笔记本电脑。他脸色青灰,面无人色,头发黏在额头上,眼睛发着光,脚步沉重地走到桌边,一把将他母亲的照片推到一边,将笔记本放在桌上,按了开机键。电脑开机的速度极快,托比亚斯按了几下按键,屏幕上出现了那十四个显示屏。索罗和他父亲开始冲着托比亚斯说着什么,语无伦次,然而我却不明白他们到底在说什么。我感觉自己像是在水下,眼前模糊一片,压力涌入耳朵,只能听见一种声音。我察觉到托比亚斯向我走来,用匕首割断了绑着我的绳子。不过,他的声音听起来仿佛是从远方传来的回音。我听见他说:

"现在,你跟我走。"

# 第26章
# 托比亚斯

暮色时分，天空是一片柔和的淡蓝色，些微夹杂着一丝浅浅淡淡的红，与其说是某种颜色，不如说只是一种感觉。海平面上，海浪温柔地荡漾着，空气如丝绒般柔软温暖。

托比亚斯推着我朝岩洞通道的那个裂缝走去。他站在我身后，挨得很近，我的后背都能感受得到他的心跳。他一只手捂着我的嘴，另一只手里握着那把匕首。我能感觉到他在颤抖，整个身体都在颤抖，而我自己却出奇地镇定。一闭上眼，我的内心浮现出一幅幅的画面：我看见埃斯佩兰卡带着我和弟弟们在里约穿街走巷；我看见那位老人正递给我一只杧果；我看见艾瑞卡夜晚坐在床边给我讲故事，还有伯恩哈特正在教我骑自行车；我看见两兄弟山，看见索罗坐在副驾驶的位子上转头望向我，一直看进我的灵魂。我感到自己的眼泪沿着脸颊扑簌簌地往下落，也感到托比亚斯浑身颤抖得越来越厉害，然后他发出一声可怕的吼叫，仿佛地狱在他胸中号叫。

我用力呼吸，呼——吸，呼——吸。已经能看见脚下的那些礁石，漆黑而陡峭。

要是掉下去，我会想些什么？掉下去需要多久？会以怎样一种方式落地？会用两手撑地吗？会感受到骨头寸寸断裂吗？得挨多久才能死？得忍多久的痛？我想到达令，想到她的尖叫、挣扎，还有惊恐的目光。我又想起小丑，就那么毫无生气地躺在海水里。托比亚斯什么都没做，他只是站在那里，紧紧抓着我。忽然一下子，我希望他快点动手，希望他让一切全都结束。

风从外面吹进岩洞通道。我能感受到风掠过面颊，却听不见刮风的声音，因为耳朵里只有我自己的心声在呼啸。我问自己，究竟摄像头是从哪个角度来拍我们的，是从身后还是头顶？我问自己，别人看见的是托比亚斯和我的哪个片段？我想象着坦佩尔霍夫和索罗此时此刻正紧盯着电脑看着我们。想到索罗，胃一阵痉挛，我不想让他看着我死，不想他遭受这样的折磨。

托比亚斯推着我又向深渊靠近了一些："你们看见我杀了达令，"我听见他开口说道，声音颤抖着，断断续续，好像在读一段语意不明的文字，"你们看见我掐死了她，就在这座岩洞里。那是一场上演在摄像机镜头前的谋杀。我在海岸迎上我的父亲，然后把他带进防空洞。小丑必须死，因为他知晓了发生的一切。现在，我该杀了你。"

托比亚斯顿住了。无比漫长的一个空白瞬间。耳朵里的呼啸声停了下来,通道里的某处有水滴落,一下一下滴得颇有节奏,声音几乎有些欢快,噼里——啪啦、噼里——啪啦……然后托比亚斯的胳膊紧紧搂住我的身体,一把将我从深渊的边缘扯了回来。他紧靠岩壁,望着我,深深凝望着我,脸上的神情忽然变得极其安宁,像是内心充溢着深沉的平和。

"可我不会这么做。"此刻,他说话的声音听起来无比坚定。他避开我的目光,眼神看着我头顶斜上方岩石上的某个点,"我的名字叫托比亚斯·坦佩尔霍夫·利伯曼。"他说,"我是索罗的双胞胎弟弟,昆特·坦佩尔霍夫和米莉亚姆·利伯曼的儿子。你们知道所有的细节,只需要如实说出来就行。"

托比亚斯的目光又转向我,我屏住呼吸,站着一动不动。托比亚斯松开手,当啷一声,匕首掉在了石头地面上。然后他抬起手,用食指卷了一绺我的头发,手非常稳,我能听见他深沉规律的呼吸声。"我给你准备了一件告别礼物,"他的声音低到几乎听不见,"就在防空洞里,在我房间的床垫底下。"

说完这句话,他松开那绺头发,食指指尖滑过我的脸颊,那抚摸无比轻柔,仿佛蝴蝶的翅膀轻轻拂过。

然后他转过身,一步来到悬崖裂缝前,展开双臂,任由自己坠落而下。

空气凝滞了,纹丝不动,就连水滴也停住了。一切悄无声息,没有感知,没有思想,没有我,没有小岛,没有世界。只有一角天空,那是我透过裂缝看见的第一样东西。在这之后,我的身体才开始能动弹一二。

太阳从海面上升起,波光粼粼的表面上蔓延出一道火红的狭长光带。太阳越升越高,仿佛慢动作一般,将天空浸染成一种光彩明亮的红色。

来到深渊的边缘,我看见了那艘小艇。

那是一艘黄黑色的橡皮艇,停靠在礁石海岸边,正准备离开。小艇前面站着达令。

她仰着头看向我,一头金发在初升的阳光下熠熠发光。她挥手朝我打了个招呼,手中一只银色的手机闪着光,手肘上的那块红色夹板全然不见踪影。

我似乎能看见她脸上的微笑。

然后她登上小艇,发动马达,驾驶着橡皮艇离开了。等到她小到只剩下海上的一个小点的时候,在她的上方,就在太阳那一轮火红炙热的轮廓前方,几架直升机正朝着我们的小岛呼啸而来。

# 第27章
# 谁是真正的杀手？

出发前往伊索拉岛前的某一天，我和伯恩哈特还有艾瑞卡一起观看电视上播放的一部电影。记不太清楚电影的名字，情节也忘得差不多，印象里只记得那是一部烂俗得要命的爱情影片。等到看到欢喜圆满的大结局，艾瑞卡坐在皮沙发上喜极而泣，而我却对一个穿帮镜头抱怨连连。电影的最后一幕，女人在后面追赶着她的至爱，想要阻止他登上飞机。当时她戴的是一对闪闪发光的耳环，之所以看得一清二楚，是因为在奔跑的过程中她的头发飘了起来。下一幕，男人双手捧着她的脸亲吻的时候，耳环却不见了。艾瑞卡吸溜着鼻涕说，那只是一件不重要的小事，可我却说这也太马虎了，而电影狂人伯恩哈特就只知道哈哈直乐。

"这些细节在电影里叫做镜头衔接失误。"他教导我道，"之所以会出现这样的衔接失误，可能是因为那些镜头并不是按照最终电影成片的顺序来拍摄的。"他还跟我解释说，通常情况下，拍电影的时候会指定一个人来挑错。他还调笑我,说是等到《伊索拉》这部电影后期制作的时候,我可以申请一下这份工作。

当然,永远都没有什么《伊索拉》这部电影后期制作这回事了。直到直升机抵达伊索拉岛,我还依然站在通道里。我是唯一一个亲眼看见达令活着并且离开的那个人。

索罗和坦佩尔霍夫还被绑在防空洞里,米吉、阿尔法和精灵被困在邻岛上,警察并没有在水里看见什么小艇。

只有索罗相信我,其他人投向我的都是遗憾的目光。假如一个人经历太多,在一次直面死亡的痛苦之后,感官会捉弄她。我不清楚为什么自己会在这个时候去看达令留下的衣物,那条奶油色的吊带裙。裙子的左胸上方有道小口子,在岩洞派对那一晚,那道口子以一种莫名的方式撞入我的眼帘。我也不知道自己为什么会死死揪住这个细节不放,坚持要再看一遍那晚在岩洞里录制的所有镜头,而且非得立刻马上。就是现在,就在这里,就在所有可怕的事情发生的此时和此地。是坦佩尔霍夫最终说服了警察,我才得以再次驶往毗邻的那座小岛。

随后,在那里,在坦佩尔霍夫的屏幕上,我们所有人都看见了达令裙子上的那道小口子,左胸上方的小口子。达令在岩洞里跳舞的时候,很清楚能看见,但在下一个镜头,就是达令被托比亚斯掐死的那个镜头里，全然没有什么小口子。

"你们看见我掐死了她，就在这个岩洞里。"

这是托比亚斯从岩石上坠落之前跟我说过的话。

是的，我们看见了，但那不是真的。

这个衔接失误，这个微小的穿帮细节，证明了那不是我的错觉。

达令还活着。

那个手机是她的。刹那间我忽然想明白了，为什么之前她要带着红色夹板。还有，到达伊索拉的第一天早晨，当我看见她从厕所里出来的时候，她又为何无比紧张。"没有摄像头的地方只有浴室、厕所和更衣室。"达令，是托比亚斯的同谋。

随后几天，在翻译在场的情况下，我们分别被警察提审。最终，结合各种迹象，得出了事情的原委。百分之百肯定的只有一件事：在我们进入岩洞之前，达令和托比亚斯就已经录制好了那场谋杀。不过除了最后托比亚斯的坦白之外，电脑里所有录制的片段都被删除了，所以我们猜测，达令和托比亚斯应该是将这一幕录制了很多版本。这样的话，他们就可以选择最佳版本去衔接到那场岩洞派对之后发生的事情。我们还猜测，托比亚斯用防空洞里的电脑操控着这个片段的播出，方便坦佩尔霍夫在邻岛上能看见它。而实际情况是，当时一个活蹦乱跳的达令就坐在岩洞里，控制着服了药又喝了酒的索罗，直到他睡着。这着棋下得真叫一个天才，却差一点就功败垂成。因为小丑误打误撞进入了第二个通道，从岩石裂缝那里向下看见了海湾，撞见了坦佩尔霍夫气急败坏地冲着自己的儿子怒吼，到底见了什么鬼，为什么要杀死达令。

然后达令也出现在了第二个通道里，在那里等待托比亚斯。"谋杀已经显示在屏幕上了，他过来了，船马上就到！待在通道里，这样就能看见我们。"

但是小丑也同样看见了他们父子两个，他听见了一切，然后却跟达令撞了个满怀。

达令不是那场谋杀的猎物，她是真正的杀手，是她将小丑从岩石上推下去的。

小丑本来不是非得丧命不可的，可他却是见证人，见证的不是发生了一场谋杀案，而是压根没有发生什么谋杀案。

托比亚斯没杀任何人，除了他自己。

达令跑了，警察会通缉她。为了他们两个，托比亚斯从自己父亲那里勒索的那笔巨款，她将一毛钱也拿不到。可是，要在一个拥有将近两亿人口的国家里找到她，有如大海捞针一般。

我们被安顿在里约雷伯龙海滩前的一家豪华酒店里。不过我几乎什么都想不起来了，记不住吃了些什么，住了什么样的房间，外面是怎么样的景色。这些我都不看重，所有这些全都不重要。我只记得，坦佩尔霍夫的助理玛雅打算给我们订第二天的回程机票，但是最终我说服了她，再容我几天时间，让我留在这里。明天是我的生日，明天我就十八岁了，我不想在机舱里点生日蜡烛，而是想跟我的姐姐——埃斯佩兰卡在一起。是她接到了我的电话，然后从里约热内卢报告给了警察。

精灵、米吉和索罗也想留下来，当然还有梅菲斯托。阿尔法飞回去了，跟摄影助理斯汶一起。昆特·坦佩尔霍夫还得配合警察调查，而索罗并不想和他在一起，至少目前还不想。

十二月十三日的傍晚，当出租车停在伊帕内玛一处棕榈树环绕的小房子前时，我的心跳得几乎要从嗓子眼里蹦出来。我紧紧抓着索罗的手，一个小姑娘给我开了门，第一眼我仿佛看见了我自己。小姑娘的肤色是橄榄色的，眼睛是绿色的丹凤眼，浅色的头发编成许多小辫子。

"你是薇拉吗？"她怯怯地微笑着问道。我点点头，眼里涌出泪水。随后，一个女人出现在门口，下一刻我就被姐姐拥入怀里。

我的外甥女名叫薇拉，跟我的名字一样。她七岁大了，哥哥埃德瓦多和弟弟费尔南多分别是九岁和五岁。三个小家伙一刻都不愿意离开我的身边，拉着我去看他们的房间，给我展示他们的宝贝。除了一堆芭比娃娃、塑料玩具、电脑游戏之外，还有一只拨铃波琴。埃斯佩兰卡用英语告诉我，琴是我的大外甥埃德瓦多的，他上了一所卡波耶拉舞蹈学校，在师父的指导下亲手制作了这只拨铃波琴。

埃斯佩兰卡的丈夫是位记者，目前正在巴伊亚州做关于音乐人的新闻报道。埃斯佩兰卡在谈及他时，眼睛里散发着光芒，显然拥有的是一段幸福的婚姻。跟我从互联网上找到的照片相比，她看起来有点不一样，圆润一些，没化妆，黑色卷发只是简单用皮筋绑起来，但是闪耀着光芒的眼神并没有任何不同。

埃斯佩兰卡的住所很小很简朴，三个孩子共用一间儿童房，旁边是极小的厨房、卫生间、卧室和客厅。客厅里已经为我们摆好了餐桌，四周的墙壁上挂着流浪儿的照片，其中一张是间小教堂，当时就在那里，埃斯佩兰卡将我交给了养父母艾瑞卡和伯恩哈特。还有一面墙上挂着一系列的照片，全是关于我的：第一天上学，梳着棕色小辫子，肩上背着一个大书包；骑在带辅助轮的自行车上，脸颊红扑扑的，满脸骄傲的微笑；复活节穿着一件艾瑞卡特意为我缝制的衣服，当时扮的是一只黑色的猫科动物；汉堡花园里，在艾瑞卡钟爱的高大的黄杨木前翩翩起舞。

"伯恩哈特一直给我写信，"埃斯佩兰卡来到我身后，将手搭在我的肩膀上，开口说道，"他通过我工作的机构拿到了地址，在每一封信里都附了一张你的照片。你看起来很幸福！"

是的，我心里想，一下子开始思念起我的爸爸妈妈，思念起艾瑞卡和伯恩哈特。我会给他们打电话，不过不是现在。直到今天我才恍然意识到，在那个夜晚，我压根没有询问过自己的生身父母。

后来埃斯佩兰卡告诉我，他们已经过世了，弟弟们目前在贫民窟倒卖毒品，她跟他们也已经没有联系了。

我们围坐在餐桌前，米吉、阿尔法、索罗、外甥女薇拉、两个外甥，还有我。埃斯佩兰卡精心烹制了一道巴西特色八宝饭，一种豆子和各种肉类炖煮而成的炖菜。这道菜产生于奴隶时代，对我来说，这道菜是最美味的例子之一，证明贫穷可以激发出无限的创造性。从前，奴隶们将奴隶主不吃的食材炖煮成一锅，通常都是用些下脚料，比如猪蹄、猪耳朵、蔬菜还有豆子什么的。今天，八宝饭是巴西的国菜，除了猪肉，还加入了熏香肠、肉干、大蒜、尖椒等烹制而成，再配以白米饭、羽衣甘蓝、切片的柳橙和烤木薯粉。

坐在精灵和外甥女薇拉之间的米吉显得很放松，让我外甥女薇拉教他说巴西话。让薇拉兴奋和开心的是，他一遍又一遍地重复，到最后，他那鹦鹉学舌听起来真的几乎完全像模像样了。虽然坦佩尔霍夫的助理给了他一管药膏让他涂抹，但他胳膊上的斑疹看起来还是很可怕。不过，这一晚他神情很放松，我的小外甥女逗得他没几分钟就捧腹大笑一回。与此同时，埃德瓦多就在一旁偷偷地给梅菲斯托喂肉块吃。

精灵一整晚都没怎么开口说话，不过当姐姐举杯，邀请大家为庆祝我的生日而干杯时，精灵金棕色的眼睛望着我，微笑着，这微笑里包含了许多意味，有痛苦和绝望，但也有感激和友谊。直到今天，精灵和我都还是好朋友。除了索罗、尼安德和埃斯佩兰卡，在我的人生最重要的人里面，她占据了一个位置。

索罗就坐在我旁边，一直牵着我的手。我把一直带在身边的那根蜡烛放在桌上，他于是从我手里拿走打火机，点燃了它。有那么几秒钟，所有人都异常安静。我注视着那点烛光不安地左右晃动，看着火苗舔着了整根灯芯，然后烛光变得安稳起来。

我还清楚地记得，在那一瞬间，我第一次领悟，原来生命如同一豆烛光，只需一点点外力，就足以让这点烛光熄灭。

我看向索罗，他的脸因为痛苦而有些僵硬。我知道，他是想起了自己的弟弟，他的双胞胎弟弟，那个在极其糟糕的状况下现身，转眼却又得而复失的弟弟。

孩子们早早就站起身离开餐桌，跟梅菲斯托玩闹起来。我听见他们在后面欢笑或争吵，有几次梅菲斯托还汪汪叫起来。不知什么时候，外甥女薇拉靠过来，塞了一张图片在我手里，那是她为我的生日画的画。那是一幅素描人像，或者确切点说，是一位小姑娘。两只绿点是眼睛，樱桃红色的嘴巴哈哈大笑着，下方有一条蓝色的波纹代表海洋，上方有一个黄色的圆圈代表太阳，太阳同样也长着一张哈哈大笑的嘴巴。

"我们什么都没有，"米吉说道，"没给你准备什么礼物。"

我微笑着挥挥手，表示没必要。然后突然想起，其实自己也是收到过礼物的。那是托比亚斯送给我的礼物。离开伊索拉岛之前，我在防空洞那张金属床的床垫下将它取了出来，没让人发现，偷偷塞进了牛仔裤兜里。那是一张 CD 光盘，至少当时我以为是。不过从保护封套里抽出那张银色光盘，可以看见那是一张 DVD，上面几个左手写就的歪歪斜斜的"伊索拉"字样。

埃斯佩兰卡的卧室里有一台电视是连着 DVD 播放器的，我关上门，放入那张 DVD。

我本来是可以跑掉的。这个念头经常闯入我的脑海，但是我并没有真的跑掉，而是留了下来。直到那一刻，那些可怕的瞬间，所有岛上可能发生的可怕事情，都只是我脑子里的想象。

可是托比亚斯却给了我一个不一样的小岛，一个单为我而存在的小岛。或许对其他人，甚至希望对他而言，伊索拉都是一个截然不同的小岛。我愿意相信这一点，也同样确信这一点。

我看见自己最后一个从船上下来，站在海滩上，从兜里掏出姐姐的照片，仔细端详着，然后才抬起头，看向摄像头，目光既疑虑重重又虚弱异常，一双绿眼睛在落日的光辉下熠熠发光。

我坐在主屋的玻璃桌边笑着，笑到眼泪顺着脸颊流下来。那个时候，小丑正在用嘴吹着他的那只充气娃娃。

我独自走进夜色中的后花园，身上裹着一件白色床单，手里握着只打火机,仰望着星光灿烂的夜空,然后慢慢穿过棕榈树丛走向海岸。

森林里,我蹲在尼安德的身边。我听见自己在问他,这是什么鸟,鸟鸣声又是从哪里来。尼安德悄悄告诉我:"这是一只大食蝇霸鹟。在巴西,据说每个孩子都认得它。第一眼看见它好像很不起眼,棕色的羽毛、黑白相间的脑袋,还没一只麻雀大。但是一旦展开翅膀,就会露出明亮的黄色肚子,它在空中的样子看起来很像一只飞行中的柠檬。名字听起来跟它的叫声一模一样,'甭——吃我',在德语里意思是'我看见你了'。"

主屋里,我跟其他人一起在吃早餐。"猫眼,你从哪儿来的?"我听见小丑的声音在背景里问道,然后看见自己一脸平静地回答:"从里约的一个贫民窟。"

我躺在床上白色的帐子里,那是夜里,月亮倚在我的怀里,声音比耳语大不了多少,"你长得跟她很像……那个照片上的小姑娘。"

海滩上,我坐在珍珠和精灵之间,珍珠的怀里滚着一只巨大的绿色毛线球。我先是看着她编织一条围巾,随后目光转向沙滩上正在玩着飞盘的索罗和米吉。

我正跳着舞,在篝火旁,配合着索罗弹奏的音乐。我的双臂在空中挥舞,闭着眼睛,跳得极其忘我。在索罗的脸上能看见火光在跃动，他的皮肤微微泛红，眼睛如同黑色的煤炭一般发着光。

我和索罗站在主屋前，还是同一个夜晚，索罗低声问我："你是里约人，是吗？你是巴西人。"

我在靠枕休息区读着精灵的童话书，对面坐着月亮，正伸长着双腿，光脚趾碰触着我的腿。

我坐在床上，合着双眼，旁边坐着索罗。我的嘴里喃喃低语着埃斯佩兰卡说过的话："请照顾她，照顾好我的妹妹，她不属于这里。"

我和索罗站在岩洞里，带着几分羞怯，他轻抚着我的脸颊，然后我俩开始亲吻，漫长而亲密。当我们分开时，我半是困惑半是如释重负地说道："你不是他。"

这一幕之后，大海出现在镜头里。太阳从海湾上方的天空露出了头，托比亚斯为画面配的音乐逐渐变得响亮起来，和弦仿佛如一条龙在风中舞动，可是海浪的游戏却平静又安宁。之后索罗才告诉我，这个音乐片段出自德彪西的《大海》。按照索罗的说法，这曾是他妈妈最喜爱的乐曲。

最后，镜头掠过海岸，我看见自己躺在一棵棕榈树下睡着了。正是那一天，我们发现有游戏要参加，也是那一天，我在沙滩上发现了那只海螺壳。但是我却毫无所知，那是索罗送给我的一件礼物。此刻他出现在画面里，迈着悄无声息的步子朝我走去，湿漉漉的头发滴着水，皮肤在阳光下发着光。他在我面前跪下，仔细端详着我，带着些许犹豫和温柔，将海螺壳放进我张开的手掌里，随后离开，也是同样的悄无声息，就跟来时一样。镜头放大直对着我，我在睡梦中咕哝了一句什么，完全听不出所以然，随后那只手紧紧握住贝壳，转过身去。我的脸上展开一丝微笑，只有因为幸福才会露出这样的微笑。镜头收起，从棕榈树顶翠绿的树梢间腾起一只鸟的身影，看起来如同一只正在飞翔的柠檬。音乐渐渐变得轻柔，只听见它发出愉悦调皮的叫声：

"甬——吃我……""甬——吃我……"

# 鸣　谢

2004年11月，在维尔茨堡官邸，《孤岛狼人杀》的构思一下子文如泉涌。我也不知道为什么刚好是在那里，但还能看见当时的那个画面：我蹲在富丽堂皇的主阶梯上，听写一般记录下最初的想法。

通往成书的道路依然漫长，无数次都能感受到主人公薇拉曾经描述过的那种心境：如同置身于大海中一座孤独的小岛上。

但是，总会有一艘小船驶来。感谢那些在我的小岛上驻锚，给予我帮助的人。

感谢布里吉特·佩尔曼蒂埃，在他的帮助下，最初的设想才能变成一本小说的基础；感谢巴伊亚的佩特拉·舍伯和米歇尔·雷曼，他们为我提供了详细的岛屿信息，激发出我对岛屿的无限灵感。

感谢奥拉夫·威尔顿豪斯和托尔斯滕·瓦克，他们就隐藏摄像机、显示屏还有技术细节提供了宝贵的信息。

感谢安缇耶·弗雷尔斯，他们掌握的电脑知识真让我惊讶，同时也拯救了我。

感谢安德里亚斯，确保了手提行李的细节，同时激化了海岛项目的矛盾分歧。

感谢西尔维娅·恩格勒特，送给我精灵这个角色，每天跟她邮件来往，让我得以坚持创作下去。感谢她总是立即回复，并且对我的初稿提出宝贵的修改建议。

感谢塔玛拉·施泰克，为我组织了数场朗诵会，方便我安静地创作。

感谢我的母亲芭芭拉·艾贝蒂，在我创作痛苦期，准备好了她的扫帚和吸尘器（目前这已经变成了一个桥段），就为了给我的脑袋清清垃圾。

感谢蕾娜·格林瓦尔特，如同我的第二个母亲一般阅读了我的作品，并且给予我最大的鼓励。

感谢我的女儿索菲亚和伊奈，一直听我诉说、诉说、诉说……

感谢我的丈夫埃德瓦多·马塞多，这次依然与我进行漫长的对话，守候着我，做好大后方的工作，让我得以来到岛上，感谢他让我了解巴西和甫吃我鸟（你看见我了！）。

特别鸣谢阿雷纳出版社的出版团队，是他们让我的书得以再次在维尔茨堡出版。

我最大的救命稻草无疑当属克里丝蒂娜·德林，我不知道该从哪里说才好：说她是个慰藉人心的天使，在疾风骤雨的日子里将漂流瓶信息送达到我的身边？说她给我写了无数封邮件，打了数不清多少个小时的电话？说她跟我来往的短信在我的写作历史上可谓是一个天文数字？因为每当我缺乏其他的媒介获取信息，却急需帮助的时候，不管在哪里，不管可能与否，她都给予我极大的帮助。我只能说一句最简单的话：感谢你，为了你所做的一切，向一位无与伦比的编辑致敬！

在此也要感谢设计部的弗劳克·施耐特，为《孤岛狼人杀》创作出如此具有创造性的封面；还要感谢新闻部的尼可·哈特曼，即便偶尔不在身边，她也一直陪伴着我。

感谢我的出版人阿尔伯特·奥尔登堡，感谢他全心全意地信任我，为我筑起一道安全的港湾。最后，我要谢谢阿雷纳的销售代表，感谢他们正在努力让《孤岛狼人杀》走进大大小小的书店，将其送达千千万万的读者手里。

伊莎贝尔·艾贝蒂